A Influenciadora

AMARA SAGE

A Influenciadora

Tradução
Denise de Carvalho Rocha

JANGADA

Título do original: *Influential*.
Copyright © 2023 Amara Sage.
Publicado mediante acordo com Tassy Barham Associates.
Copyright da edição brasileira © 2023 Editora Pensamento-Cultrix Ltda.
1ª edição 2023.

Todos os direitos reservados. Nenhuma parte desta obra pode ser reproduzida ou usada de qualquer forma ou por qualquer meio, eletrônico ou mecânico, inclusive fotocópias, gravações ou sistema de armazenamento em banco de dados, sem permissão por escrito, exceto nos casos de trechos curtos citados em resenhas críticas ou artigos de revistas.

A Editora Jangada não se responsabiliza por eventuais mudanças ocorridas nos endereços convencionais ou eletrônicos citados neste livro.

Esta é uma obra de ficção. Todos os personagens, organizações e acontecimentos retratados neste romance são produtos da imaginação do autor e usados de modo fictício.

Editor: Adilson Silva Ramachandra
Gerente editorial: Roseli de S. Ferraz
Gerente de produção editorial: Indiara Faria Kayo
Editoração eletrônica: Cauê Veroneze Rosa
Revisão: Vivian Miwa Matsushita

Dados Internacionais de Catalogação na Publicação (CIP)
(Câmara Brasileira do Livro, SP, Brasil)

Sage, Amara
 A influenciadora / Amara Sage ; tradução Denise de Carvalho Rocha. -- São Paulo : Editora Jangada, 2023.

 Título original: Influential.
 ISBN 978-65-5622-067-3

 1. Ficção inglesa I. Título.

23-164958 CDD-823

Índices para catálogo sistemático:

1. Ficção : Literatura inglesa 823
Eliane de Freitas Leite - Bibliotecária - CRB 8/8415

Jangada é um selo editorial da Pensamento-Cultrix Ltda.
Direitos de tradução para o Brasil adquiridos com exclusividade pela EDITORA PENSAMENTO-CULTRIX LTDA., que se reserva a propriedade literária desta tradução.
Rua Dr. Mário Vicente, 368 — 04270-000 — São Paulo, SP
Fone: (11) 2066-9000
http://www.editorajangada.com.br
E-mail: atendimento@editorajangada.com.br
Foi feito o depósito legal.

Para Connie & Lesley.
Eu consegui! Obrigada por sempre me dizerem que eu conseguiria.
Amo vocês e tenho muita saudade.

Julho

− 2.019 seguidores

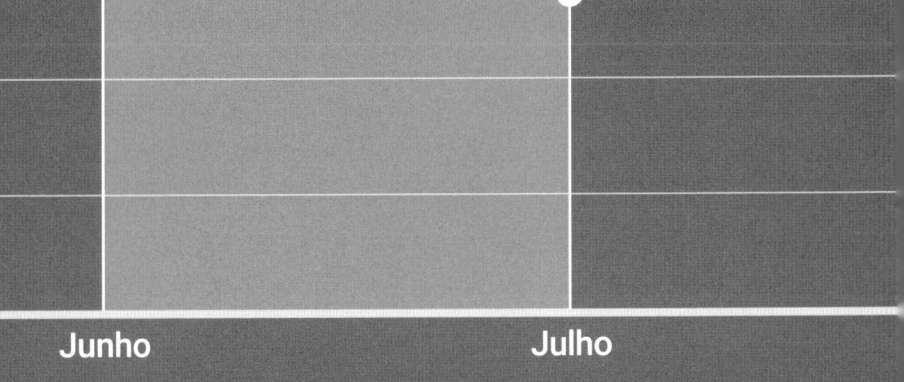

| Junho | Julho |

1

thereal_amendoabrown ✓

1079	3,5M	98
Publicações	Seguidores	Seguindo

AMÊNDOA BROWN
Figura Pública
Veganismo/Beleza sem crueldade
Contato: Spencer@bigsdtarpr.com
Siga @evafairchild para mais informações

Clico em (Configurações). (Conta). (Deletar perfil).

Quando os créditos finais de *mistérios sem solução* acabam de subir, a NETFLIX me pergunta se eu ainda estou assistindo. Eu solto um suspiro, a respiração trêmula com o choro. A pergunta parece passivo-agressiva, ou talvez a **NETFLIX** esteja apenas refletindo meu autojulgamento, porque *eu sei* que é ruim ter passado a semana inteira, desde que as aulas acabaram, sozinha na cama, maratonando séries compulsivamente; e hoje ter acordado, dado por encerrado o dia e decidido continuar exatamente de onde parei na noite passada.

A tela preta mostra meu reflexo visto de baixo para cima: queixo duplo proeminente, cabelo emaranhado no topo da cabeça. Minha pele marrom, que costuma ficar naturalmente mais bronzeada até o mês de julho, parece manchada e pálida de tanto eu ficar dentro de casa.

Cada átomo do meu ser parece totalmente diferente da garota da foto mais recente do meu perfil no *Instagram*, que sorri de um jeito angelical para um espelho iluminado, as pontas dos dedos massageando o rosto com uma pérola de creme do tamanho de uma ervilha, o queixo erguido, o cabelo caindo nas costas numa cascata de cachos perfeitos. Ao lado dela está Eva Fairchild (ou, como costumo chamá-la, "minha mãe") aplicando hidratante *roll-on* na testa, a mão segurando o produto no centro, o rótulo **VEGLOW** voltado para a câmera. O tema era "mãe e filha em seu ritual de beleza", embora eu estivesse longe de me sentir relaxada.

Quando voltamos para casa depois daquela filmagem de dois dias em Londres, meu pai tinha finalmente tirado todas as suas coisas de casa e levado minha cachorra Mel com ele. Minha mãe devia saber, porque mandou limpar a casa, o cheiro forte de alvejante substituindo o cheiro da minha cachorra impregnado no sofá, os pelos varridos do tapete.

Tudo de ruim parecia estar acontecendo ao mesmo tempo: meu pai saindo de casa e o ensino médio chegando ao fim e levando com ele a ilusão de que eu tinha feito alguma amizade. Com tudo isso, eu simplesmente não conseguia postar nada. Não posso recomendar suplementos de vitamina D se não absorvi um único miligrama de sol durante toda a semana, nem mostrar meu "look do dia" se faz uma semana que estou usando o mesmo sutiã e o mesmo pijama.

Faz anos que odeio ser "influenciadora", mas antes eu pelo menos conseguia sorrir e suportar por algum um tempo enquanto estava simplesmente *distorcendo* a verdade da minha vida. Agora que tudo se estilhaçou em cacos de mágoa e culpa, está ficando mais difícil manter o sorriso como minha mãe espera que eu faça.

Fecho o notebook porque não, NETFLIX, eu *não* estou mais assistindo. Nos últimos vinte minutos eu tenho mergulhado nessa coisa que gosto de fazer pelo menos três vezes por semana chamada "ter uma crise existencial".

Eu volto para o meu celular.

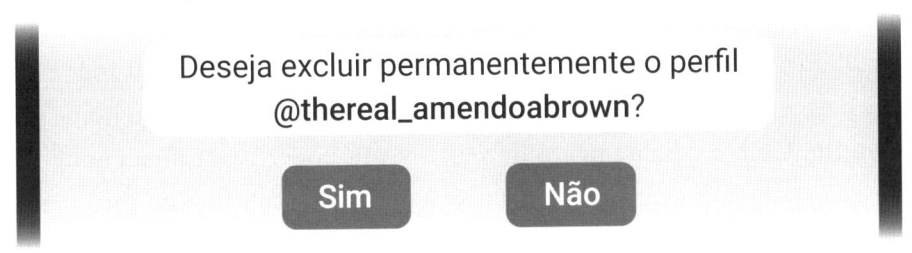

> Deseja excluir permanentemente o perfil @thereal_amendoabrown?
>
> **Sim**   **Não**

Meu polegar paira sobre a tela, as palavras um borrão, meu peito arfando com aquela respiração desesperada e ofegante que sempre vem depois daquele tipo de choro que esvazia a cabeça e faz as têmporas latejarem. Depois que minha mãe desistiu de bater na porta do meu quarto um tempinho atrás e eu a ouvi partindo para Londres sem mim, me sento na cama, apoiando o queixo nos joelhos.

Grande dia hoje. Spencer marcou uma reunião com a VEGLOW ao meio-dia para discutir nossa parceria e, às cinco da tarde, fomos convidadas para ir ao lançamento da **Skwimmy**, a nova marca híbrida de modeladores/roupas de banho que estamos promovendo. Arranco a casquinha de uma ferida na perna, imaginando que história minha mãe vai inventar para justificar minha ausência nos dois compromissos.

Se eu clicar no "Sim" agora e excluir permanentemente minha conta, não vou mais ser considerada uma possibilidade de negócio. Mas não terei que faltar às reuniões de outra campanha publicitária como a da VEGLOW, ver seguidores zumbindo como mosquitos na tela do meu celular ou me preocupar com a minha pele destruída no dia de uma festa de lançamento com um *dress code* moda praia. Todos aqueles lugares borbulhando de gente e mais gente e mais gente... Estranhos que me conhecem pelo nome.

Mas não ter nenhuma campanha publicitária para fazer significa não ter nenhum dinheiro para gastar. E tenho planos importantes para mudar minha vida com esse dinheiro.

Não posso ficar aqui enquanto todo mundo na escola está recebendo bolsas de estudos para fazer cursos universitários para os quais eu não me qualifiquei ou conseguindo empregos adequados com departamentos de RH que desaconselhariam minha contratação depois de pesquisar meu nome no **Google**. Com o adiantamento da VEGLOW vou poder pagar uma passagem de avião para um lugar bem longe daqui, em algum país fora do meu perfil demográfico, onde eu seja irrelevante para as agências de publicidade. Um lugar quente em que eu possa relaxar ao sol com um coquetel na mão, tão despreocupada que não vou nem me importar em não saber qual será o meu "próximo passo". Esse adiantamento também vai pagar minha primeira refeição ainda no aeroporto, onde vou poder comer enquanto a comida ainda estiver quente, sem ter que tirar uma foto dela primeiro, e escolher o que eu quiser sem evitar carboidratos, calorias, gordura saturada.

Eu voltaria para casa um dia, quando o algoritmo já tivesse me apagado da sua memória e até minha mãe tivesse que admitir minha irrelevância. Então eu seria substituída por uma das milhares de outras garotas que estivessem marcando suas *selfies* com **#influnciadoradigital** ou **#fitspo**, **#styleblogger**, **#modamidsize**.

Meus olhos oscilam entre o Sim e o Não.

Mas será que posso esperar até a assinatura do contrato? E até que a transferência bancária seja concluída? Depois que o EVA&AMÊNDOAxVEGLOW

já tiver sido lançado e eu, atirada em entrevistas, encontros com o público e sessões de perguntas e respostas, além dos intermináveis: "Posso tirar uma *selfie* com você?".

Ah, meu Deus, não... Deleta isso logo, deleta tudo!

Eu suspiro e me jogo de volta na cama, porque é claro que não posso fazer isso; estou presa, por contrato, às minhas redes sociais por pelo menos mais seis semanas.

Com uma tristeza profunda, vou para a internet e clico em Histórico.

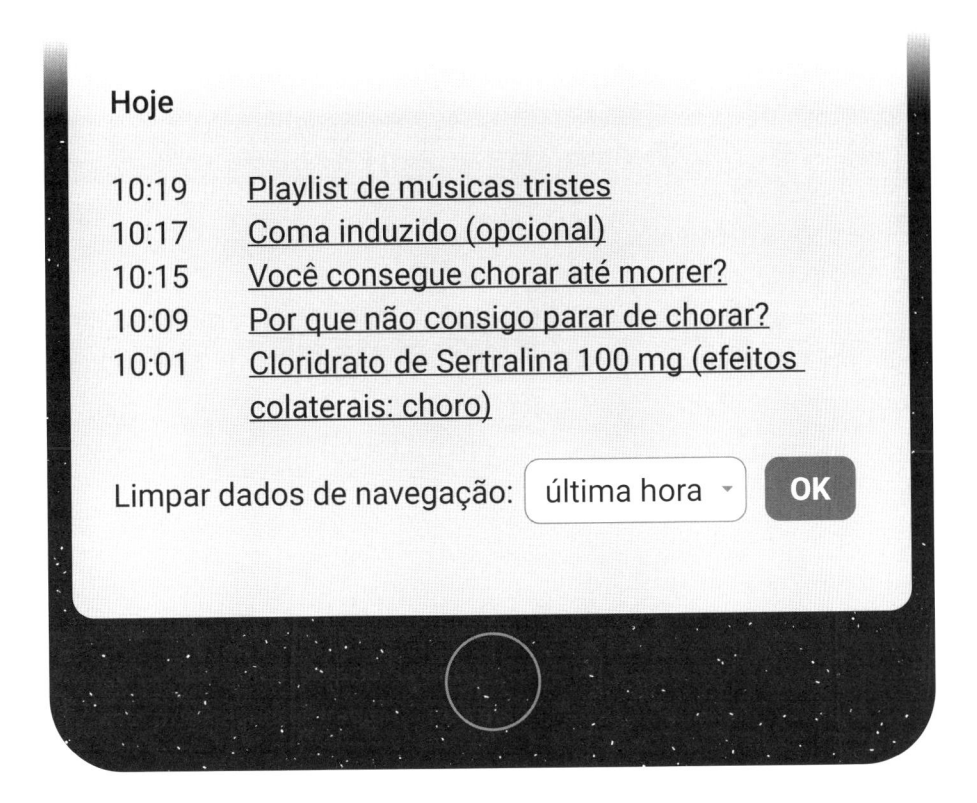

Hoje

10:19	Playlist de músicas tristes
10:17	Coma induzido (opcional)
10:15	Você consegue chorar até morrer?
10:09	Por que não consigo parar de chorar?
10:01	Cloridrato de Sertralina 100 mg (efeitos colaterais: choro)

Limpar dados de navegação: última hora OK

A tela do meu celular escurece e eu a deixo assim.

2

A manhã seguinte é uma manhã de sexta-feira. Provavelmente a última vez que vou ver minha mãe até domingo à noite.

Um dos peitos dela está quase dentro da xícara de café. Eu lambuzo minha torrada com manteiga, um olho no bolsinho da camisa Stella McCartney da minha mãe, enquanto ela paira a centímetros da xícara, o celular na mão. Não digo nada, mas viro ruidosamente a página da revista que está no meu colo.

– A luz não é a ideal aqui... – ela murmura, enquanto se inclina ainda mais sobre a mesa de mármore, na ponta dos pés, segurando o celular acima da cabeça como um drone, para fotografar o café da manhã do alto. Estica mais o pescoço para verificar se a foto está alinhada na tela, o movimento provocando dobras de pele na clavícula como finas camadas de fita, delicadas em comparação ao seu rosto esticado e preenchido.

Meu estômago ronca no silêncio inquieto, enquanto minha mãe faz microajustes na posição da comida. Eu não digo a ela que estou morrendo de fome porque não jantei na noite anterior, escondida no casulo do meu quarto;

apenas observo seus olhos passando da tela do celular para o café da manhã, que, tenho que reconhecer, parece muito bom. Eu com certeza vou dar dois cliques nessa foto. Mordo o lábio olhando para os bolinhos de manteiga de caju, o abacate em "cubos", as frutas orgânicas frescas e os *overnights oats*, que foram **#presente** de uma marca chamada *Oatsy*, que agora detém os direitos sobre os nossos cafés da manhã nas próximas semanas. Minha mãe se estica um pouco mais a fim de empurrar um gomo de tangerina centímetros para a esquerda... e pronto. O café preto se espalha pela sua camisa de seda branca.

– Ai, droga, está quente!

– Posso comer agora? – digo, estendendo a mão para o prato de abacate geométrico já meio mole e pegando um triângulo de torrada.

Minha mãe franze a testa para o rolo da câmera.

– Só mais uma.

Na verdade, são mais três. Ela se senta, já beliscando a tela e ampliando a foto com o polegar e o indicador, testando os filtros. Depois de alguns minutos de silêncio, ela suspira e aciona o bloqueio de tela.

– Você está bem? – pergunto, sem erguer os olhos do artigo que finjo ler sobre "Alimentos fabulosos que aceleram o metabolismo", escrito pela minha mãe para a revista *Women's Weekly*. Posso senti-la olhando para mim, então eu a incentivo a começar a falar sobre seu assunto favorito. Ela mesma.

– Como foi o lançamento da **Skwimmy** ontem?

– Mmm. Tudo bem, foi tudo bem.

– OK. – Sei que está acontecendo alguma coisa porque: a) ela não está fazendo um vlog, e b) normalmente ela estaria publicando alguma foto das suas farras movidas a *prosecco* com alguma ex-participante do **Big Brother** ou ex-mulher de jogador de futebol. Silêncio significa escândalo. Talvez ela tenha caído de um táxi. Ou tenha sido flagrada saindo de uma boate com algum **TikToker**. – O que foi, mãe? – pergunto, antes de perder dez minutos da minha vida criando todo um drama na minha cabeça sobre a possibilidade de ser apresentada a um novo padrasto de 20 anos que faz dancinhas no **TikTok**.

– Ah, nada. Só pensando – diz ela. Sopro um cacho caído sobre meu rosto e olho para minha mãe, perfeitamente maquiada e arrumada às sete e quarenta e cinco da manhã, tirando a nódoa de café da camisa e tentando ao máximo parecer indiferente ao que quer que esteja prestes a me dizer. – É só que Celeste Shawcross estava me dizendo que transformaram a igreja de St. Bart num Centro de Bem-estar agora. É bem a *sua* cara.

Como é que é? Enquanto ela tagarela sobre as reformas feitas na antiga igreja perto das colinas, seu queixo depilado e remodelado cirurgicamente balança contra seus dedos entrelaçados, a pele branca com sardas falsas e bronzeado artificial. Ela partiu o cabelo ao meio hoje, depois de ouvir dizer que a risca de lado está fora de moda, e prendeu o cabelo loiro num coque baixo.

Enquanto minha mãe levanta a tampa do seu **Mac**, digita por um segundo e vira a tela para mim, eu provo uma colherada da tigela de *Oatsy*, posicionada no centro do plano de fundo quando fotografada de cima. Descubro que a *Oatsy* é só mais uma marca de aveia comum e insípida, com um sabor doce um pouquinho artificial. Mas não importa, eu já tenho a revisão digitada no meu Bloco de Notas e aprovada pelo departamento de marketing deles. Experimento outra colherada hesitante, desbloqueando meu celular enquanto meus dentes raspam a colher, e faço uma leitura rápida do que eu deveria gostar nessa gororoba.

> Hoje a Oatsy me ajudou a começar o dia ✧✧do jeito certo✧✧, pessoal, com uma tigela de uma deliciosa aveia em flocos coberta com frutas frescas e xarope de agave. Confira meu último vídeo de rotina matinal para saber como preparar! Use meu cupom Amendoa20 para ter 20% de desconto na sua primeira caixa de Oatsy hoje!

Volto para minha torrada com pasta de abacate, percebendo que minha mãe espera que eu me interesse pelo novo site da igreja que a minha avó costumava frequentar antes de se mudar para uma casa de repouso, embora eu não tenha ouvido direito o que ela disse. Ainda mastigando, pisco para uma página inicial toda em tons pastéis de rosa e verde, com palavras como "Limpeza", "Horizontes" e "Amizades" em fontes grandes e em negrito.

– É, legal. Parece bem... religiosa. – Eu dou de ombros.

– Eu inscrevi você.

– O quê? – digo, espalhando migalhas.

– Inscrevi você em algumas aulas...

– Que aulas? Não somos religiosas.

– É um Centro de Bem-estar agora... *Ouça*, querida. Eles têm todo tipo de aula. Se você der uma olhadinha, pode achar algo em que gostaria de se inscrever. Hot Yoga? Que tal Tai Chi? – Eu deslizo o notebook de volta para a minha mãe e cruzo os braços. Ela suspira novamente, um dedo massageando o espaço entre as sobrancelhas. – São só seis sessões, Amêndoa, é só isso. Só inscrevi você em seis pequenas sessões desse grupo de terapia chamado *Tranquilidade*. A primeira é hoje às cinco...

– Hoje?! Está falando sério?

– Sim, estou falando *muito* sério – ela diz. – Vai ser bom pra você, é... sabe, autoajuda, terapia em grupo, aconselhamento – diz ela, girando o pulso enquanto fala, sem demonstrar muita preocupação. – Você vai encontrar outros adolescentes com *problemas*.

– Acabei de terminar meus três meses de Terapia Cognitivo-Comportamental com o dr. Wallace. Acha que preciso de mais? – Esfrego a parte de pele áspera no meu pescoço, já sabendo a resposta.

– Para ser franca, sim, eu acho – diz ela, tirando a camisa manchada de café e se sentando perfeitamente à vontade à mesa, apenas de sutiã.

– E o dr. Wallace?

– O que tem ele, querida? Quem você acha que escreveu sua carta de recomendação? Esse programa não é para qualquer adolescente que se queixa de depressão na internet... – *Meu Deus do céu, mãe!* – É exclusivamente para jovens já em tratamento. O dr. Wallace acha que uma terapia em grupo é melhor para você agora. – Eu sinto minhas unhas cavarem pequenas luas crescentes na palma da minha mão quando imagino minha mãe tendo conversas telefônicas sussurradas sobre mim com *meu* médico, fazendo planos e previsões, como se gerenciar minha saúde mental fosse mais uma das suas estratégias de marketing. Embora eu ache que para ela, é isso mesmo. – Você está perdendo seguidores. – Não disse? – Você nunca sai daquele quarto. Quase não a vejo. É verão, querida, onde estão seus amigos? O que aconteceu com Callie? Não a vejo há séculos.

Eu engulo, sentindo a garganta seca quando ela menciona o nome da minha amiga.

Antes da pandemia, quando tudo ficou tão corporativo e calculado, antes de todo mundo ser obrigado a ficar em casa e se tornar ávido dependente da única conexão humana que poderiam acessar legalmente por meio do celular, antes que assar pão de banana vegano, fazer aulas de yoga em casa com a minha mãe e responder a intermináveis questionários às sextas-feiras ao vivo me fizessem ganhar um milhão de seguidores, eu e Callie não passávamos vinte e quatro horas sem nos ver.

As coisas mudaram muito agora... Estão bem mais tensas.

A última vez que a vi foi há três sextas-feiras. Eu tive uma rara noite de folga depois que algum executivo do alto escalão concluiu que não era apropriado que menores de 18 anos promovessem seu "**Sutiã Invisiboost**", que aumenta os seios sem precisar de enchimento. Eu não fui oficialmente convidada para o "**Booby Banquet**", o coquetel de lançamento do tal sutiã (pense em muffins, tortas e outros doces redondos e macios com coberturas de creme imitando mamilos...), por isso acabei aparecendo na casa de Callie como sempre.

Vestindo *legging* e uma camiseta GG dos Ursinhos Carinhosos, a mochila contendo uma oferta de paz na forma de guloseimas e aquelas máscaras de frutas baratinhas que aplicamos ritualisticamente a cada festa do pijama desde que tínhamos 7 anos, entrei numa reunião de garotas que eu não sabia que faziam parte do nosso círculo de amizades agora, amontoadas na garagem de Callie que o pai dela tinha transformado numa sala de jogos, com mesa de sinuca e tudo, durante o terceiro lockdown. Steph Halls, uma jogadora do time de basquete da escola, se empertigou toda, com um taco de sinuca nas mãos, e me fulminou com um olhar assassino, enquanto se virava para Callie e sussurrava:

– Que porra é essa?

Isso é o que eu chamo de boas-vindas! Acontece que, no auge do lockdown, enquanto eu estava enfiada no quarto, sendo a melhor amiga da internet, Steph estava ocupada tomando o meu lugar. À medida que 2020 avançava e nossa contagem de seguidores aumentava, chegando à casa dos milhões, minha mãe organizou para mim uma programação de criação de conteúdo sobre o coronavírus enquanto Callie e Steph mantinham sessões diárias de **FaceTime**, assistiam às suas séries favoritas ao mesmo tempo no computador e participavam das mesmas aulas *on-line* de ginástica localizada para glúteos e abdômen. E anos depois, apesar de o mundo já ter encontrado o seu novo normal, Callie e eu simplesmente não conseguimos encontrar o nosso. Muita coisa tinha mudado.

Naquela noite, Callie a princípio ficou na dela e agiu como se nem tivesse notado que eu invadi a festinha dela. Simplesmente continuou espremida na sua poltrona inflável dos anos 1990, no colo de um menino que depois eu soube que se chamava Theo. Mais tarde, quando seu amor por mim foi afrouxado pelo álcool, sentamos lado a lado na poltrona de gelatina enquanto Callie me contava que estava apaixonada por ele. Ela sabia até a senha do celular dele, que ela digitou sem o menor pudor enquanto ele ia ao banheiro, para me mostrar *selfies* dos dois juntos.

– *Ah, droga, rolei demais a tela...*

Por acidente, o rolo da câmera foi parar em julho daquele ano, e, na miniatura, lá estava eu de joelhos na areia, num *print* de uma postagem minha do **Insta** de um **#ad** que eu tinha feito para a coleção de moda praia da **URBAN OUTFITTERS** daquele ano. Ampliando a foto rápido, Callie ofegou, enquanto passava por diferentes fotos minhas usando biquínis nas cores ocre, cáqui e damasco.

As narinas da minha mãe dilatam, enquanto ela espera a minha resposta.

Aperto os olhos com força, sentindo o que senti naquela noite enquanto via o rosto de Callie contraído de desgosto e mágoa quando ela bateu o celular do garoto na palma da minha mão. Callie se afastou tão rápido que sua unha em forma de estilete perfurou o plástico da poltrona, me deixando ali enquanto ela esvaziava até o chão. Aparentemente, minhas fotos transformadas em *prints* no celular dele eram culpa minha por "*estar me expondo*" e me custariam os dezessete anos da nossa amizade.

– O que a Callie *tem*? – pergunto.

– Bem, você diz que está tudo bem entre vocês, mas não a vejo mais aqui desde... bem, nem me lembro da última vez que a vi, para ser sincera.

Porque, mesmo que estivéssemos nos falando atualmente, você faz com que eu nunca mais tenha tempo de vê-la, eu não digo.

Minha mãe arrasta a cadeira para trás e anda a passos largos até o novo espelho de corpo inteiro que Spencer comprou para "a casa" depois que fechamos o contrato do **SERENITY** com a **VEGLOW** – dourado e pegando quase toda a parede onde antes ficava nossa galeria de fotos de família, todas as fotos com meu pai embrulhadas em plástico-bolha e guardadas no sótão.

De pé na frente do espelho com um sutiã nude, pantalonas pretas e saltos de pele de cobra sintética, minha mãe olha para mim pelo reflexo, enquanto desatarraxa as argolas de ouro branco das orelhas.

– Você e Callie costumavam ser inseparáveis, querida. Ela ficava tanto aqui em casa que eu devia até cobrar aluguel!... É óbvio que vocês tiveram algum desentendimento, e com tudo o que estava acontecendo entre seu pai e eu...

– Mãe, por favor. Podemos não falar sobre tudo isso agora? São sete da manhã! – Estremeço quando arranco uma tira de pele do canto da minha boca.

– Já são oito horas – minha mãe diz distraída, a boca se abrindo enquanto mexe no fecho do brinco.

Ela marcha para os fundos da casa, balançando a cabeça e resmungando algo sobre hoje não ser dia de usar brinco de argola. Lágrimas ardem em meus olhos e eu arranco uma casquinha atrás da orelha, meu cérebro faiscando com uma sensação **ZIPPO** de alívio: uma chama que dura segundos. Eu enxugo os olhos, embora não esteja chorando; só meus olhos que estão *lacrimejando*... O dr. Wallace riu quando eu disse isso, mas eu não estava tentando ser engraçada, é exatamente o que acontece quando estou atrasada para algum compromisso ou tenho que marcar minha própria consulta médica ou sou repreendida por um professor. O dr. Wallace diz que é uma reação de estresse, assim como minha coceira, ou transtorno de escoriação, como ele chamou.

– Viu, o que você está fazendo agora? – pergunta minha mãe, depois de dar uma volta pela casa e voltar para a sala de jantar através da cozinha integrada.

Ela está abotoando uma camisa limpa. É de *chiffon* champanhe, com uma elegante gola jabô; uma roupa para alguém com muitos compromissos e responsabilidades. Eu olho para baixo, avaliando a mim mesma, parecendo desleixada numa das camisas de basquete velhas do meu pai e calças de pijama de flanela, quando uma coceira queima meu antebraço e meus dedos se curvam para coçá-lo.

– Por que você fica se coçando? Não *faça* isso!

– Não estou me coçando – minto, fingindo tirar migalhas de torrada da roupa. Um dos pelos dourados e espetados da Mel flutua no meu prato vazio e eu tenho uma ideia. – Tudo bem, mas, se eu for hoje numa dessas sessões... Mel pode voltar e morar conosco? Eu estava pensando que...

– Amêndoa, nós já conversamos sobre isso. – Os olhos da minha mãe se voltam para os meus no espelho, cheios de advertência, até que ela joga as mãos para cima e se vira para mim. – Esta casa simplesmente não é mais um bom lar para ela, certamente você pode entender isso depois do que aconteceu, não é? Você não se lembra de como ela ficou doente?

Claro que me lembro, quero gritar.

Como eu poderia me esquecer de voltar um dia para uma casa silenciosa, sem patas rasgando meu uniforme, sem lambidas de boas-vindas. Depois de quinze minutos de busca frenética, eu a encontrei atrás da porta que deveria permanecer fechada o tempo todo, na "agência dos correios", que é como minha mãe chama o quarto vago onde ela guarda todos os nossos pacotes de RP. Mel estava caída de lado, em meio a poças do próprio vômito, o tapete de marfim manchado de marrom por causa do chocolate e da diarreia. Acontece que a nova faxineira que minha mãe contratou havia deixado a porta aberta e Mel tinha comido duas cestas de sobras de ovos de Páscoa que tínhamos ganhado de presente. Depois de uma noite sem dormir, mil libras gastas no veterinário e um negócio perdido, um portãozinho foi colocado nas escadas e Mel passou a dormir no chão frio e duro da cozinha, uivando para dormir enrodilhada na minha cama, o lugar a que ela pertencia.

– Eu sei que você a ama e eu também...

– Não, você não ama, você nunca amou a Mel – eu digo.

Minha mãe passa as mãos no cabelo duro de *spray*.

– Eu amo, sim, querida. Nem acredito, mas sinto falta dela. Sinto falta dos dois. – Nossos olhos se encontram e os meus se enchem de lágrimas. Ela engole em seco, sua voz baixa e aveludada. – Mas eu acho que assim é melhor para *todos*, no momento. Acho que seu pai precisa da companhia da Mel.

– Mas...

– Não – ela diz suavemente. – Nada de mas. Mel ainda faz parte da sua vida, mas não aqui. Você vai vê-la sempre que for à casa nova do seu pai.

– Tudo bem – murmuro, piscando antes de olhar para o teto. – Não quero que meu pai fique sozinho, eu acho.

– Exatamente. E Amêndoa... – Minha mãe se aproxima de mim, o eco de seus saltos quicando no teto alto. Ela está prestes a se ajoelhar ao lado da minha cadeira, mas eu a vejo pensar melhor por causa da roupa. Em vez disso, ela se inclina e quase me sufoca com seu perfume forte. – Eu sei que tudo isso é uma grande mudança para você e sinto muito que esteja doendo tanto, mas temos uma oportunidade enorme chegando e preciso que você esteja comigo nessa, OK? – Ela segura meu rosto entre as mãos, seu polegar secando uma lágrima que escorre. – Nosso anúncio do Serenity com a Veglow vai ao ar *amanhã* e, se quisermos que eles nos mantenham como embaixadoras da marca, vamos ter que fazer todo tipo de evento de imprensa antes da data de lançamento oficial. Encontros com o público, entrevistas, talvez TV.

Eu coço a pele dolorida da minha coxa através da calça de pijama, sentindo o pânico formigar enquanto minha mãe confirma o que eu já sabia. Basicamente, se esse tal Serenity ao qual estamos atrelando nossos nomes (alerta de *spoiler*: trata-se de um *corretivo* vegano, não testado em animais, sobre o qual nem eu nem minha mãe tivemos o menor controle criativo) e a Veglow nos contratarem para fazer um catálogo inteiro de campanhas publicitárias, não serei mais famosa apenas dentro de um celular. Estamos falando de anúncios em todos os lugares lá fora, no mundo real. Não serei apenas a "Amêndoa Cara de Filtro" para Callie e Steph, serei o rosto que elas verão nos cartazes, o rosto que verão nos cartazes nos pontos de ônibus, o rosto que verão nas laterais dos prédios!

Minha cabeça está balançando num grande "Não", mas minha mãe continua falando e falando, os olhos brilhando, as pupilas dilatadas. Agora meu pai não está por perto para desviar o materialismo dela para reformas na casa ou sua ganância para férias de última hora em família, e é óbvio que "trabalho" é a única coisa com que minha mãe se importa: dinheiro, anúncios, #patrocinado... Sempre obcecada por números e estatísticas, sempre competindo com outras influenciadoras para tentar garantir as marcas mais bem pagas.

— Viu, eu já contei da Celeste Shawcross? — Eu respiro fundo, olhando para ela com um olhar vazio. — Você a conhece, ela acabou de atingir cinco milhões, tem uma filha da sua idade. Bem, mesmo antes da noite passada, já estávamos trocando mensagens no privado, eu e ela. Spence nos colocou em contato. E *ela* me disse que está enviando a filha, Imogen, *exatamente* para o mesmo curso do Tranquilidade neste verão, porque Immy também anda chorando pelos cantos. Portanto, você terá uma amiguinha de terapia. Não vai ser divertido?

Eu solto um suspiro e conto até cinco como o dr. Wallace me ensinou a fazer, me concentrando no meu peito se expandindo, o oxigênio passando pelos meus tendões, enquanto expiro. Minha mãe resmunga, limpando a sujeira de baixo das unhas acrílicas.

— Não tenho tempo para isso — diz ela, verificando o celular. — Preciso de você, Amêndoa. Em quarenta e sete minutos, o anúncio do SERENITY vai estar ao vivo no meu perfil e preciso que você esteja promovendo, promovendo, promovendo! Você tem andado ausente dos *stories* e nas transmissões ao vivo ultimamente. Spencer e eu achamos que você precisa interagir um pouco mais, algo como aquelas perguntas do tipo "você prefere isto ou aquilo", que Electra Lyons começou a fazer todas as noites.

Porque, claro, se a Electra Lyons está fazendo, então por que nós também não estamos? Minha mãe não está errada, eu costumava ser como Electra, respondendo coisas legais para os seguidores, desejando um feliz aniversário para a avó de alguém.

Duas semanas atrás, fui marcada numa *selfie* que não me lembro de ter tirado, na qual estou sorrindo, mas meus olhos estão mortos. Eu estava esperando um Uber do lado de fora do novo apartamento do meu pai, depois que ele humildemente me mostrou seu novo lar de cinquenta metros quadrados e eu deixei o eco daquela casa vazia me dando conta de que tudo aquilo estava realmente acontecendo, meu pai estava se mudando e nunca mais voltaria para casa. A garota que postou a *selfie* estava nervosa, eu me lembro, não tinha certeza se me pediu autorização para tirar a foto, mas tirou mesmo assim.

Mais tarde, li a longa legenda que ela escreveu sobre a nossa interação de vinte segundos, entorpecida e vazia, meus olhos vidrados fitando as palavras repletas de emojis com olhos de coração e mãos de oração. Tudo o que fiz foi respirar ao lado dela. Isso fez com que eu me sentisse estranha, como alguém que não sou. Oca. O holograma de uma garota. Porque não sou corajosa ou poderosa ou o que quer que ela tenha dito que eu sou. Não sou linda. Essa garota não me conhecia, mas as *selfies*, os vlogs e os vídeos do tipo "arrume-se comigo", assim como as legendas cuidadosamente selecionadas, a fizeram pensar que sou assim.

Ela não sabia disso naquele momento, quando se aproximou de mim naquela parede em ruínas, do lado de fora do apartamento do meu pai, mas eu estava gritando por dentro.

A boca da minha mãe está se movendo, mas não estou ouvindo de novo.

– O *briefing* diz que precisamos de quinhentas mil curtidas para conseguirmos assinar a temporada outono/inverno da VEGLOW – ela está dizendo. – Se quinhentas mil pessoas gostarem do anúncio, a Paisley Parker vai querer eu e você como os rostos da VEGLOW no Reino Unido. Estou dizendo a você, esse corretivo é só o começo, querida.

Eu dou uma tossida e sinto o gosto de bile, áspera e ácida, no fundo da garganta.

– Você sabe quanto estão pagando pra gente? – eu consigo perguntar, lambendo o dedo e recolhendo as migalhas de torrada do meu prato.

Uma, duas, três, quatro, cinco, eu conto sem parar. Vejo minha mãe de canto de olho, fitando a câmera frontal, os lábios ligeiramente separados.

– Um dinheirão.

– E eles estão *me* pagando desta vez? – Eu limpo a garganta, tentando não parecer muito esperançosa, para que ela não suspeite que eu tenho as minhas próprias ideias para gastar esse "dinheirão", depois de completar 18 anos no dia 20 de agosto. – Tipo, estão depositando na minha conta bancária? Tenho quase 18 agora...

Sou interrompida pelo toque do celular dela, o que sempre faz meu coração saltar, porque o toque dela é o mesmo do meu antigo alarme. Ela se recusa a trocá-lo porque "Crystals" soa mais *etéreo*.

– Olha, eu tenho que ir – ela diz, a boca se fechando num beicinho como um saquinho que fecha com cordões. – Conversamos mais tarde, amor. – Minha mãe deixa a sala com o celular colado ao ouvido, falando com a voz elegante e pegajosa que ela usa com qualquer um que tenha um cargo executivo.

– Spencer, querido, está pronto para irmos? – Sem se despedir, a porta bate e eu a ouço esmagando o cascalho do lado de fora, o riso alto saindo da boca.

Ela parece mais feliz agora do que durante toda a manhã.

3

Consulta de Avaliação – Acompanhamento

Percy Wallace <p.wallace@dermamind.com> 21 de julho, 16h07
para: **Amêndoa Brown** <amendoa-h.brown@gmail.com>

Cara Amêndoa,

Espero que este e-mail a encontre bem e que você esteja aproveitando suas férias de verão. Percebi que ainda não reagendou nosso encontro de avaliação da terapia... Amêndoa, mesmo que seu tratamento conosco tenha chegado ao fim, recomendo com veemência que marque essa consulta, pois ela nos dará a chance de avaliarmos o resultado que a terapia teve sobre sua coceira e escoriações relacionadas à ansiedade. Também senti uma mudança no seu humor durante algumas de nossas sessões posteriores e que não tivemos tempo de abordar, o que para mim é motivo de preocupação.

Enquanto não nos vemos, gostaria de desejar boa sorte nas suas sessões de terapia em grupo. Já encaminhei outros pacientes da sua idade para esse programa e todos me falaram muito bem dele. Acho que saber da boca de outros jovens que você não é a única a se sentir como se sente é muito melhor do que ouvir isso de um velho dinossauro como eu.

Desejo-lhe tudo de bom,

Dr. Percy Wallace
Psicodermatologista
Clínica DermaMind
619 The Drive, SWINDON
SN64 8YA

4

Eu envio uma resposta ao dr. Wallace, prometendo ligar em breve para agendar minha consulta, mas ainda estou em dúvida. Não vejo por quê. Acho que nada disso está *funcionando*.

Ler o e-mail dele me faz lembrar do aconchego que eu sentia sentada no canto do sofá *chesterfield*, o dr. Wallace sentado à minha frente, uma perna cruzada sobre o joelho, deixando à mostra sua meia social, as mãos cruzadas sob o queixo, a cabeça sempre balançando em concordância e murmurando *mmmhmm*, fazendo seus fios grisalhos saírem do lugar. Com olhos bondosos e palavras escolhidas a dedo, ele limpava os óculos de leitura na bainha da camisa, com ares de vovô. Nos últimos dois meses, ele tinha me transmitido uma sensação de segurança enquanto me encorajava a falar, embora eu nunca conseguisse levar comigo tal segurança para fora daquelas quatro paredes.

Meu celular cai na pia e estou de volta à St. Bart, quer dizer, ao Tranquilidade – olhando para meu reflexo no espelho do banheiro.

Até antes da reforma, meu pai ainda encontrava vovó aqui alguns domingos, mas não visito este lugar desde os 12 anos, quando vim para o enterro do meu avô, vestindo um terninho justo **#divulgacaodemarca**. Estar aqui faz com que eu me sinta exatamente como naquela ocasião; pequena e insignificante, jovem demais para toda a dor adulta acumulada dentro das paredes frias e reverentes.

Minha maquiagem está grudenta por causa do trajeto de bicicleta; o iluminador transformado em manchas de vaselina nas minhas bochechas, a base na linha do cabelo derretida por causa do suor. Mas eu tive que vir de bicicleta. Minha mãe estava ocupadíssima, meu pai não *curte* terapia nem se comunica, então ele não sabe de nada, e de jeito nenhum eu daria a Spencer a satisfação de me acompanhar até aqui.

Então eu pedalei e acabei encontrando Imogen Shawcross saindo de um Uber Executivo, enquanto eu prendia minha bicicleta na grade, em frente à St. Bart.

– Oi.

– Olá!

A contragosto, entramos juntas, nossa primeira apresentação em carne e osso desajeitada e limitada pela riqueza enciclopédica de informações que já tínhamos uma da outra por sermos ambas criadoras de conteúdo e submetidas a anos de vlogs familiares. Tipo, por que eu fiquei sabendo que Imogen quase morreu de apendicite quando tinha 8 anos, mas não sei que matérias ela estudou no ensino médio? Nós seguimos uma à outra no *Instagram*, mas não somos amigas. Eu a observo, ela me observa, e temos uma troca silenciosa de curtidas, comentários e compartilhamentos que nos conecta. Somos como duas estranhas muito íntimas.

No espelho, dou leve batidinhas no rosto com o pó compacto, contorno um pouco mais os lábios para que fiquem maiores e verifico se há vincos de base embaixo dos olhos. Hesitante, eu abro a câmera frontal do meu celular, nervosa por interromper minha breve pausa nas redes sociais desde que os meus únicos amigos decidiram fazer uma festa pós-formatura para a qual não fui convidada no mesmo fim de semana que meu pai foi embora de casa e eu tive que silenciar tudo. O tema eram ícones da música *pop* britânica, que deveria ser o tema da nossa festa de aniversário conjunta de 18 anos, que havia anos Callie e eu planejávamos na capa de trás dos nossos livros de Matemática.

Embora nós duas tenhamos nascido em agosto, eu no dia 20 e Callie no dia 23, a antiga babá de Callie, uma mulher com a pele enrugada e curtida pelo sol, que lia cartas e as linhas da mão em festas, dizia que nossas almas tinham ficado tão entrelaçadas no éter que os nossos signos astrológicos foram trocados por engano em nosso nascimento. Ela sempre dizia que eu era muito dependente e introvertida para suportar a grandeza de Leão e Callie era orgulhosa demais para a humildade de Virgem. Eu deveria saber que não mais entraríamos juntas na idade adulta, e que quando completássemos 18 anos, só estaríamos ligadas por um fio antigo e desgastado.

Durante uma ou duas horas da festa, verifiquei obsessivamente as histórias de todos, assistindo a Freddie Mercury vestido de *drag queen*, à Rainha Elizabeth e cerca de seis Baby Spices diferentes cambaleando pela casa de Steph, bêbadas e excessivamente afetuosas. Depois de chorar até ficar com dor de cabeça, deletei todo o meu ano escolar e saí silenciosamente pela porta dos fundos da internet.

Agora que penso nisso, percebo que sempre esperei isso de Steph. Ela sempre me odiou em segredo desde que teve uma paixão de amiga por Callie no tempo em que jogavam basquete juntas e tomavam *milk-shakes* depois dos jogos. A inveja que irradiava dela sempre que minha avó nos buscava na escola ou relembrávamos uma memória da infância era real. Estava tudo bem quando tínhamos 11 anos, mas à medida que os compromissos de trabalho me fizeram perder festas do pijama, festas em casa e relacionamentos inteiros que Callie teve, Steph foi se aproximando e sussurrando venenos mesquinhos sobre mim no ouvido da minha melhor amiga.

Eu examino a minha maquiagem, a câmera já aberta. Quase duas semanas *off-line* é uma eternidade para uma influenciadora. Perdi provavelmente um dia inteiro de comentários conspiratórios com a suspeita de que fui sequestrada e me instigando a usar uma peça amarela na minha próxima postagem se eu estivesse em perigo. Preciso tirar uma *selfie* ou algo assim, mesmo que seja apenas para tirar minha mãe e Spencer de cima de mim.

– Ei, estou tirando uma *selfie*, quer sair? – chamo Imogen só para dizer que estou seguindo as regras de etiqueta das influenciadoras. – Vou marcar você e tudo o mais.

– Hum, obrigada, mas não. – O porta-papel higiênico faz barulho e ouço sons de pés num cubículo atrás de mim. – Talvez não seja bom sermos vistas juntas... aqui – diz ela por trás da porta. – Não gostaria de assustar nenhum patrocinador.

– Bem lembrado – eu digo, minhas pupilas revirando nas órbitas. Eu não consigo forçar um sorriso agora, então abaixo a cabeça, deixando meus cachos caírem na frente do rosto. Respiro fundo, empino o bumbum e jogo os ombros para trás para que meus seios pareçam maiores também. Tiro algumas fotos, mais algumas em posições variadas, escolho a melhor de um grupo ruim, depois, no piloto automático, sigo todo o processo que antecede a postagem. Edição, filtros, marcações. Marco cada parte do meu visual com a alça da marca apropriada, exceto minhas meias-calças pretas opacas, *Denier 100*, que passaram a ser um item essencial do meu guarda-roupa nas últimas semanas de calor sufocante. Não é como se eu pudesse marcar @**Clifton Village Pharmacy**, o único lugar onde encontrei meias-calças grossas o suficiente para cobrir as piores cicatrizes no meio do verão, sem precisar encomendá-las para entregar em casa. Não é de admirar que a maquiagem esteja *derretendo* em mim. Mas não posso deixar ninguém ver o quanto as coisas ficaram ruins, o quanto de mim eu arruinei desde que o dia a dia da minha casa se reduziu a gritos e bater de portas, jantares em cômodos diferentes e choro debaixo das cobertas. Como tudo isso é solitário...

– Você está bem aí? – pergunto a Imogen. Ela está demorando e eu não ouvi o barulho característico da embalagem de um absorvente sendo descartada, então ela pode estar precisando de algo. – Você precisa de um absorvente ou algo assim?

– Não, está tudo bem. Vá na frente, eu vou num segundo.

Então está bem. Eu rolo a tela para ver meus e-mails e copio e colo a legenda pré-aprovada que Paisley Parker, a diretora de marketing da VEGLOW, enviou para ser incluída em todas as minhas postagens que antecedem o lançamento do SERENITY.

> 100% Vegano. 100% Livre de Plástico. 100% Radiante. Eu sou uma #GarotaVeGlow, e você? É hora de brilhar.

Com a cabeça inclinada, segurando o celular na orelha, eu saio do banheiro olhando para cima, a fim de seguir as placas até o Espaço do Círculo, que é onde acontecem as sessões em grupo, segundo o e-mail de confirmação que minha mãe me encaminhou mais cedo. Eu passo rapidamente pelos comentários que já estão aparecendo sob a foto.

> **adele-bumhole123** Absolutamente deslumbrante como sempre.
> **bradtanner.fitness** Caramba, garota. Que gostosa!! Mas, poxa, por que não mostrou seu rosto?!
> **jennathevegan96** Devo presumir que 100% Vegano signifique sem testes em animais...? #greenwashing.
> **images_of_imogen** Você é tão bonita, eu te odeio, não é justo. 😭😭😭😭
> **ethereal.moon_fairy** Sempre fui fã da @veglowofficial, bem-vinda Amêndoa. Namastê.

> **zoweh.squarepants1** Tão fofa! De onde é a sua saia????
> **electralyonslives** Esta *selfie* no espelho tem a vibe das *Meninas Malvadas* dos anos 2000 e estou adorando 🫶

Esperaí, *o quê?!* Electra Lyons está aqui distribuindo elogios e fazendo referência à cultura *pop* dos anos 2000 nos *meus* comentários. Eu respondo instantaneamente, um impulso magnético nas mãos para que ela goste de mim.

> **thereal_amendoabrown** Quer dizer que esta não é a saia mais horrível que você já viu? #muitotop.

Ela curte o meu comentário, assim como muitas outras pessoas, e em trinta segundos alguém responde com **#melhoresamigas** na conversa, mesmo sendo essa a primeira interação entre mim e Electra. Electra Lyons é tudo o que você pensaria de alguém com o nome Electra Lyons. Uma garota descolada de Los Angeles, com 20 anos de idade, cujos pais aproveitaram a atmosfera boêmia da cidade, com sua vida de sexo, drogas e festas na piscina, e profissionais que se autointitulam Terapeuta de Sexo Tântrico e Boticário Holístico. Electra é basicamente ouro em pó, com seu cabelo cor de areia e bronzeado permanente. Seus seguidores já estão na casa dos dois milhões. Uma daquelas influenciadoras de elite que se infiltrou nos círculos de atores e artistas e agora é fotografada passeando de iate com as irmãs Gigi e Bella Hadid.

Parada do lado de fora da porta do Espaço do Círculo, eu acesso o perfil de Electra. Ela tem 28 milhões de seguidores, está seguindo apenas 107, e eu verifico se estou entre eles agora. E eu estou! Electra Lyon está *me* seguindo. E então a parte cínica e descrente do meu cérebro, que anseia por normalidade, diz: *E daí?!*, extinguindo instantaneamente meu entusiasmo de fã.

– Com licença?

– Desculpe. – Dou um passo para o lado a fim de deixar alguém passar, tirando os olhos do celular pela primeira vez enquanto a pessoa entra na sala. Figuras se movem atrás do vidro fosco da porta; há uma mão levantada dando olá e é a pessoa que acabei de deixar passar, uma conversa abafada, apresentações.

Uma lágrima de estresse tremula e rola pela minha bochecha. Eu a enxugo rápido, meu coração batendo forte contra o peito, como sempre acontece quando estou prestes a *conhecer* pessoas novas. Porque eu estou aqui e a sessão está acontecendo agora; não há oceanos, aeroportos ou um ciberespaço infinito entre mim e as pessoas atrás daquela porta, como há com Electra. Na vida real, não existe autocorreção, nenhum botão para me dizer que as pessoas estão me curtindo, nenhum filtro granulado de baixo contraste para me esconder. Respiro fundo e entro.

Lá dentro, a sala está meio vazia, com apenas três das dez cadeiras ocupadas. Eu tiro uma etiqueta adesiva do rolo na mesa de boas-vindas junto à porta, ao lado do inevitável prato de *cookies* e da jarra de suco de laranja. Rapidamente, escrevo meu nome na etiqueta e me sento na frente de um garoto que cutuca uma acne inflamada perto da boca. Estou lendo o adesivo colado no meio da camiseta dele ("Oi! Meu nome é: Liam") quando ele repara em mim, então eu forço um sorriso. Instantaneamente, ele franze a testa e pega o celular.

Eu me pergunto se ele está me seguindo no *Instagram*. Certamente não está seguindo a minha mãe. Ele está vestindo uma camiseta esportiva e boné de beisebol, e não parece o tipo que gosta de yoga, alimentação saudável ou retiros espirituais. Mas o jeito como ele está olhando para mim, mais ou menos como alguém olha a tampa de um vaso sanitário quando ela está exposta numa galeria de arte, me faz pensar que ele deve ter me visto em algum lugar na internet. Provavelmente por uma falha no algoritmo, minhas fotos apareceram na aba Explorar dele como um vômito desfocado.

Liam olha para o celular quando um homem alto e de atitude descontraída entra mancando; um rabo de cavalo frouxo, roupas largas, mochila no ombro. Nos braços um maço de papéis e um novo rolo de etiquetas adesivas.

– Boa tarde, pessoal! – diz ele, sorrindo para as pessoas do círculo. – Como vocês estão hoje?

Silêncio. Todo mundo está olhando para a tela do celular. Eu sorrio para ele, embora seja mais um dar de ombros com a boca, e tiro meu próprio celular do bolso para verificar se está no silencioso, quando Imogen chega e se senta ao meu lado, olhos instantaneamente voltados para o celular também. Legal... eu acho. De qualquer maneira, eu dispenso aquela mesma conversa inicial: a divulgação de nomes, a flexibilização da marca, as dicas maldisfarçadas de uma colaboração para impulsionar o número de seguidores. Nós nunca seremos melhores amigas, mas, ainda assim, a indiferença de se refugiar no celular faz com que tudo fique frio e solitário. Seria bom ter uma amiga nessa hora.

Meu telefone vibra com uma notificação, me afastando desse espaço muito real da igreja reformada, onde ninguém quer falar comigo, e me levando para as profundezas irreais do ciberespaço, onde centenas de pessoas estão tentando ser ouvidas por mim.

> **n8hartmannn, nicstagram_71** e outras 138 pessoas curtiram sua postagem.
>
> **woolandwateringcans** Caramba, você não está com calor usando essas meias-calças?! Está quase 30 graus lá fora!
>
> **amendoaaxxbrownxxfanaccount** Amo muito!!!! Por favor, dá uma olhada na minha página. Estou com quase 50 mil seguidores. 😗😗😗😗😗

Rolando e parando aleatoriamente, curto alguns comentários só para "interagir", respondo a outros com emojis fofos, tipo 💖🐼🐞 ou 🌷🤍⭐, ignorando qualquer comentário que seja sobre as minhas meias. Agora mesmo, já tem gente que adora um drama especulando se eu fiz uma tatuagem ilegal, mas antes que minha atenção seja arrastada para o buraco negro de um tópico de comentário dissecando que tipo de símbolo satânico eu poderia ter tatuado na coxa, recebo uma notificação de mensagem da Electra.

> **Electralyonslives**
> Eu notei que você usou o velho truque de colocar o cabelo na frente do rosto nesta foto ☺
> Usei esse truque por cerca de um mês depois de romper com meu último namorado. Espero que esteja tudo bem com você garota. 🫣

Não sei por que fico chocada ao saber que às vezes Electra também não sente vontade de mostrar o rosto, que alguns dos seus sorrisos podem ser forçados e por trás deles ela pode sentir o mesmo que eu, mas leio e releio a mensagem, finalmente me sentindo compreendida.

Eu não vou afugentá-la despejando meus traumas sobre ela, então só digo que estou bem.

> **thereal_amendoabrown**
> Esse segredinho fica entre nós!
> Estou bem, obrigada por perguntar. Só estou com uma espinha kkkkk. 🫣

Ainda estamos esperando mais algumas pessoas chegarem, então troco para a minha conta *pessoal*, @emerald.a.brown, e rolo a tela para ver algumas coisas que realmente me interessam. Minha avó me emprestou o nome dela para que eu pudesse criar uma conta privada e seguir alguns perfis de terapia da conspiração, contas de crimes reais e a *hashtag* **euamocachorro**, cheia de cachorrinhos fofos. Incógnita. Porém, quando eu faço *login*, vejo que tenho cinco novas mensagens de solicitação para me seguir, o que é estranho. A menos que eu esteja prestes a receber um meme do Mark Zuckerberg, certamente ninguém poderia ter vinculado essa conta a mim. Brown é o sexto sobrenome mais popular no Reino Unido e eu me inscrevi nessa conta com meu endereço de e-mail alternativo, sem nenhuma informação de identificação incluída.

Recuso as solicitações, passando os olhos pelas mensagens, meu polegar se movendo no piloto automático enquanto ergo os olhos para ver três garotas entrando. Fico encarando enquanto elas riem, como um efeito sonoro de TV, as três com a cabeça inclinada sobre o celular da que está no meio, como flores em direção ao sol. Algo dói abaixo do meu umbigo, a saudade de Callie, até mesmo de Steph, e nós três andando pelos corredores da escola de braço dado. Quando as meninas se sentam, eu penteio o cabelo com os dedos, ajeitando-o por cima do ombro, para cobrir a etiqueta de identificação. Mesmo assim, flagro aquele rápido olhar de reconhecimento nos olhos de uma das garotas e é como se milhares de perninhas de formigas rastejassem pela minha pele.

Alguns minutos depois, minha barriga gela quando o *flash* de uma câmera dispara no meu campo de visão periférico. Ao meu lado, Imogen se endireita na cadeira.

– Merda. O *flash* estava ligado – ouço uma das garotas sussurrar. Ela enfia o celular dentro da manga, enquanto os últimos membros do nosso grupo entram, seus olhos percorrendo a sala, depois se fixando no chão e, enfim, fitando as próprias unhas. Em qualquer lugar, menos em mim.

O conselheiro percebe tudo isso e fecha intencionalmente a porta do armário de arquivos. Ele pigarreia, parando no meio do círculo.

– Gostaria de lembrar a todos que temos uma rigorosa política de confidencialidade aqui no *Tranquilidade*. Certo? Guardem os celulares.

Estou paranoica agora, mas juro que os olhos dele se desviam na minha direção. Será que a minha mãe *contou* a ele quem eu sou? Como se fôssemos algum tipo de celebridade? Ah, Deus...

Ele se acomoda na última cadeira vazia do círculo, escreve algo numa etiqueta adesiva e depois cola no peito com ambas as mãos.

– Certo, pessoal, vamos colocar nome em todos esses rostinhos adoráveis e sorridentes, OK? Meu nome é Oliver – ele diz, dando uma batidinha na sua etiqueta com a tampa da caneta.

Enquanto Oliver explica as regras básicas das sessões em grupo, eu olho ao redor do círculo e travo os olhos num garoto duas cadeiras à minha esquerda, segurando o *croissant* mais recheado e crocante que já vi. Ele tem uma beleza robusta, um nariz forte, lábios cheios e cabelos desalinhados, que caem em suas têmporas e cobrem seu rosto enquanto ele olha para baixo a fim de tirar as migalhas espalhadas na sua camisa de veludo desbotada. Piscando de volta para mim, ele dá uma grande mordida em seu lanche, que forma um sorriso rechonchudo na frente do seu rosto, e sorri para mim enquanto mastiga. Seus olhos são lindamente melancólicos, da cor de nuvens de chuva. Eu sorrio de volta, meu estômago roncando alto durante o discurso introdutório de Oliver. O garoto arqueia as sobrancelhas para mim e pergunta só movendo os lábios: *Com fome?* e ri consigo mesmo enquanto lambe o açúcar dos dedos e me lança um sorriso de lado que faz um tremor percorrer meu corpo.

Eu desvio o olhar, desajeitada, me sentindo vulnerável e muito longe de ser sedutora, e verifico o celular uma última vez para me distrair.

Que diabos? Chega *outra* solicitação para me seguir na minha conta pessoal. O mesmo nome de usuário estranho e assustador de antes.

> **anRkey_InCel47** gostaria de enviar uma mensagem.
> Aceitar   Recusar

Eu levanto a cabeça e procuro tolamente ao redor da sala quem continua tentando enviar coisas para a minha conta privada no *Instagram*, os olhos semicerrados como se algum homem suspeito usando balaclava e óculos escuros, digitando no celular, estivesse ali no *Tranquilidade*, esperando para descarregar seu trauma como o resto de nós. Mas isso é a internet – pode ser qualquer um, em qualquer lugar. Eu pressiono o polegar em Recusar.

Não posso pensar nisso agora, então guardo o celular, me inclinando para a frente na cadeira novamente, procurando pelo Garoto do *Croissant* e seus olhos tempestuosos. Meu coração aperta quando eu o vejo conversando animadamente com a garota sentada ao lado dele, sussurrando com os olhos arregalados e gesticulando como se eles se conhecessem há anos. Observo as coxas grossas dela, vestindo meia-arrastão e transbordando pelas laterais da cadeira de plástico, o corpo jogado para trás com as risadas, exalando uma confiança que ocupa o espaço que merece. O Garoto do *Croissant* bate no braço dela com as costas da mão livre e eles caem na gargalhada de novo. Eu fico encarando, querendo poder capturar apenas um pouco da convicção vibrante e ruidosa dela, mas, em vez disso, compenso do único jeito que sei, que é sugando instintivamente a barriga e projetando o queixo para fora, como me ensinaram para parecer bonita, desde que tinha 10 anos de idade.

– Então, agora que garantimos que este ambiente será um espaço seguro para *todos* – seus olhos rapidamente se voltam para mim de novo, então eu sei que minha mãe definitivamente apelou para o "você sabe quem eu sou"?... Ah, meu Deus! – Vamos ver quem eu vou ter o prazer de conhecer neste verão – diz Oliver, percorrendo a lista de inscritos com a caneta. – Lex?

– Aqui.

– Joss?

– Aqui – responde o Garoto do *Croissant*. *Joss*.

– Amêndoa?

Meus dedos agarram a borda da cadeira, antecipando os olhares. Não estou sendo arrogante; sei que existem milhares de garotas ganhando dinheiro com seus milhões de seguidores e a lista de celebridades de segunda classe fica cada vez maior e mais brilhante a cada dia, mas Bristol é uma cidade de curiosos e "Amêndoa" não está nas listas dos nomes mais populares para bebês.

Minha pele arde em chamas. E se eles começarem a vasculhar minha página na Wikipédia para descobrir se há algo de errado comigo antes que eu mesma conte? Eu coço com as unhas a lateral do pescoço, deixando ali um vergão.

– Sim – respondo, os lábios mal se movendo.

Meus olhos percorrem o círculo. Liam ainda continua a olhar furtivamente para o celular. Joss dá uma mordida indiferente no *croissant*. Mas as garotas me encaram com olhares enviesados, risadinhas e lascas de ódio. Ou então estão sorrindo para mim, implorando minha atenção, passando os dedos no cabelo, tentando me cativar com sorrisos brilhantes e assustadores de que me conhecem muito bem.

Eu estremeço com o som do obturador da câmera de outro celular.

– Pessoal, vou proibir os celulares aqui no Espaço do Círculo se isso continuar. Espaço. Seguro. Lembram? Preciso lembrá-los do acordo de confidencialidade que vocês ou seus pais assinaram? Enfim, bem-vinda, Amêndoa – Olive continua a chamada. – Samantha?

Alguém responde do outro lado do círculo, mas não vejo quem é. Toda a minha atenção está focada na minha visão periférica, onde estou num confronto de olhares enviesados com a garota da meia-arrastão, sentada ao lado de Joss. Ela morde o lábio, me avaliando, a testa franzida enquanto vasculha seu cérebro tentando se lembrar de onde ela me conhece na internet.

Talvez ela se lembre de mim de um vídeo em que estou fazendo artesanato de Halloween ou colocando gesso no braço ou qualquer outra coisa intimamente inapropriada. Toda a minha vida está no canal da minha mãe no YouTube. Desde o treinamento do penico até a compra dos primeiros absorventes.

Eu tento mandar a minha boca sorrir para a garota, para que meu rosto fique do jeito que ela deve estar acostumada a me ver na internet, mas ela não me obedece, então a garota rompe o contato visual, olha para os joelhos e tira sua franja preto-arroxeada do rosto.

À minha direita, vejo Imogen sentada, linda e recatada, catando fiapos invisíveis na blusa e balançando o pé. Quando o nome dela é chamado, ela respondeu com sua voz melódica da Disney, acenando delicadamente como se estivesse num carro alegórico.

– Sim, estou aqui, olá! – Ela abre um sorriso para o círculo de expressões vazias.

Embora, no lugar dela, eu estaria me deleitando com a bolha de privacidade que a presença menor nas redes sociais lhe concedeu, eu sei que ela está educadamente furiosa com a constatação de que ela é irreconhecível ali, o sorriso fixo no rosto, os cílios piscando mais do que o normal.

– Muito bem. – Oliver chegou ao final da sua chamada, as mãos cruzadas no colo, todos os adolescentes mentalmente instáveis já contabilizados. – Antes de começarmos, quero deixar claro que estas sessões só darão a vocês os blocos de Lego e... o *manual de instruções* para vocês começarem a construir seus espaços mentais felizes. – Dá para ver que ele está superorgulhoso desse tal manual; até faz uma pausa para as risadas fracas e dispersas ao redor da sala. – Mas são *vocês* que têm de se incumbir de todas as partes complicadas e chatas para encaixar todas elas, OK? E para quebrar o gelo, pensei que todos poderíamos compartilhar uma coisa que nos faz sorrir pela manhã. Pode ser uma música, uma pessoa, o que você come no café da manhã... – Oliver diz, transmitindo uma energia muito parecida com a de um Ned Flanders da geração do milênio, depois de um café gelado. – Heather, por que não começamos com você?

É a garota da meia-arrastão.

– Meu "coelho" – ela diz com sarcasmo, apesar das manchas vermelhas que vão surgindo ao longo da sua clavícula. Ela não parece alguém que se chama Heather. O cabelo dela é cor de berinjela, liso e brilhante, a pele é branca como leite e as roupas, de cores vivas e contrastantes. – Sim, eu diria que é o meu "coelho" – ela repete, e é como se o riso dela se acumulasse na parte de trás dos dentes e escapasse pelas laterais. Recompondo-se, Heather me olha nos olhos e acho que ela quer que eu a ache engraçada pelo que ela está prestes a dizer. – Sim, ele *sempre* vem me salvar nos dias sombrios.

Heather e Joss soltam aquela risada engasgada, tipo riso de velho, que só acontece quando você não deveria estar rindo, como risadinhas numa reunião de pais e mestres. Eles já *devem* se conhecer.

– Seu coelho, que adorável!... – diz Oliver, totalmente alheio à piada do vibrador de Heather. – Animais de estimação podem ser uma fonte inesgotável de conforto, não é mesmo? Qual é o nome do seu coelho, Heather?

– Hum... *Buzz*?

Agora *isso* é bem engraçado, mas eu seguro o riso mesmo assim. Estou suada e insegura, e ainda não estou pronta para revelar meu verdadeiro eu a essas pessoas.

– Fofinho, como em *Toy Story*. – Oliver balança a cabeça com entusiasmo. – Eu gosto. E você, Joss?

Ele passa a mão pela camisa, alisando o veludo cotelê.

– Gosto de ficar com o meu cachorro, Dudley.

Oliver aconchega o queixo no pescoço, sorrindo.

– Eu vejo um tema em comum aqui, pessoal! – diz ele. – Animais de estimação que confortam, ótimo! Quem é o próximo? O que faz você sorrir, o que faz você querer sair da cama pela manhã?

Imogen levanta a mão.

– Minha rotina matinal de cuidados da pele.

Enquanto tento bloquear a descrição detalhada de Imogen sobre a importância de aplicar com pequenos círculos seu bálsamo hidratante enriquecido com vitamina C, fator de proteção solar 50 e aroma de manga, penso no que costumava me fazer sorrir de manhã e sinto um vazio ainda maior no estômago.

Isso me faz sentir falta de quando eu acordava com a maciez da orelha dela pressionada contra meu queixo, o som suave do seu ronco quente em meu pescoço. De quando ela ficava assim, enrodilhada em mim pelo tempo que eu precisasse, enterrada debaixo dos cobertores até a gritaria parar. Mas então minha mãe a mandou embora.

– Amêndoa? – Com os olhos baixos, tento me concentrar nos dedos peludos de Oliver se projetando das sandálias, para que as lágrimas que balançam nos meus cílios não caiam. – Pode nos dizer o que a faz sorrir pela manhã? – diz ele.

– Minha cachorra, Mel – eu digo, minha voz grossa e pastosa.

Quando eu olho para a frente, Joss está olhando para mim com aquele tipo de sorriso triste que não é um sorriso de verdade, aquele tipo que acompanha um "sinto muito pela sua perda", ou "que pena". Mas ele acena com a cabeça como se soubesse o que eu quero dizer e posso dizer que Joss ama seu cachorro Dudley do mesmo jeito que eu amo a Mel. Seu cachorro é como uma máquina de suporte à vida assim como Mel é para mim.

5

Nossa sessão de uma hora está quase acabando quando Oliver começa a distribuir nossas tarefas de casa; uma folha impressa com um gráfico genérico de monitoramento do humor com caixas de atividades para preencher a *cada* hora do dia e um espaço para descrever como cada atividade nos faz sentir numa escala de 0 a 10. Ele tinha preenchido um exemplo fictício conosco mais cedo, usando suas próprias atividades semanais como exemplo. Trabalho, Pilates e almoço com a mãe. Simples, saudável. Eu me encolho, imaginando com o que o meu gráfico vai ser preenchido. Sessão de fotos, *designer* de sobrancelhas, sendo filmada pela minha mãe enquanto levo o lixo para fora. Que empolgante...

– Ah... já passou uma hora? – Oliver diz, estalando a língua. – O tempo voa! Certo, não se esqueçam de preencher seus gráficos, OK, pessoal? Cuidem-se. Tenham juízo. E tenham um bom fim de semana – ele grita para a confusão de adolescentes pegando suas coisas nos fundos da sala.

Eu continuo sentada, ocupada em dobrar com cuidado as minhas folhas e colocá-las na bolsa, intimidada com o olhar demorado e insistente de uma garota chamada Varsha, o celular na mão e corretivo retocado e pronto para uma *selfie*. Como se agora, enquanto ainda estou fungando e meus olhos estão vermelhos, meu coração ainda em carne viva e me sentindo vulnerável de tanto chorar na frente dessas pessoas, fosse um momento apropriado para uma *selfie*.

– Tchau! Boa sorte com o *post* da VEGLOW. Parece que você vai ganhar meio milhão! – Imogen cantarola enquanto joga a bolsa sobre o ombro, os olhos no celular.

– Sim, Spencer tem bombardeado meu celular com estatísticas de tráfico o tempo todo.

– Spencer é um gato... Você tem sorte de tê-lo como empresário.

– Sim, acho que tenho. – Engulo o nó seco de desespero preso na garganta. – Ei, o que você vai fazer agora? Não quer tomar um café? – Sorrio, envergonhada com a minha última tentativa desesperada de fazer amizade. – Conheço um lugar não muito longe daqui.

Os olhos dela se desviam da tela.

– Desculpe, não posso, estou evitando cafeína e, de qualquer maneira, tenho que me apressar. Estou promovendo um novo *shake* que substitui uma refeição... Nojento, aliás... E o contrato pede pesagens ao vivo diariamente, então... – Ela dá de ombros, já se virando, como se qualquer coisa que ela tenha acabado de dizer pudesse parecer uma desculpa casual. – Vejo você na próxima semana.

– Ah, certo, até lá.

Isso é tudo com relação à ideia que as nossas mães têm de Amigas de Terapia para Sempre. De qualquer maneira, é óbvio que Imogen só está aceitando qualquer tipo de relacionamento comigo por causa da interferência da mãe. Nem a possibilidade de algumas centenas de seguidores extras conseguiu levá-la a tirar uma *selfie* comigo, que dirá tomar um café.

À medida que a sala se esvazia, desbloqueio meu celular para enfrentar as seis chamadas perdidas e as 22 mensagens da minha mãe, decidida a deixar as mensagens de Spencer sem resposta. Eu percorro as notificações, a ansiedade agitando minhas entranhas como uma batedeira eletrônica misturando massa.

> **Mãe**
>
> Se aproximando de 350 mil curtidas agora...
>
> Paisley e o chefão acabaram de curtir!!!
>
> Jesus! Você não está empolgada?!?!?!

Eu *estou* empolgada, sim, mas não pelos mesmos motivos que a minha mãe. Como ela disse, ser contratada pela VEGLOW para uma temporada inteira de anúncios significa muito dinheiro. Mesmo que eu não pretenda aparecer em nenhum desses anúncios em pessoa, em tempo real. Se acionarem todos os advogados depois que eu desaparecer, eles têm minha total permissão para criar uma versão *deepfake* minha para os anúncios.

Desde que eu era pequena, sempre foi segredo quanto dinheiro meus contratos com as empresas que divulgo realmente me renderam no total. Minha mãe está sempre dizendo: "Estou cuidando de tudo. Não se preocupe, estou fazendo um pé de meia pra você". Portanto, o dinheiro não deve ter apenas pingado ao longo de todos os dezessete anos em que fui influenciadora. As marcas nos pagam há anos, mesmo antes que esse trabalho tivesse um nome. Eu fui modelo de fraldas biodegradáveis aos 3 anos e passei a promover copos menstruais reutilizáveis aos 13.

Só espero que o pagamento da VEGLOW seja suficiente para me tirar daqui, suficiente para que o dinheiro que a minha mãe vem guardando para mim não faça falta, para que eu não precise pedir nada a ela e ela só saiba da minha partida quando já for tarde demais. Eu já estarei num avião para a

Argentina, Porto Rico ou Marrocos antes que ela possa tentar me impedir. Em algum lugar onde ninguém saiba quem eu sou.

Eu digito uma resposta para ela.

> **Amêndoa**
> Estou mais nervosa do que empolgada, acho.

Enfio o celular no bolso e vou embora sem dizer nada a Oliver, porque, para ser sincera, não sei se vou conseguir fazer tudo isso de novo na próxima semana. Os olhares, as revelações excessivas de detalhes da minha vida pessoal, as conversas abertas sobre nossos *sentimentos* mais profundos. Deus, eu pareço meu pai. Eu simplesmente não estou acostumada a contar a ninguém a verdade sobre como me sinto; meus sentimentos são geralmente moldados na minha boca por mãos profissionais, para caberem no próximo anúncio, ou ajustados e retocados no meu rosto pelo Photoshop. E, pensando bem, talvez eu nem esteja aqui na próxima semana. Talvez a VEGLOW queira nos contratar oficialmente e nos fazer assinar um contrato o mais rápido possível. Pode ser que eu já esteja saboreando uma sangria na Andaluzia sexta-feira que vem.

– Ei. Castanha, não é?

Eu me viro para trás, de boca aberta e ainda saboreando aquele coquetel imaginário de vinho e laranja sanguínea na Andaluzia, e vejo Joss sorrindo para mim, um sorriso de verdade, com ruguinhas nos olhos e covinhas nas bochechas. Como se eu fosse a única pessoa com quem ele quisesse falar de novo. Heather está um pouco atrás, a bolsa apoiada na coxa, enquanto ela mexe dentro dela.

– Oi? – gaguejo.

De perto, eu examino a aparência de Joss, meus olhos percorrendo cada detalhe do rosto dele em cerca de cinco segundos, do jeito que minha mente foi treinada para identificar cada imperfeição, cada falha, quando estou me olhando no espelho. As mangas da camisa estão dobradas nos cotovelos, sardas salpicam seus braços pálidos, que ele continua cruzando e descruzando. Há uma dúzia delas espalhadas pelo seu nariz também. Ele passa a mão pelo cabelo castanho meio comprido e sorri para mim com os lábios ressecados, o rosto próximo. Enquanto ele ri, sinto o cheiro de canela amanteigada em seu hálito, sua língua umedecendo os lábios enquanto ele se prepara para falar comigo novamente, os olhos nunca se desviando dos meus.

– Castanha? Ha-ha. Muito original... Com licença – interrompo antes que ele possa falar, porque ninguém nunca quer *apenas* falar comigo. Especialmente alguém como ele, que consegue ser tão bonito sem se esforçar. Sinto uma intenção oculta.

Eu tento passar por ele, sabendo que vai colocar a mão no meu braço para me deter se *realmente* quiser falar comigo e ele faz isso, seu toque mexendo em algo quente e palpitante em mim, como se minha calcinha estivesse cheia de asas de borboleta. Seus olhos tempestuosos me envolvem, deixando o ar carregado entre nós e fazendo eu me sentir eletrizada, como uma chuva iminente. Sei que ele não vai me pedir uma foto, tenho certeza disso, mas percebo que estou tensa, esperando que ele diga que me segue no Insta. Ou que ele me pergunte como é estar no tapete vermelho, qual é exatamente a minha altura ou quanto ganho por postagem. Mas ele não faz nada disso. Já se passaram vários segundos e ele não me deixa ir.

– Ei, não vai embora! – Ele levanta as mãos, abrindo dez dedos nodosos de menino para mim. – Piada de mau gosto, né? Desculpe. É Amêndoa, certo? Hev estava aqui me dizendo que você é famosa, aparentemente. – *Aparentemente*? Então ele não me conhece? – Ela é sua maior fã...

– Eu não sou, não diga isso! – diz Heather, enquanto retoca o batom.

Ela fecha o espelho de bolso roxo com um estalo e sorri para mim, os lábios carnudos e franzidos, mas não indelicados. Meus dedos vão para os lábios e acaricio a pele macia ali, ainda incerta se Joss e Heather querem ser legais ou não. O dr. Wallace diz que meu corpo instintivamente toca a si mesmo para buscar conforto, acalmando-se para liberar ocitocina.

— Não minta, Hev. — Joss toca meu ombro com as costas da mão. *Ocitocina, ocitocina.* — Ela me disse que costumava ter pôsteres seus espalhados pelo quarto, sabe, até guardava uma bonequinha da Amêndoa debaixo do travesseiro e tudo...

— Você não é engraçado, Joss. — Ela sorri para mim de um jeito acolhedor, revirando os olhos de modo que o delineador escuro e esfumado nas pálpebras as faça parecer duas luas cheias, e me pego sorrindo de volta. — Eu te segui por um tempo, um ou dois anos atrás. Tive que parar de seguir... Toda aquela coisa de "Oi, gente!" e todos aqueles anúncios estavam ficando um pouco demais.... Mas você não é tão irritante pessoalmente. Sem ofensa.

— Por incrível que pareça, não me sinto ofendida.

Joss não está ouvindo, seus olhos estão baixos enquanto ele rola a tela do celular.

Eu desanimo. Sou tão desinteressante ou pouco atraente que ele precisa verificar suas redes sociais no meio da conversa? Provavelmente. Preciso me lembrar de que não sou a garota cuja foto é sufocada de amor digital, a garota que é *#metasdecorpo*, *#rainhadabeleza*. Ela não é real. E enquanto Joss rola a tela com o dedo, um vermezinho vil de insegurança começa a me morder. Não sou bonita o suficiente – *nhac* –, ele já viu tudo o que há para ver de você na internet – *nhac* –, ele só sai com garotas brancas – *gulp*. Não posso acreditar que estou realmente com ciúmes daquele pedacinho de tecnologia que ele está segurando na mão.

Estou prestes a levantar as sobrancelhas para Heather, quando ela pega o celular também.

— Enfim – digo com um suspiro. — É melhor eu ir.

— Olha! – Joss diz, inclinando-se para mim para que eu possa ver sua tela. O ombro dele bate no meu e sinto o *cheiro* dele, aquele cheiro da própria casa que todo mundo carrega nas roupas. A dele é como grama cortada, pão partido e cachorro sonolento. Sinto a pele dele contra a minha. *Ocitocina*. *Ocitocina*. – Aqui está o nosso Dud. Espera, espera, olha esta parte.

No vídeo que Joss está me mostrando, ele está sentado no chão com seu cachorro, Dudley, dividindo uma casquinha de sorvete derretido com ele. Joss retrocede um pouco o vídeo para que eu possa ver a parte em que Dudley joga sorvete no rosto dele com a língua comprida e carnuda. Nós olhamos um para o outro ao mesmo tempo, rindo.

– Eu já amo esse cachorro – eu digo. – Os buldogues franceses são a minha segunda raça favorita.

– Que blasfêmia! – diz ele, balançando a cabeça. – Que cachorro você tem?

– Um Staffordshire Bull Terrier. Olha, esta é a Mel.

Eu levanto o celular para mostrar a Joss a foto da Mel tomando banho de sol no parapeito da janela, mas acidentalmente deslizo para baixo a aba de notificações e blocos pretos de chamadas perdidas da minha mãe e as prévias de suas mensagens atrapalham a imagem.

Mãe

Não tive notícias suas o dia todo!!!

Amêndoa, me liga de volta. São quase 425 mil curtidas!

Você ainda está na reunião do Tranquilidade?!

Você ativou o Não perturbe de novo? Nós já conversamos sobre isso, Amêndoa!

Tento desbloquear meu telefone, mas minhas mãos estão suadas e eu não consigo segurá-lo firme. A biometria não funciona.

– Esperaí. – Eu digito a senha de acesso enquanto Joss se afasta de mim, o momento é atravessado pelo constrangimento. Nossos olhares se encontram e ele me lança aquele mesmo sorriso enviesado que me deu mais cedo no grupo. Ah, Deus, ele sente pena de mim. – Aqui está ela – murmuro, segurando o celular no ar desta vez.

Eu sorrio também, olhando o nariz molhado da Mel pressionado contra a janela, os olhos fechados sentindo o sol quente na cara.

– Que linda! – diz ele, realmente falando sério.

É óbvio que Joss viu as notificações, mas estou feliz que esteja fingindo que não, e eu sorrio para ele, feliz por estar compartilhando com alguém algo tão simples como o amor dos cães.

– Ei, desculpe interromper esse *meet-cute* ou o que quer que seja, mas por acaso você usa um nome diferente no **facebook** por questões de privacidade? – Heather tira a franja roxa dos olhos. – Não consigo te encontrar.

Eu bloqueio meu celular e a tela fica escura entre nós. Que diabos ela quis dizer com "*meet-cute*"? Vou pesquisar no **Google** mais tarde. Eles riem, então eu acho que é uma piada e rio também.

– Ah, não.

– Mas, falando sério, você está disfarçada ou algo assim? – Heather pergunta. Então ela não estava apenas navegando em suas redes sociais, ela estava procurando o meu verdadeiro eu – não o amendoahazelbrown©, que é a minha versão criada pela minha mãe.

– Não – digo, limpando a garganta. – Não tenho **facebook** mesmo.

– É uma boa, tenho pensado em desativar o meu faz tempo. É sufocante! Todos esses babacas com quem não falo mais na escola, espalhando lixo sexista, racista e transfóbico. – Suas narinas se dilatam, olhos arregalados com a fúria de ativista da internet, os cílios carregados de rímel parecendo perninhas de aranha rígidas. Heather balança a cabeça e dá de ombros. – Eu só fico pelos memes. Qual é o seu **twitter**?

– Também não tenho **twitter**. Quero dizer, tecnicamente eu tenho, mas meu empresário é que controla... Eu não uso. Só estou em thereal_amendoabrown no *Instagram*. Não estou em mais nada. – Mentira. Eu também tenho a conta @emerald.a.brown, mas não saio por aí divulgando isso para pessoas que só conheço há cinco minutos. – Eu, na verdade, não uso muito as redes sociais, a não ser que seja para – engulo em seco – trabalho. – Meia mentira. Não posto nas redes sociais, só se for para o meu trabalho.

Há uma pausa que me faz lembrar por que eu sempre espero o pior quando chamo as redes sociais de "meu trabalho", me preparando mentalmente para os olhares de desdém à minha volta, o argumento de que ser influenciadora não é trabalho de verdade, que é apenas "tirar fotos e fingir que gosta das coisas", como diz minha avó Em. Mas esse julgamento não vem. Em vez disso, Heather aponta o polegar para Joss.

– Meu Deus, temos mais uma aqui. A "Cabeça de Papel-Alumínio" aqui também não está *on-line*.

– Não, e para mim isso é bom – diz ele. – Está ficando insano, Hev.

Ela geme.

– Não *está* ficando insano, cara. *Você* é insano.

– E o que dizer disto, então? Outro dia eu só disse: "Esse sofá está me dando dor nas costas"... só que não, eu não disse isso, eu disse: "Esse sofá está ferrando as minhas costas", e a minha mãe estava sentada comigo no iPad dela, entende? – Seus olhos se estreitam em fendas quando ele se inclina na minha direção de um jeito conspiratório. – Um minuto depois, ela me mostra a penca de anúncios de travesseiros de apoio lombar e quiropráticos que estavam aparecendo no **facebook** dela! Eles estão sempre ouvindo, estou dizendo! A tecnologia sabe o que estamos falamos... É o jeito do governo de...

– Ah, meu *Deus*... – diz Heather. – Dá para dar uma folga, Joss? Bush foi o responsável pelo 11 de Setembro, Epstein não se matou e a família real é composta de alienígenas com olhos de lagarto. – Ela me encara com um olhar vazio.

Eu rio quando Joss encolhe os ombros.

– Não venha chorar no meu ombro quando a elite global...

– Eu acredito em você – eu interrompo, observando um lado da boca de Joss se curvar num sorriso.

– Será que dá para todo mundo parar de me interromper? – Ele ri.

Eu olho em volta porque minha mãe diz que gostar de teorias da conspiração e em crimes reais não faz parte da nossa imagem, mas agora todos já foram embora, exceto Oliver.

– As torres desabaram de baixo para cima, como se fosse...

– Uma demolição cronometrada, certo? – Joss termina. Sinto minha cabeça balançar em concordância.

– Vocês são doentiamente perfeitos um para o outro. – Heather sorri, uma sobrancelha erguida. – De qualquer maneira, pelo menos vocês têm celular. Precisamos de um grupo de bate-papo.

Eu entrego a ela meu celular para que possa trocar todos os nossos números.

– Legal ver que vocês estão fazendo amigos – Oliver diz, balançando a cabeça enquanto passa pelas cadeiras em círculo. – Também é bom ter uma rede de apoio fora do grupo. Ótimo trabalho, pessoal! – Com um monte de pelúcias nos braços, Oliver caminha pelo círculo e vai colocando um bichinho de pelúcia em cada cadeira. Agora mesmo, ele está avaliando se é um pinguim com um chapéu de policial ou um coala usando óculos de sol que fica com o último lugar. Ele nos vê observando e diz: – Temos uma sessão de *Tranquilidade* para crianças pequenas começando em cerca de quinze minutos.

– Que legal, terapia para crianças... Tão anos 2020... – diz Heather. – Bem, hmm, vamos sair daqui. Até a próxima semana, Oliver.

– A propósito, eu escolheria o coala – diz Joss, inspecionando um lulu-da-pomerânia fofo sentado obedientemente na cadeira mais próxima. – É bom para que as crianças saibam como eles são antes que sejam extintos.

– Meu Deus, de tudo o que ouvimos hoje, acho que isso foi o mais deprimente – eu digo.

– Não, acho que a extinção dos coalas está no mesmo nível da rotina de uma hora de cuidados com a pele daquela garota Imogen – Heather diz. – Quem tem tempo para essa bobagem toda?

Dou risada e depois me sinto mal por isso, porque sei que provavelmente foi a mãe de Imogen que a obrigou a seguir essa rotina de cuidados com a pele desde que o primeiro cravo surgiu no nariz da filha. Oliver acena para nós com um golfinho de pelúcia debaixo do braço e eu começo a pensar que talvez essa terapia não seja tão ruim assim. Afinal, o que são seis sessões concordando com a cabeça, emitindo murmúrios e preenchendo folhas de atividades semelhantes às que se preenche na escola primária?

– Ei, a tal da Eva Fairchild... desculpe, quero dizer, *a sua mãe* está te ligando – Heather diz e, antes que eu possa impedi-la, ela desliza a tela para atender a chamada, colocando o celular no meu ouvido.

Eu atravesso o arco da igreja reformada e desço as escadas, pego o celular, sentindo algo pesado se instalar sobre os meus ombros, como se eu estivesse vestindo um casaco molhado, sua pele sintética fria e úmida no meu pescoço.

– Alô...

– Quinhentos mil, querida! Conseguimos! Você viu as minhas mensagens? A VEGLOW quer *nós duas*, Amêndoa. Ah, meu Deus!

– Isso é... ótimo, mãe... – eu digo, me demorando no final dos degraus, deixando os outros andarem um pouco à minha frente. – Mas e quanto ao...

– E, e... Acabei de falar com a Paisley, querida. Ela quer exibir o anúncio na Piccadilly Circus. Você acredita! Eu e você juntas, três metros de altura.

– Mas vai ser como se fossem trinta... Eu respiro fundo, prestes a perguntar quanto dinheiro eles estão oferecendo, mas minha mãe me interrompe com um gritinho. – Ah, é Spencer ligando agora! Vejo você mais tarde, querida. – A linha é interrompida.

Eu afasto o celular do ouvido, olhando para ele como se eu tivesse acabado de estabelecer comunicação com Marte. *Piccadilly Circus?* Engulo em seco, olhando para o meu reflexo na tela preta.

Quando alcanço Joss e Heather, um Mazda preto caindo aos pedaços, com uma porta vermelha do lado do passageiro, estaciona diante de nós. Heather desce da calçada e coloca a mão no teto do carro, enquanto o carinha atrás do volante se arrasta para o banco do passageiro.

– Bem, já vou indo. Meu irmão está me ensinando a dirigir porque as aulas na autoescola estão *caras*. Assim como a terapia em grupo, mas é necessário. De qualquer forma, Amêndoa, tipo *"Meu Deus!, foi tão incrível te conhecer!"* – Heather acena com a mão na frente do rosto, fingindo ser uma fã, antes de rir e depois sorrir para mim, de um jeito bobo e genuíno. – Mas, falando sério, foi legal te conhecer. E, Joss, provavelmente vou te ver todas as noites no canto da tela do computador do Rich.

– Não, nem todas as noites. – Ele ri, bagunçando um punhado de cabelo solto na parte de trás da cabeça. – Sua inútil.

– *Nós* éramos amigos primeiro, entende, da faculdade – diz Heather para mim. – Mas aí um dia o Joss veio e conheceu meu irmão, Rich. Eu deixei os dois jogando X-Box por *uma* hora. E, pronto! Já eram *brothers*. Falando nisso, preciso ir. Rich já está se arrependendo de ter concordado com essas aulas – diz ela, enquanto ele põe a mão no volante, dando duas buzinadas rápidas. Um monte de latas de Coca-Cola amassadas cai na calçada quando Heather abre a porta do lado do motorista e uma música *heavy metal* irrompe do carro. – Vixi! – diz ela, olhando para o chão e depois para o irmão.

– Pode ir que eu pego – Joss diz, enxotando-a para dentro do carro. – Boa sorte.

– Obrigada. Tchau!

– Eu estava falando com o Rich.

– Idiota. – Heather bate a porta e mostra o dedo do meio para ele.

– Tchau! – digo, tossindo quando uma fumaça preta sai do escapamento do carro.

Eu continuo observando o carro pelo maior tempo possível, até ele virar a esquina, e depois fico parada ali, sem jeito, com Joss. Nem vou alimentar a ideia de que ele está atraído por mim também, mas me pergunto se essa amizade vai ser do tipo que tem hora marcada, sabe, o tipo que só tem conversas superficiais e trocas de mensagens entediadas sobre encontros que nunca acontecem fora do compromisso que temos juntos. Acho melhor descobrir.

Limpo a garganta.

– Deve ser legal, tipo, já conhecer alguém do grupo. – Faço um gesto fraco na direção em que Heather foi.

– Sim, na verdade foi meio por acaso que acabamos aqui ao mesmo tempo.

– É mesmo?

– Sim, quero dizer, eu estava havia meses na lista de espera para fazer *qualquer* tipo de terapia depois de me encaminharem, só esperando alguém me chamar. Então, como eles descobriram que minha mãe tem algum tipo de seguro de saúde sofisticado no trabalho dela, me ofereceram essa terapia de seis semanas aqui, exatamente ao mesmo tempo que Hev recebeu uma indicação urgente para, hã... Sabe de uma coisa? Eu não deveria ter dito isso. A história não é minha para eu contar. Mas, sim, é bom que a gente possa fazer isso juntos. – Eu concordo com a cabeça de um jeito exagerado e Joss sorri para mim por cima do ombro, recolhendo as latas de Coca-Cola da sarjeta. Nossos olhos se encontram quando ele passa por mim a caminho da lixeira de resíduos recicláveis, que fica entre as caçambas de doação de roupas e de brinquedos da igreja. – E você? Mora aqui perto? – ele pergunta.

– Sim, não é longe. Moro a maior parte do tempo com a minha mãe em... é... – eu hesito, meus olhos vagando pela camisa desbotada de Joss, avistando um furo de traça no ombro; eu não quero que ele pense que sou uma garota riquinha, mas também não quero mentir. – Clifton – digo, decidindo aproveitar meu novo *status* de filha de pais separados. – Mas meu pai acabou de comprar um apartamento em St. Paul, então, sim, agora posso ir para lá nos fins de semana... custódia compartilhada e tudo mais... E você? Onde mora?

– Sinto muito pelos seus pais... deve ser uma barra. Mas, é, não estou longe de você. Na verdade, moro em Redland. Somos só eu e a minha mãe em casa. Às vezes minha irmã também, mas ela passa a maior parte do tempo transando aqui e em Londres, onde supostamente está na faculdade.

– Isso é ruim? – eu digo, prestes a dar uma bronca nele por julgar as atitudes da irmã.

– Só porque o quarto dela é ao lado do meu. Ela pode fazer o que quiser – diz ele, parando por um segundo. – Mas não acho que seja feliz.

– Ah... – digo, sem saber o que responder. – Espero que ela esteja bem. Ela faz faculdade do quê? – Assim que eu pergunto, eu me encolho toda, me lembrando da pilha de prospectos de universidades que nunca me preocupei em ler, acumulando poeira na minha mesinha de cabeceira.

– Direito. Ela estava me contando sobre um módulo de Criminologia que vai cursar no ano que vem.

– Caramba! Que incrível!

– Também acho. Eu deveria estar indo para a universidade este ano também, mas meu empréstimo estudantil não cobriria nem o aluguel em Londres. Então, vou tirar um ano sabático para trabalhar e economizar.

– Que tipo de trabalho você faz? – pergunto, rápido demais.

– Fico prospectando clientes por telefone para uma grande empresa de software de TI, o que é tão chato quanto parece. – Joss aperta a ponta do nariz e balança a cabeça. – Eu odeio, muito mesmo. Mas preciso ter pelo menos alguns milhares de libras guardados antes de pedir demissão. – Ele suspira. – Desculpe pelo papo entediante.

– Não, não é. É difícil... – eu digo, meu cérebro tentando desesperadamente pensar em algo para dizer e manter a conversa, mas só recebendo mensagens de erro.

Joss morde o lábio.

– Ei, podemos assistir a uns documentários juntos um dia desses, se você gosta de teorias da conspiração e tudo mais. Acabaram de colocar todos os episódios antigos de *Cold Case: Arquivo Morto* na NETFLIX.

– Espere aí, você está realmente me convidando para assistir NETFLIX e relaxar? – provoco.

– Não. Não, não... – Seu rosto parece que foi esbofeteado, tamanho o constrangimento. Um vermelho brilhante arde em suas bochechas, enquanto eu tento esconder minha decepção ao ver o desespero dele para negar qualquer insinuação sexual. – Eu nem tenho TV no quarto, ou um notebook – ele continua. – Então, a menos que você queira... fazer *coisas*... na companhia da minha mãe e do meu cachorro hiperativo – percebo novas manchas vermelhas surgindo na ponta do nariz e no queixo dele e não posso deixar de sorrir. – Então, que tal a gente ficar só na NETFLIX e ir com calma?

Não consigo evitar, uma risada explode dos meus lábios fechados, fazendo saliva espirrar no rosto dele.

– Desculpe! – eu digo rindo de verdade, quase gargalhando. – OK, vamos com calma. Mas estou totalmente a fim de só assistir NETFLIX.

– *Por enquanto*. – Ele ri também, passando a mão pelos cabelos espessos, o rosto vermelho como um rabanete.

Por enquanto. Isso significa que em algum momento ele vai querer assistir NETFLIX comigo... sem realmente assistir NETFLIX? Aquela sensação de borboletas na calcinha está de volta, mas é mais quente, pulsante, como quando eu tenho que cruzar as pernas ao assistir a uma cena de sexo na TV – não a do

59

tipo aconchegante, debaixo das cobertas, mas quando são só pernas bronzeadas e amassos cheios de suor.

– Então vou mandar uma mensagem pra você.

– Sim, me mande uma mensagem – digo, olhando para o celular.

Mãe
6 mensagens não lidas.

6

> defina meet-cute 🔍

Enquanto Joss se afasta, eu abro o navegador e digito "defina *meet-cute*" na barra de pesquisa e o primeiro resultado libera uma enxurrada de asas de pássaros no meu peito. Enrolo um cacho no dedo, olhando para a rua, na direção em que ele foi.

Aparentemente, num filme ou na TV, *meet-cute* é quando dois personagens têm um primeiro encontro fofo e meio atrapalhado, que leva a um relacionamento romântico entre eles. "Tudo começou com um *meet-cute* numa cafeteria tranquila", diz o exemplo.

Eu mordo o lábio inferior, imaginando como o nosso seria descrito num roteiro.

Tudo começou com um meet-cute *numa sessão de terapia em grupo...*

7

Eu vejo minha mãe, atrás das venezianas, me observando enquanto pedalo a minha bicicleta pela entrada da garagem, o verão tingindo de rosa o céu coalhado de nuvens, ainda quente às sete horas da noite. O portão elétrico desliza silenciosamente sobre o cascalho e se fecha atrás de mim, me confinando.

Como esperado, minha mãe me cerca no segundo em que abro a porta da frente.

– Querida, aí está você!

– Sim. Aqui estou eu – suspiro.

Ela parece diferente do que estava pela manhã. E eu nem estou falando, tipo, de um tom de base ou um corte de cabelo novo, estou me referindo a uma mudança *estrutural*. Todos os dias, é como se ela estivesse cada vez mais distante da pessoa que me deu à luz. É como abrir a porta e encontrar um daqueles robôs do antigo filme *Mulheres Perfeitas*, exceto que este foi atualizado com próteses de porcelana nos dentes e um smartphone soldado à mão. Agora é a vez de a minha mãe suspirar, olhando para o que restou da minha maquiagem, o rímel borrado me deixando com olheiras, os fiozinhos de cabelo espetados nas têmporas. Ela me olha com uma pergunta nos olhos, como se estivesse tentando subliminarmente me vender algum tipo de clareador dental ou coisa assim.

— Bem, eu pensei que você ia voar pra casa depois que liguei para dar a notícia da VEGLOW. — Ela me segura pelos ombros, querendo me aproximar e despejar um pouco da sua empolgação em mim, mas suas unhas postiças quase perfuram as minhas escápulas. — Ainda mal consigo acreditar! Não parece mágico, querida?! — Um fio do seu cabelo loiro gruda nos lábios brilhantes, como uma mosca numa pomada. Ela me solta para tirá-lo sem interromper o contato visual. — Entre, rápido. Nós estamos esperando há horas, Amêndoa.

— Você e mais quem? — pergunto, sabendo exatamente a que tipo de pessoas ela se refere quando fala "nós". O nome delas pode não ser igual, suas roupas e esquema de cores talvez sejam ligeiramente diferentes, mas as únicas pessoas que vêm nos visitar agora são todas idênticas. Vazias e sem vida. Anúncios ambulantes.

Influenciadoras.

— Ah, você sabe, apenas algumas *amigas*, que vieram comemorar conosco as boas notícias! Como foi a coisa da terapia? Celeste Shawcross está aqui. — Ela arregala os olhos com entusiasmo. — Ela vai querer saber tudo sobre como você e Immy se divertiram, tenho certeza.

Sim, porque chorar na frente de dez estranhos é tão divertido, né?

— Foi tudo bem — eu digo, tirando o tênis.

— Ótimo, ótimo! Eu quero que você nos conte tudo sobre isso depois. Mas, venha, dê uma olhada nessa mesa maravilhosa que preparei para as meninas. Eu quero que você e eu tenhamos uma ótima noite juntas antes do seu primeiro fim de semana na casa do seu pai amanhã.

Respiro fundo, prestes a lembrá-la de que *ela* passa fins de semana longe de *mim* o tempo todo, mas decido que não vale a pena, principalmente com uma sala cheia de influenciadoras ao alcance da voz.

– Venha dizer olá. Vamos! Vamos lá.

Eu estremeço quando minha mãe entrelaça os dedos nos meus, o metal frio dos seus grossos anéis de prata entre nós, de modo que nossas palmas não chegam a se tocar. Eu olho para os dedos dela, cheios de topázios, ametistas e quartzos rosa que sua "*coach* de vida" diz que são para proteção, clareza e magia telúrica, e luto contra o desejo de puxar a mão.

Minha mãe balança os dedos entre os fios da cortina de contas da sala de estar, como se fosse fazer um truque de mágica num circo, depois me empurra na direção das mulheres sentadas ao redor da sua nova mesa japonesa *chabudai*. Antes que eu possa abrir a boca para dizer a ela que eu quero tomar banho primeiro, minha mãe tira a mão da minha e sai correndo e gritando, "Hidratação, meninas!", me deixando em pé na frente de duas mulheres determinadas a não interagir com nada que exista fora do ciberespaço, em silêncio, exceto pelo barulho das unhas postiças batendo contra a tela dos celulares.

– Olhem, meninas – diz minha mãe, as contas da cortina tilintando quando ela volta para reabastecer os copos com água gelada. Ela capricha na sua voz de televisão, um sotaque inglês britânico com uma doçura artificial. – Minha pequena Amêndoa finalmente está em casa.

– Olá! – Eu mudo a minha voz também, deixando-a leve e iridescente como uma bolha de sabão prateada.

– Espere, espere, volte lá para dentro. Quero registrar sua reação genuína ao ver a gente e toda essa comida deliciosa – diz uma das mulheres. Ela finalmente se vira para mim e eu a reconheço como Celeste Shawcross, das fotos posadas de mãe e filha no *Instagram* da Imogen. Eu hesito, sinceramente esperando que ela esteja brincando, porque, se você decide gravar um momento revivido, como a sua reação pode ser genuína? Eu nunca consegui fazer uma cara de surpresa convincente. – Ah, esquece, eu já gravei a sua mãe mesmo. Olá, querida. – Seus olhos percorrem meu corpo de cima a baixo. – Eu já li muito sobre você. Parece muito mais alta pessoalmente, não é?

– Sim, acho que sim.

Meus músculos se contraem e ficam rígidos, encolhendo as partes macias do meu corpo, meus pés se afastando um pouco para criar um espaço entre as minhas coxas. Ela parece mais velha pessoalmente do que nas fotos do *Instagram*; as bochechas estão inchadas e brilhantes, tensas como quando você passa cola branca na palma da mão, quando criança, e deixa secar. Eu quase consigo reconhecer a forma da Imogen em algum lugar por baixo das camadas acolchoadas do rosto dela.

– Eu sou Celeste – ela diz, por fim, como se não tivéssemos ouvido falar uma da outra. Ela se levanta, com cuidado para não arranhar o couro da bolsa Louis Vuitton *enorme* posicionada entre seus *scarpins* combinando, e me beija nas duas bochechas.

Quando ela se afasta, eu forço um sorriso, imaginando se ela descascaria como a cola PVA se eu tirasse uma camada de base do seu rosto.

– Prazer em conhecê-la – minto.

– E nossa pequena Immy como estava? A mesma mal-humoradinha de sempre? – Celeste solta uma risada, olhos brilhando na direção da minha mãe, que gagueja ao tentar se juntar às risadas também.

– Legal – murmuro, embora ninguém pareça me ouvir, com toda aquela risada.

Erguendo-me acima de todas elas e esticando o braço sobre a mesa minúscula, as cadeiras minúsculas, as mulheres minúsculas, eu tento pegar um falafel e minha mãe bate na minha mão como se eu fosse uma mosca.

– Não. Ainda não – diz ela. Minha mãe faz um gesto para a outra mulher na mesa, de pele escura, ousada e curvilínea, com a cabeça inclinada sobre o celular.

Nunca a vi antes, nem mesmo nas redes sociais. Será que já estamos convidando estranhos para vir à nossa casa agora, bastando que tenham um número considerável de seguidores? Ou será que essa mulher foi escolhida a dedo para estar aqui por causa da sua cor de pele? Sinistro, mas já vi comentários com muitas curtidas nas postagens recentes da minha mãe ressaltando que ela nunca colabora com influenciadoras negras e eu sou filha dela, então não conto. Mas acho que ela não desceria tão baixo a ponto de escolher alguém ao acaso para preencher uma cota racial. Nosso empresário, Spencer, por outro lado... Sim, ele com certeza faria isso.

– Esta é a *Nevaeh*, Amêndoa – murmura minha mãe. – O nome dela é *heaven*[1] de trás para a frente, querida. Não é adorável?

Nevaeh levanta a cabeça, seu cabelo alisado quimicamente está duro de tanto *spray* para esconder qualquer cacho afro.

– Oi, fofinha! Oh, meu Deus, esses cachos são naturais? Adoro! – As palavras saem da boca de Nevaeh encantadoramente falsas.

– Oi, Nevaeh. – Eu a cumprimento com um aceno. – Posso me sentar agora, mãe?

– Como se você tivesse que perguntar – diz minha mãe, juntando-se ao coro de risadas. – Sim, sente, sente. Ah, na verdade... – Meus olhos se fecham pesadamente, quando meu traseiro está quase em contato com a cadeira. – Na verdade não, antes de você fazer isso, querida, precisamos... – Ela faz um pequeno retângulo com os dedos e polegares, simulando o botão do obturador de uma câmera, a risada dela tilintando, com notas agudas e graves, como dedos correndo pelas teclas de um piano. – Bem, a comida não vai se fotografar sozinha, não é? E me parece uma pena desperdiçar todas essas delícias...

A mão dela faz um floreio sobre a mesa; azeitonas recheadas com pimentão, corações de alcachofra assados, bolinhos de couve-flor recheados com muçarela de búfala e uma dezena de outros petiscos veganos. Minha mãe

---

1. "Céu, paraíso", em inglês. (N. da T.)

organizou os pratos por cores, numa disposição perfeita para ser fotografada de cima, fazendo a comida parecer mais uma flor do que uma refeição, e eu sei que ela vai dizer em sua postagem no *Instagram* que foi tudo feito em casa, mas aposto que, se eu olhar na lixeira agora, vou encontrar um cemitério de embalagens plásticas.

– Ah, claro! – eu digo, me levantando outra vez, meus joelhos batendo com força na mesa. – Vamos tirar algumas fotos...

– Você não vai apenas tirar as fotos, querida, eu disse que estávamos esperando você, não disse? As meninas também querem uma foto ao seu lado, sabe? Uma mão lava a outra. – Ela se aproxima e sussurra a próxima parte na minha orelha. – Sua conta poderia ganhar mais seguidores de 20 anos ou mais, querida. Você tem quase 18 agora e logo vamos ter que atualizar seu conteúdo para atrair um público mais velho.

– Certo – eu digo, endireitando os ombros. Minha mãe faz parecer que eu posso simplesmente remodelar meus interesses e traços de personalidade com a mesma facilidade com que se instala uma nova atualização num iPhone.

Começo a pendurar refletores de luz que parecem globos de discoteca achatadas, a abrir guarda-chuvas refletores e fixá-los em tripés, e depois a ajustar as configurações da câmera digital da minha mãe para imitar a luz natural da melhor maneira possível.

Tiramos as minhas fotos primeiro – eu entre Celeste e Nevaeh, os braços delas ao redor da minha cintura, minhas longas pernas envoltas em camadas de náilon, cruzadas nos tornozelos.

– Eu adoro ver que a moda dos anos 2000 está voltando – diz Nevaeh, beliscando a minha meia-calça e esticando o material até formar uma pequena tenda translúcida.

Eu solto uma risada superficial, verificando se há algum desfiado nas meias, enquanto minha mãe se apressa a mordiscar um falafel, deixando nele uma delicada marca de mordida, e depois me faz pegá-lo entre o polegar e o indicador, na frente da boca aberta. Sorriso, clique, *flash*.

– Perfeito! – diz minha mãe. – Mas mais uma para dar sorte.

Eu mantenho o sorriso congelado para mais um *flash* da câmera e estou livre. Agora é a minha vez de ser a fotógrafa. A sessão de fotos delas demora uma eternidade, porque todas se reúnem ao redor da câmera para discutir os prós e contras da foto depois de cada *maldito* disparo. Então eu espero, observando enquanto elas sugam as bochechas, fazem biquinho para aumentar os lábios e encolhem a barriga, fazendo poses para a foto seguinte. E a seguinte.

Quando coloco meu olho no visor pela milésima octogésima quinta vez, uma pressão se forma nas minhas têmporas e minha garganta se contrai, como se eu fosse começar a chorar. Pode ser de cansaço, o desgaste mental de hoje, o fato de eu simplesmente não poder ir tomar um banho e relaxar no meu pijama, ou a visão dessas estranhas na minha casa numa noite de sexta-feira, enquanto meu pai e Mel estão do outro lado da cidade, cercados de caixas de mudança. Engulo um soluço, conto até cinco na minha cabeça e tiro uma última foto.

Eu recuo.

– Chega, mãe, não vou tirar mais nenhuma. Estou com fome – digo, sem olhar nos olhos dela. – Você parece... bem nas fotos. Tem pelo menos três aí de que você vai gostar, OK?

– Tudo bem – diz ela, fazendo beicinho. – Alguém aqui está de mau humor. Coma uma salada de folhas, querida.

Ah sim, a resposta para todos os problemas da vida: salada de folhas.

As três passam por mim apressadas para ver as imagens enquanto eu desabo no banquinho perto da janela. Belisco a comida, mas está tudo derretendo agora, depois de ficar ali intocado por horas, nadando em óleo coagulado.

– Amêndoa?

Eu levanto a cabeça e vejo que minha mãe se afastou das outras e está se inclinando na minha direção.

– Sim?

– Obrigada. – Sua voz diminui algumas oitavas e por um segundo ela parece nervosa e esgotada, enquanto esfrega delicadamente os olhos com as costas do punho, contendo um bocejo. Ela sorri para mim com um ar cansado, como uma lâmpada piscando. Mas com a mesma rapidez se vira para Celeste e Nevaeh, colocando a máscara novamente, com um sorriso largo.

– OK, meninassss, hora do champanhe?

Eu levanto um pão sírio pela metade em resposta ao seu "obrigada". Quero que ela perceba as minhas lágrimas prestes a cair, que me pergunte o que há de errado, que fique ao meu lado, presente agora, mas ela desvia o olhar e não vê. Ela está inclinada sobre a câmera, bufando e fazendo toda a rotina de autodepreciação que nos sentimos compelidas a fazer sempre que nos deparamos com a nossa própria imagem. As três riem, sentindo-se deliciosamente reconhecidas em suas inseguranças compartilhadas.

Enfio o pedaço inteiro de pão sírio na boca e mastigo ferozmente, só percebendo Celeste me olhando por cima do tripé quando a bola de pão desce pela minha garganta.

– Uau! Isso é muito carboidrato, querida! Tem certeza?

Ah, vá pro inferno!

São quase dez horas da noite e elas ainda estão aqui. Eu só quero rastejar até o andar de cima e dormir, mas minha mãe diz que eu preciso ficar e sorrir para as histórias que as pessoas contam. Mais exposição, mais conexões. Então estou presa ali, me sentindo tão insignificante quanto um vaso de flores artificiais.

Enquanto arranco uma farpa de unha com os dentes, meu celular vibra.

> **Pai**
>
> Oi, amor, espero que esteja tudo bem. Mal posso esperar para te ver amanhã no nosso primeiro fim de semana no novo apartamento... Melzinha está com a corda toda!! Juro que ela sabe que você está chegando. Tive que ficar correndo em círculos tentando acalmá-la 😂 Enfim, sua avó está aqui e ela está insistindo para eu perguntar à sua mãe se ela ainda vem comemorar seu 7.0 na semana que vem. Ela e Doreen vão fazer o pedido da comida amanhã.

Eu deveria saber que isso ia acontecer. Meu pai é muito sensível e minha mãe é muito reativa para que fiquem conversando agora, quando esse "novo normal" acabou de ser retirado da caixa, embalado em plástico-bolha, sem possibilidade de devolução. Mas o que eu posso fazer?

Eu poderia muito bem adicionar "Agente de Ligação Parental" à minha biografia do Insta.

– Mãe? – digo em voz baixa. Ela está ouvindo Nevaeh recontar a vez em que dormiu com um dos dançarinos de apoio da Beyoncé, com olhos arregalados de inveja. Eu limpo a garganta.

– Mãe? Mãe...

– Sim, Amêndoa. O que é? – ela sibila.

– Meu pai quer saber se você ainda vai à festa da vovó.

– Quando é mesmo?

– Sábado que vem. – *Não se lembra?* – Vinte e nove de julho.

Ela arfa, a mão cobrindo a boca.

– Ah, não! – sussurra, os olhos se voltando para Nevaeh enquanto ela descreve o momento em que chegou ao orgasmo com a orelha pressionada contra a porta de um armário de limpeza, enquanto Beyoncé cantava "Halo" a alguns metros dela. – Me desculpe, esqueci completamente da festa da Emerald! Não posso ir. Me pediram para cortar a fita de inauguração de um novo *spa* de yoga. Ah, Amêndoa, você ia adorar...

Eu a interrompo, não precisando ouvir a desculpa.

– OK, vou dizer a ele que você não vai.

Não que eu achasse que meus pais voltariam a ficar juntos depois de algumas doses de rum e uma fatia compartilhada de bolo, mas estaria mentindo se dissesse que não estava imaginando nós *três* juntos na festa. Eu respondo à mensagem, decepcionando meu pai do modo mais gentil possível, sem saber muito bem se ele ficou aliviado ou desapontado, mas sabendo que, seja qual for a sua reação, ele a sentirá intensamente. Clico em enviar, assim que recebo uma notificação de um grupo de bate-papo chamado "Tranqs", do qual eu aparentemente faço parte agora.

> **Heather**
> E aí, galera!

Abro um sorriso, lembrando de Heather ter mencionado um grupo de bate-papo. Meus olhos se voltam para minha mãe e suas amigas, mas nenhuma delas está prestando atenção em mim enquanto brindam, brindam e brindam mais uma vez com suas taças de espumante rosa. Então elas brindam de novo para ter certeza de que todas conseguiram um bom vídeo bumerangue, com os braços se movendo ao mesmo tempo, e a faixa pálida de pele branca e macia que noto ao redor do dedo anular esquerdo da minha mãe me faz voltar para o celular.

> **Heather**
> Como meus jovens colegas tarja preta estão se sentindo esta noite???

Joss
> Regras básicas: nenhuma linguagem ofensiva. Por favor, sejam conscientes e atenciosos.
> Este é um espaço seguro.

Heather
> Namastê pra você também. Amêndoa, você está aí?

Eu deixo meu garfo cair na tigela de petiscos artesanais da minha mãe. A conversa agora se voltou para as receitas de publicidade e Celeste está se gabando ostensivamente, contando uma história sobre quando ela foi patrocinada por uma marca norte-americana de ração orgânica para cães. Eu toco a tela do meu celular, iluminando a conversa entre Joss e Heather novamente. O fato de eles estarem perguntando por mim me provoca uma sensação deliciosa, como se eu tivesse acabado de dar uma mordida numa torrada quente e amanteigada.

Joss
> Ei, Macadâmia. Você está aí?

Amêndoa
> Sim, estou aqui.
> Me dá um tempo com as piadas de nozes. Não acha que Joss também não é um nome meio esquisito?
> Parece que é alguém tentando dizer Josh com a língua presa.

Heather
> Parece que o Ollie não pronuncia bem o "s", né?

Amêndoa
> Ollie? O Oliver já tem apelido?

Joss
> Hahaha, Heather já se inscreveu para sessões extras aos sábados.
>
> Além disso, Josh é o nome mais NPC do planeta. Qual é?

Amêndoa
> Hahaha. O que é NPC??

Quando ouço mencionarem o meu nome, meus ouvidos sintonizam outra vez a conversa da minha mãe. Eu levanto os olhos e ela está olhando para mim, um garfo cheio de *kimchi* suspenso no ar.

– Celeste estava dizendo, querida, que é uma sorte você ter uma cor natural tão bonita.

– Sim, você deveria se sentir privilegiada – diz Celeste, empurrando uma salada de edamame e broto de feijão intocada para o canto do prato. – Nada de ficar perdendo tempo com bronzeado artificial, você simplesmente já nasceu com a pele morena. Sinceramente, você não tem ideia da sorte que tem!

Sem nem saber o que dizer, ouço Celeste descrever uma palestra TED sobre como nós, pessoas de pele morena, somos sortudas porque a pele bronzeada parece saudável e está muito na moda no momento, graças às Kardashians. Ela explica os esforços que as marcas de cosméticos estão fazendo agora para serem inclusivas. Uau. Acho que eu *deveria* ser grata pelo fato de poder usar praticamente qualquer cor, exceto o marrom – palavras dela. Caramba, acho que a escravidão certamente valeu o sacrifício agora que a base DOUBLE WEAR da Estée Lauder vem nos tons de Expresso, Mocha e Mogno. Eu me pergunto se ela também acha que as pessoas não brancas têm *sorte* de poderem experimentar na pele a discriminação racial, as oportunidades de trabalho desiguais e a brutalidade policial que também acompanham nossos tons de pele...

– Sério? – eu consigo dizer. – Você realmente pensa isso?

Durante todo esse tempo, Nevaeh mastiga em silêncio sua comida, um *hashi* pairando numa mão, a outra rolando comentários muito rápido para que sejam lidos, depois de desistir completamente de qualquer pretensão amigável, agora que as fotos já foram tiradas e os perfis marcados.

– Eu não me envolvo em política – ela diz roboticamente sem erguer os olhos, provavelmente sentindo meu olhar fixo nela. Eu diria, pelo jeito raivoso com que segura o celular e pelos lábios franzidos, que ela com certeza *se envolve em política*, só não quer ser vista fazendo isso.

– Tipo, estou com tanta inveja... – Celeste estende suas garras e pousa uma mão no meu antebraço, como se estivesse tentando transmitir por telepatia tátil que ela não quis dizer nada do que disse de forma racista.

– Claro, hã, obrigada? – murmuro, captando a mensagem de que não vamos entrar nesse assunto esta noite e sem querer desperdiçar minha energia educando uma mulher de 40 anos que vive neste mundo, pelo amor de Deus. Uma mulher que tem acesso à internet e a todos os seus recursos e vozes que podem explicar a ela por que o que ela acabou de dizer foi tão errado e ignorante e... *não tem nada a ver*. Mas vou deixá-la fazer esse trabalho sozinha, ou então ela pode continuar falando essas coisas e ser cancelada um dia.

Neste ponto, acho que é uma escolha permanecer ignorante.

Enquanto Celeste muda sutilmente de assunto, passando a falar do suplemento alimentar que Imogen está promovendo, minha pele queima com a ansiedade do confronto, mesmo que tudo esteja só na minha cabeça. Eu fecho as mãos em punhos, com as unhas cravadas nas palmas para tentar me distrair da coceira que sinto na perna, que arde como se eu tivesse acabado de passar num campo de urtigas.

Eu pego o celular com as duas mãos para ter algo que fazer com os dedos e percorro as mensagens dos grupos de bate-papo antes de me servir de um pouco de chá morno do bule sobre a mesa.

> **Heather**
>
> NPC = Personagem não jogável = Joss é um *nerd* e adora videogame. Aliás, não tenho nenhum interesse no Sr. Dedos Peludos.
>
> OLIVER parece um Papai Noel que raspou a barba, abandonou o Polo Norte e foi estudar Psicologia em Durham. Eu nunca faria isso.

Eu espirro uma boca cheia de chá de jasmim na mesa, molhando principalmente Celeste e acabando com a conversa delas, enquanto o chá escorre da minha boca. Ah, droga. Minha mãe fecha um olho e depois o outro, como quando você vira de cabeça para baixo uma daquelas bonecas que fazem cocô e choram de verdade. A sala fica em silêncio, embora eu jure que consigo ver os ombros de Nevaeh tremendo com risadinhas silenciosas, bem quando um bolinho espetado no palito de Celeste desliza e cai dentro da sua enorme bolsa LV.

– Droga! – diz Celeste, colocando a bolsa no colo. – Kiki tem o intestino irritável. Se comer um desses, vai ter diarreia no Uber. Eles contêm glúten? Por favor, Eva, me diga que eles não contêm glúten!

— Quem diabos é Kiki? — eu pergunto, rindo ainda mais alto de Kiki, que com *certeza sofre* de Síndrome do Intestino Irritável.

— É o meu galgo italiano. — Celeste dispara quando a cabecinha ossuda de Kiki espia para fora do que agora percebo ser uma bolsa de grife para transportar cães. — Como você não sabe disso?

Um cachorro? A boca da minha mãe incha como duas larvas gordas quando ela aperta os lábios, me desafiando a dizer alguma coisa — a fonte de tantas brigas e gritos. Então eu digo:

— Pensei que não se permitissem mais cães aqui dentro de casa.

— Bem, Amêndoa… — Ela acentua a sílaba tônica do meu nome com rigidez. — Kiki é o cão de apoio de Celeste e só vai ficar aqui por algumas horas, e é muito importante, *muito* importante mesmo, para o bem-estar de Celeste que ela tenha Kiki ao seu lado o tempo todo.

Ela coloca os *hashis* cuidadosamente lado a lado sobre o guardanapo. Eu os encaro, querendo parti-los ao meio e coçar a minha pele com as suas farpas.

— OK, bem, Mel é a *minha* cachorra de apoio — eu grito do outro lado da mesa. Por que deixo minha mãe fazer isso comigo? Eu estava rindo um segundo atrás! — Você nunca me deu apoio do jeito que ela me dá, e ela é só uma *cadela*! E de qualquer maneira, cão de apoio para fazer o quê? Droga!

Minha mãe arfa.

— Amêndoa!

— Eu tenho narcolepsia e síndrome de taquicardia ortostática postural — Celeste diz, pegando Kiki nos braços como se eu fosse algum rottweiler raivoso prestes a sacudir seu cachorrinho entre as minhas mandíbulas. Ela se levanta da mesa, cambaleando em seus saltos agulha.

À medida que as palavras complicadas do seu diagnóstico afundam no meu cérebro, parece que a sala e tudo nela encolhe, exceto Celeste (com seus cinco milhões de seguidores) com Kiki no colo. Ah, Deus, eu não queria ser uma idiota, eu juro. Pensei que minha mãe estivesse inventando uma desculpa, estabelecendo dois pesos e duas medidas para mim e para suas amigas impressionantes. Não seria a primeira vez. Eu estava desafiando minha mãe, não Celeste.

A culpa aperta minhas entranhas em seus punhos.

A sala fica em silêncio, exceto pelos cliques do teclado e das unhas postiças, enquanto Nevaeh digita para os seus milhões de seguidores. *Por favor, meu Deus, que ela não esteja twittando ao vivo.*

OK, respire fundo. Eu posso consertar isso. Eu queria ficar brava, mas nunca quis ser intolerante.

– Eu não tive intenção. Entendo perfeitamente por que você precisa de um cão de apoio com sua condição. E ninguém tem o direito de ficar exigindo uma explicação... Eu não consigo acreditar que fiz isso. Só sinto falta da minha cachorra, só isso. Eu não queria descarregar a minha raiva em você. – Meus olhos se desviam rapidamente para a minha mãe enquanto minha voz falha, com as emoções intensas na minha garganta. – Desculpe. Kiki é muito fofo.

Celeste funga uma vez, bem forte.

– Eu sei que ele é. – Ela me olha, o polegar batendo no celular. – Aceito... suas desculpas. Mas acho que já vamos indo, Eva. Meu pessoal entrará em contato com o seu.

Minha mãe se levanta às pressas, batendo na mesa *chabudai* e derrubando tigelas de comida saudável no chão. Eu a ouço seguir Celeste até a droga da entrada, destilando desculpas com sua voz mais doce e açucarada. No entanto, ela parece desesperada, como quando a gente vira um frasco de xarope e percebe que ele está vazio.

– Sou uma pessoa muito ruim? – pergunto a Nevaeh, insensível às lágrimas que escorrem pelo meu rosto.

– Sinceramente? – Ela me olha bem nos olhos pela primeira vez. – Fofinha, eu não dou a mínima para o que você é. Lewis, da última temporada de *Love Island,* acabou de curtir a minha foto.

8

Chchch, chchch, chchch, chchch, chchch.
"Ommmmmm."
Tchictchic, chch, chch, chch
Isso são... maracás?
Uma vaga lembrança de minha mãe desembrulhando instrumentos de percussão, para serem usados numa imersão sonora da sua próxima transmissão ao vivo de Sábado de Autocuidados, flutua na minha semiconsciência.
– Ommmmmmmmm.
Minha mão tateia a mesa de cabeceira procurando o celular. Eu olho para a tela, bocejando. São oito horas da manhã e a última vez que verifiquei a hora antes de adormecer eram umas três e meia. Eu não conseguia dormir, a imagem de Celeste afastando seu cachorrinho de mim se repetia várias e várias vezes na minha cabeça, até que minha mente me transformou em algo monstruoso e palavras com garras e dentes que eu sabia que nunca tinha dito ou pensado saíram da minha boca:
"A narcolepsia não é um distúrbio real."

"As pessoas com cães de apoio estão apenas em busca de atenção."

Porque não importava o que eu realmente dissesse ou tivesse intenção de dizer, se Celeste quisesse enfiar essas palavras na minha boca e depois num *tweet* de 280 caracteres, ela poderia, e a internet iria à loucura com isso.

Eu verifico o **twitter** agora, em busca da confirmação do meu cancelamento, mas meu nome ainda está sendo mencionado com a mesma velha mistura confusa de amor de superfãs com palavras pejorativas, então talvez Celeste tenha de fato aceito meu pedido de desculpas.

Eu tenho um sono agitado durante uma hora, embalado pelo zumbido reverberante de uma tigela tibetana que atravessa as tábuas do assoalho.

Quando estou devidamente acordada, dou uma olhada no resto da conversa que perdi no bate-papo do **Tranqs** ontem à noite, principalmente os emojis de reação e planos para o fim de semana. Não consigo acreditar que nem sequer pensei em verificar meu celular depois de toda a encrenca com Kiki, noite passada. Acho que, além de Callie e às vezes Steph, não estou acostumada a receber mensagens de pessoas da vida real que realmente querem falar comigo. Em geral, se conheço alguém pessoalmente que está tentando me enviar mensagens, é porque essa pessoa se sentava ao meu lado na aula de Geografia quatro anos atrás e agora finge que éramos melhores amigas na escola em troca de divulgações e brindes.

O tempo passa, já são nove e meia, e eu afasto o edredom e o lençol salpicado de manchas marrons de sangue seco e, enquanto me levanto, noto sangue vermelho-vivo de cima a baixo nas minhas canelas. Ontem à noite, enquanto meu cérebro estava sendo consumido pela catastrofização ansiosa, devo ter feito isso em mim mesma sem perceber. Todo o drama e a ansiedade de ser uma pessoa na internet está piorando o meu problema de pele. Eu preciso sair daqui.

Examino o mosaico de roupas amarrotadas no chão, que estão limpas demais para o cesto de roupas sujas e sujas demais para o guarda-roupa. Enfio um *jeans* e um suéter na minha bolsa, depois visto as minhas roupas confortáveis: meu uniforme composto de *legging* e um moletom, que eu uso sempre que estou com meu pai ou minha avó e sei que não há perigo de uma câmera ser apontada para mim enquanto faço uma refeição ou simplesmente respiro.

Meu Deus, eu preciso assistir a um reality show, pedir uma pizza e passar um tempo enrolada no cobertor com a minha cachorra. Meu celular vibra, chacoalhando os comprimidos da caixinha de remédio ao lado. Ao ver que é Joss, o sorriso mais caloroso se abre no meu rosto, especialmente quando percebo que ele enviou mensagens *apenas* para mim, não para o grupo, sua presença virtual acalmando meu batimento cardíaco e a ansiedade que senti minutos atrás. Eu afundo de volta na cama.

Joss
> Como está a minha pequena assassina de crianças favorita hoje?

Amêndoa
> O quê??

Joss
> Assassina tipo, alergia a nozes? Amêndoa = uma noz.

Amêndoa
> Ah, entendi o que quis dizer, só não achei engraçado mesmo.
> E obrigada por esclarecer que a amêndoa é, na verdade, uma noz!

> **Joss**
>
> Puxa, eu acho que estou perdendo meu tempo tentando arrancar uma risada de você.
>
> Meu talento para a comédia está sendo desperdiçado.

> **Amêndoa**
>
> Depende em que você está tentando investir seu tempo kkkkk.

> **Joss**
>
> Em você.

Segurando meu celular contra o peito, deito na cama e deixo que o fogo que se acende na parte de baixo da minha barriga siga um rastro de óleo quente pelo meio do meu corpo, incendiando meu coração com um sentimento desconhecido com o qual não sei o que fazer. Embora eu nunca tenha namorado de verdade, sei como é gostar de alguém: aquela sensação arrepiante e efervescente de estar apaixonada. Esse sentimento que tenho é maior do que isso, é menos inquieto. É mais saudável.

Eu me sento, meu sorriso se desvanecendo um pouco quando a realidade se derrama sobre mim. Quero dizer, nós nos conhecemos ontem... Como eu vou saber se ele não é algum *stalker* sociopata ou um blogueiro tentando obter informações picantes para o seu WordPress, ou apenas um garoto *sacana*, um pegador, um manipulador, alguém que vai me ignorar depois do fim do verão? Vou responder a suas mensagens mais tarde, depois de dar atenção à Mel, comer uma pizza e assistir a dois ou três episódios de *O Amor É Cego*.

Eu jogo meus antidepressivos na mochila, junto com o carregador do celular, e a coloco no ombro, batendo o olho sem querer nos malditos prospectos ao lado da cama. Até parece que preciso ser lembrada de que fui muito mal em dois dos meus exames finais do ensino médio e posso não ter conseguido tirar nem um C em Comunicação e Cultura, o único assunto que me interessava. Psicologia e Sociologia eram um pouco demais para mim.

Quando uma influenciadora é o rosto de seja qual for a marca de cosmético que esteja divulgando no mês, eles *precisam do rosto* dela nas sessões de fotos e eventos, o que significa que, além de todas as coisas divertidas fora da escola, como festas do pijama e compras de vestidos de formatura, você também perde muitas coisas necessárias, como plantões de dúvidas e aulas de revisão. E revisar a matéria no *set* de filmagem é quase impossível quando você tem um monte de pincéis de maquiagem sendo passados no seu rosto de todos os ângulos possíveis. Imagine tentar ler enquanto lhe dizem: "Vire o queixo para cá", "Pisque, querida, pisque", "Olhe para cima, agora para baixo, agora para o lado". Enquanto todo mundo estava aprendendo a se promover para as universidades, em suas cartas de apresentação e currículos, eu estava aprendendo a vender creme para olheiras para pessoas que não precisam.

O máximo que posso dizer sobre a reação de minha mãe às minhas notas é que ela ficou... desapontada, mas me garantiu que pagaria todas as minhas recuperações no ano seguinte. Para o meu pai, as minhas notas finais foram, na verdade, o catalisador para o Fim, quando ele já tinha finalmente cansado de dormir no sofá e de ver minha mãe me tirando mais cedo da aula todo dia. Ele sempre quis que eu fosse para a universidade; eu seria a primeira da família e dói em mim não poder dar esse orgulho a ele. Não cheguei nem a reduzir minhas opções para as que eu queria me candidatar. Acho que, quando se atinge o auge da carreira aos 17 anos, a universidade não parece tão importante.

Envio uma mensagem de despedida para minha mãe, tentando não interromper a transmissão ao vivo dela, e depois pedalo desde Clifton, passando pela parte principal da cidade, e chego ao Bearpit, uma passagem subterrânea tatuada com grafites e pôsteres de neon que levam a St. Paul, onde meu pai mora agora.

Um minuto depois, estou trepidando numa rua esburacada, com um monte de lojas de aparência decrépita, a maioria com as portas de aço fechadas até a metade, como pálpebras enferrujadas. As ruas estão sujas, cheias de lixo, caindo aos pedaços. Mas pelo menos aqui as pessoas sorriem para você na rua e há mais gente com cabelo comprido ou burcas. O **Google Maps** diz que estou a sete minutos de distância, então desço da bicicleta numa faixa de pedestres e me assusto ao sentir uma mão no meu ombro.

– Amêndoa?

Não, não, não, eu conheço essa voz. E se ela quiser tentar recomeçar e conversar sobre a nossa vida? Embora Callie não seja exatamente o tipo de pessoa que *fala* sobre a vida. Em cinco segundos, ela poderia estar gritando e, em outros cinco segundos, alguém poderia estar transmitindo tudo ao vivo. Droga, não aqui, não agora. Eu pisco para conter as lágrimas de estresse, minha boca lutando para abrir um sorriso confuso, enquanto tiro os fones de ouvido, giro a bicicleta e... ali está Callie, seu rosto se abrindo num sorriso sem jeito também.

Sinto meus ombros relaxarem, enquanto sou inundada com a doce sensação que surge quando você está perto de alguém que conhece *tudo* sobre você. Seu sabor de pizza favorito, o tamanho do seu sutiã, sua primeira paixão entre os personagens da Disney, a história da sua primeira menstruação, como você gosta de beber seu chá. Porque ela era tudo pra mim.

Callie puxa a alça da bolsa mais para cima no ombro, estreitando os olhos, cautelosos enquanto cruza os braços, com certeza se arrependendo de ter começado essa conversa.

– Eu sabia que era você – diz ela, por fim. – Está tudo bem?

– Oi, sim. Eu estou... estou bem. E você? Como foi nos exames? Acha que vai conseguir as notas que precisa? – Ouço retornar à minha voz os rs ásperos e as vogais profundas do sotaque de Bristol que estou sempre tentando esconder nos vídeos e agora se acomodam confortavelmente na minha língua enquanto esqueço as últimas três semanas em que fui ignorada e volto a sentir a familiar proximidade de Callie.

– Tomara. Preciso de três Bs para entrar na Goldsmiths – diz Callie, toda relutante, como se não tivesse sido dela a iniciativa de falar comigo. – E você?

– Bom, boa sorte, tenho certeza de que você se saiu bem – eu digo, ignorando a pergunta dela, porque nós duas sabemos que não vou passar nesses exames, muito menos me qualificar para cursar uma universidade em Londres. Nossos olhares se encontram e, num acesso repentino de desespero solitário para voltarmos a ser o que éramos, decido iniciar "A Conversa".

– Onde você esteve, Cal? Mandei uma mensagem, depois que nós... depois daquela noite na sua garagem. Você não viu?

Ela responde com ironia:

– Onde *você* esteve, Amêndoa? Nos últimos dois anos? – diz ela, cortando as pequenas linhas do nosso pequeno diálogo trivial com a língua afiada.

– Trabalhando. Estou sempre... trabalhando...

– Ah, sim, porque perder meu aniversário de 16 anos para passar o fim de semana em Roma deve ter sido um trabalho muito árduo. Você deve estar exausta.

– Sim – eu digo, empurrando a bicicleta com um pouco mais de força na direção do farol de pedestre. Eu gesticulo muito quando fico com raiva. – Eu estou. Por que você está trazendo isso à tona de novo? Você sabe que eles mudaram as datas da sessão de fotos de última hora por causa da previsão de tempo ruim; você viu os e-mails, você viu o contrato com o meu nome, dizendo que sou *obrigada a cumprir as condições acordadas*, não viu? – Meu peito se agita, a adrenalina aumentando a náusea, enquanto as pessoas param ao meu redor, querendo assistir ao desenrolar do drama. Callie aperta os lábios e arregala os olhos, cruzando os braços ainda mais, enquanto espera eu continuar. – E não foi só pizza e *prosecco* lá, sabia? Eu fiquei no *set* por doze horas, apenas com uma garrafa de água e rodelas de abacaxi para comer, para que eu não parecesse inchada nas fotos e...

– OK, então, e quanto ao meu...

– Me deixa falar...

– *E o meu aniversário* de 17 anos? Onde você estava? Ou quando você me implorou para ser sua parceira naquela apresentação de *Otelo* e depois que eu fiz toda a preparação, você não *apareceu*? Ou quando eu liguei várias vezes para você depois que conheci a nova namorada do meu pai? De quem ele está noivo agora, a propósito. Algo que você saberia se alguma vez tivesse perguntado sobre a minha vida.

Eu pressiono a base da palma das mãos sobre os olhos, os dedos fincados na testa, cheia de frustração.

– Não sei o que dizer, Cal. – Os soluços roubam o ar que eu respiro, ameaçando se quebrarem como ondas na minha garganta, afogando minhas palavras. Conto até cinco. – Eu me importo com a sua vida, com você. Meu pai me contou sobre o noivado... Eu queria perguntar se você estava bem, eu queria falar com você sobre isso pessoalmente, mas não consegui... nunca consigo arranjar tempo. Eu lamento muito, juro, mas eu ando... – *deprimida* – não me sentindo eu mesma ultimamente.

– Ah, é? Acha que me engana? Você parecia muito bem em todas aquelas fotos vulgares que posta no Insta... – *Vulgares?!* A boca de Callie se fecha, a língua passando pela gengiva como se pudesse sentir o gosto de podridão que aquela palavra deixou em sua boca. Mas em vez de recuar, o fato de finalmente vomitar tudo o que sente só alimenta seu ódio, e o que ela diz a seguir joga ainda mais combustível sobre ele: – E... e está piorando, sabe...

Você parece tão desesperada... Todo mundo está comentando que você está praticamente nua naquela postagem da VEGLOW. Você não tem nenhum respeito por si mesma? Realmente gosta de imaginar velhos se masturbando com as suas fotos?

– Ah meu Deus, está falando sério? É disso que estamos falando? Acho que você sabe que não é culpa minha se algum garoto com quem você está falando salvou uma foto minha no celular um ano atrás. – Estamos gritando agora e me sinto muito incomodada com os olhares que as pessoas estão nos lançando. – Isso não significa que ele não goste de você agora. – Eu me lembro do rosto dela naquela noite, sem ter ideia do que estava acontecendo, e, mesmo ciente de que não foi minha culpa, odeio saber que contribuí para a mágoa que vi estampada nos olhos dela. Eu expiro suavemente, como se estivesse soprando uma comida quente, esperando que minha voz saia um pouco mais calma. – Qual era o nome dele, Leo...

– *Theo* – diz ela entre dentes.

– Droga, Theo. Theo. Desculpe. De qualquer maneira, você não está mais falando com ele agora. O garoto que você escolheu em vez de mim.

– Dane-se. – Os olhos cor de conhaque de Callie brilham. – Eu pensei que ele gostasse de mim.

Ao piscar seus longos cílios curvados, uma lágrima escorre por sua bochecha, manchada de rímel. Ótimo, *ela* praticamente me chama de vagabunda e agora sou eu quem se sente mal por fazê-la chorar. E por que ela não pode simplesmente parecer feia enquanto faz isso? Suas lágrimas abrem sulcos na camada de base que recobre seu rosto, no tom exato da sua pele mestiça, uma mistura do tom azeitonado do pai grego com o marrom quente da mãe caucasiana. Enquanto ela estuda as rachaduras na calçada, passa os dedos pelas pontas cheias de nós dos seus cabelos ondulados.

Esse garoto Theo deve ser um idiota.

– Ah, Cal.

Estendo a mão na direção do braço dela, mas Callie afasta o ombro.

Estressada por não saber o que fazer, o que dizer, se eu deveria ir embora, eu torço as mãos como se fizesse um nó numa corda velha, a pele queimando. *Fotos vulgares*. Como ela pode dizer isso? Eu sou vulgar agora? E quem diabos é esse "todo mundo" que está falando de mim? Além de "todo mundo" da internet. Eu penso em Callie e Steph saindo da garagem de Callie, falando mal de mim, passando um celular entre elas com fotos minhas, Steph sentada no pufe que costumava ser meu, e sinto a coceira inflamar o resto do meu corpo.

Callie observa o que estou fazendo com as mãos, minha pele irritada, com manchas vermelhas em carne viva, e vejo seu queixo relaxar. Sua mão se contrai ao lado do corpo, como se ela quisesse estender a mão e me impedir de me coçar, mas ela não se move; nós duas respiramos pesadamente, nervosas com a adrenalina.

Eu gemo, enfiando as mãos nos bolsos, cerradas.

– Olha, não sou quem quer postar coisas assim, não sou eu quem toma todas as decisões. Quero dizer, obviamente estou nas fotos. Mas eu só apareço nas fotos e eles me dizem como querem que eu apareça. É o meu trabalho. Você não entende...

– Dane-se, não quero entender. Eu não me importo mais.

– Eu não queria que fosse assim. E quem é "todo mundo"?

Atrás de mim, o farol de pedestres abre e as pessoas começam a atravessar.

– Hum, a escola inteira? – Callie abre os braços, sacudindo a cabeça quando se vira e se afasta de mim, o cabelo se espalhando pelos ombros.

– Vejo você por aí, Amêndoa – ela grita por cima do ombro.

Eu nem me dou o trabalho de chamá-la de volta. Apenas fico parada ali, vendo o farol de pedestres se fechar, depois se abrir novamente, observando as pessoas cuidarem das suas vidas normais e alegres. Minha pele arde e eu não quero estar nela. Olho para uma família sentada numa das mesas de calçada do Jemima's Jerk Café, um ritmo de *reggae* ecoando pela janela aberta, enquanto a família compartilha bocados dos seus pratos com garfos de madeira. Em seguida, vejo um grupo de garotas ao redor de uma mesa atrás deles, comendo um prato de batatas fritas e rindo alto.

– Puxa, isso parece bem ruim! Você está bem? – uma senhora idosa murmura para mim, os olhos cheios de preocupação, olhando para minhas mãos enquanto segura a bolsa com mais força.

– Hã?

Eu olho para as minhas mãos como se elas não fossem minhas e fico tão chocada quanto ela ao ver sangue escorrendo do interior do meu punho.

9

Amêndoa

Callie o que diabos acabou de acontecer? Eu odeio quando a gente briga. Não podemos apenas voltar a ser como antes? Sinto tanto a sua falta! E há tantas coisas que eu queria te contar... e tantas coisas que eu quero que você me conte. Olha, sinto muito pelo Theo, sério mesmo, amiga, mas foi ele quem salvou aquelas fotos minhas no CELULAR DELE. Você acha que eu gosto disso? Que eu quis que ele fizesse isso? Que eu gosto de saber disso? Eu nem sei o sobrenome dele. Mas você merece coisa melhor. Então, por todas as coisas que a levaram a ficar com raiva de mim, peço que me desculpe. Por favor, responda.

Amo você 🥺

Mensagem não enviada ✖
Esta pessoa não está recebendo mensagens no momento.

Ela me bloqueou.

10

Faço um desvio no trecho final da avenida principal antes de chegar às ruas residenciais de concreto onde o **Google Maps** indica que é o apartamento do meu pai. Entro numa farmácia e compro uma caixa de curativos e depois peço um chá de hortelã na cafeteria ao lado, para usar o banheiro e tirar o moletom com o punho da manga sujo de sangue. Sentada à mesa, eu dou um gole no chá e verifico se Callie me bloqueou em todas as redes sociais. Fico com o coração apertado quando vejo que sim, pois a barra de pesquisa fica vazia quando digito o nome dela.

Quando o **Google Maps** avisa que cheguei ao meu destino, vou diminuindo a velocidade até parar, as rodas estalando quando breco diante de um edifício quadrado, dividido em dois apartamentos. A roda da minha bicicleta bate na parede do número 1, onde meu pai mora, no final de uma fileira de casas idênticas de tijolos vermelhos. Quando coloco o cadeado na bicicleta, sorrio para mim mesma, embora abatida pela perda, pois percebo que meu pai vai ser mais feliz ali. Vejo janelas abertas para a rua, cortinas balançando e espalhando no ar o cheiro de comida e a música que toca no rádio. Posso ver um jardim, três casas abaixo, onde crianças gritam alegres, enquanto atiram água umas nas outras com pistolas de plástico. Meu pai sempre se sentiu preso em Clifton, onde todo mundo se esconde atrás de intercomunicadores e câmaras nas portas, e as entradas de carro eram bloqueadas com SUVs e portões de ferro.

Folhetos de *delivery* e correspondências amassadas estalam sob os meus pés enquanto entro pela porta da frente destrancada, atravesso o corredor que meu pai divide com o vizinho de cima e abro a porta do apartamento 1A.

– Pai?

Nossos olhos se encontram na escuridão empoeirada, minha cabeça espiando pela porta. Ele está no sofá, o braço suspenso no ar, a fumaça se dissipando por entre seus dedos.

O quê?

– E aí, querida? – ele diz, através de uma nuvem solene de fumaça cinza, que espirala em volta dele enquanto a nicotina brilha no branco dos seus olhos.

Eu perco o equilíbrio quando Mel pula em cima de mim, meus pés inseguros por ver meu pai fumando de novo, e caio no chão, prendendo os lábios enquanto ela me lambe com a sua língua áspera.

– Oi, Mel, olá! – murmuro com o rosto afundado em seu pelo.

Ela vira a cabeça entre meu pai e eu, como se não pudesse acreditar que estou realmente aqui. Acho que ela ainda não se acostumou a viver sem mim também. O rabo dela balança com tanta força que todo o seu traseiro se mexe de um lado para o outro, o que me faz começar a rir e a chorar ao mesmo tempo, provando que ver meu pai fumando em silêncio e meu encontro com Callie foram demais para mim. Eu enfio o rosto em seu pescoço peludo para secar as lágrimas e meu pai pensar que estou bem, mesmo que seja evidente que ele não está. Respiro fundo e conto até cinco.

– Pai, o que é isso?... – Eu fico olhando para o maço de cigarros que ele se esforçou tanto para não precisar comprar nunca mais. – Você está fumando?

Ele apaga o cigarro com energia num copo de cerveja cheio de tampinhas de garrafa, tossindo como o escapamento de um carro velho com a mão sobre a boca, enquanto minha pele é espetada por longas e brilhantes agulhas de pânico. Meus dedos tremem.

– Não, não estou fumando, foi só um cigarro. Querida, o que você está fazendo aqui? – Meu pai se move como se estivesse em câmera lenta no canto da sala onde os sofás formam um L, emoldurando a enorme TV que é grande demais para um apartamento como aquele. Ele afasta as cortinas para o lado e abre a janela. Eu chamaria de sala de estar, mas o apartamento do meu pai só tem um cômodo que não tem cama nem banheiro, por isso é também a cozinha e onde comemos, o que o torna um cômodo para tudo. – Que horas são? – ele pergunta. – Achei que só estaria aqui na hora do almoço, como combinamos na semana passada.

– Tem razão, eu acordei cedo e... Eu só queria ver você... Posso ir embora se quiser...

– *Não*. Não, eu nunca quero que você vá embora. Querida, não se coce. – *Estou me coçando?* Ele chega onde estou com dois passos largos e puxa minha mão frenética para longe do meu punho e a segura em sua mão. Minhas unhas felizmente não tinham afundado o suficiente para provocar mais um sangramento. – Você está bem? – ele pergunta, com a voz baixa e rouca.

– Estou. Só senti muita falta de vocês. – Deixo meu pai me envolver num abraço, nós dois escondendo nossa infelicidade no ombro um do outro. *Está* tudo bem, *estou* bem agora. Tenho o dia e a noite inteira para ficar com meu pai e Mel, mesmo que ele não esteja conseguindo se manter firme. Ele vai se esforçar neste fim de semana, por mim. E vou *esquecer* Callie, não preciso dela.

– E *você*? Está bem?

– Sim. – Ele passa a mão pelos fios de cabelo curtos da cabeça. – Estou bem. Melhor agora, que posso passar o dia com as minhas meninas. Desculpe a bagunça.

Eu tenho que desviar o olhar dos seus olhos tristes e esforçados. Porque o esforço não parece suficiente, suas pálpebras estão cercadas de olheiras de cansaço. Ele parece perdido, cercado por caixas de nossa antiga vida que ele ainda não esvaziou.

– Você já tomou café da manhã? – pergunto, precisando ocupar o cérebro e mexer as mãos para fazer algo que não seja ceder à coceira ansiosa e rasgar a minha pele como se fosse papel de embrulho.

Meu pai apenas nega com a cabeça, olhos vidrados, enquanto encontra algo para as próprias mãos fazerem, recolhendo as canecas e pratos sujos espalhados pela sala.

O primeiro armário da cozinha está vazio, exceto por algumas garrafas de bebidas meio vazias, e o segundo abriga uma aranha e uma solitária lata de feijão em conserva. *Por que ele não tem comida?* Minha mão se enfia pela manga e eu arranco uma casca do meu cotovelo, levantada como uma tampa de garrafa, enquanto olho para a cozinha vazia do meu pai. Pressiono a caxemira falsa do meu suéter contra a ferida, interrompendo e escondendo o sangramento com seu material marrom-avermelhado. Olho no terceiro armário, onde encontro farinha de trigo, e vejo duas bananas muito maduras na bancada, ao lado do pote de açúcar. Tenho uma ideia.

– Minha filha querida vai fazer um café da manhã bem gostoso pra mim – ele diz quando me ouve acender o fogo, um pouco mais animado agora, com o sol que entra pela janela e nos aquece. Ele conecta o telefone ao alto-falante e põe para tocar a nossa *playlist* para dançar na cozinha.

Ele canta junto a alegre abertura de "Little Bitty Pretty One", que me faz abrir um sorriso enquanto preparo a massa da panqueca. Meu celular vibra no meu bolso e eu o tiro dali com os dedos pegajosos. É um e-mail da EscapeAways.com *me convidando para dar uma olhada em suas ofertas de última hora para as férias de verão*, um *banner* acima do texto anunciando as praias de Bora Bora, Cidade do Cabo e Seychelles. Só agora me lembro de que me inscrevi na lista de e-mails deles algumas noites antes, enquanto fazia um plano de viagem pelo Sudeste Asiático e anotava mentalmente os custos e as conexões necessárias, enquanto minha mãe gravava um vídeo, no andar de baixo, com o tema "Mentiras que contam sobre os quarenta anos", com uma ex-finalista do *X-Factor* que se tornou "mãefluenciadora".

– Ai! – Uma bola de fita crepe amassada bate na minha testa, enquanto meu pai faz um gesto de enterrada, batendo no peito e golpeando o chão com os pés, como LeBron James comemorando. – Ah, é assim? Vou mostrar *como se faz*! – eu digo, amassando ainda mais a fita e depois fazendo-a voar para a lata de lixo.

Meu pai solta uma risadinha e volta a esvaziar as caixas da mudança, enquanto cantarola a letra errada de "Ain't Nothin' Goin'on but the Rent", de Gwen Guthrie, e eu me pergunto se vou ter coragem de deixar esse meu pai palhaço, mesmo que seja para conhecer as praias de Bora Bora.

Meu celular toca outra vez e eu tenho quase certeza de que é um textão da minha mãe, explicando por que agora eu vou ter que fazer transmissões ao vivo nas manhãs de sábado, acompanhado de *prints* da análise dos engajamentos de hoje. Mas não é a minha mãe.

Apoiando os cotovelos no balcão da cozinha, eu vejo o nome de Joss na tela e me dou conta de que ainda não respondi à mensagem que ele me enviou de manhã cedo.

Você, ele tinha dito.

Ele está tentando investir seu tempo em mim.

– Por que você está sorrindo para esse celular, hein? Tem algum garoto dando sopa por aí que eu precise conhecer? – pergunta meu pai, se aproximando e fingindo olhar por cima do meu ombro.

– Não, nada, esquece – eu digo, mesmo sentindo o coração quase saindo pela boca. Eu releio as mensagens de Joss e mordo o lábio.

Joss
Está tudo bem? Desculpe se exagerei... Só estou tentando dizer que gosto de você, só isso.

Sinto um puxão em algum lugar abaixo do meu umbigo e digito as palavras que quero dizer, esperando com o polegar pairando sobre o "Enviar". Porque depois que eu pressionar "Enviar", não tem volta. Mais uma parte de mim será entregue a um estranho.

Mas é esquisito... Mesmo que eu tenha acabado de conhecer Joss, ele não me parece um desconhecido. Ele não é apenas dados ou um coraçãozinho vermelho ou um texto de 280 caracteres. E não é como os garotos que eu conheci na escola, sempre querendo fazer joguinhos vulgares como "Eu Nunca" ou "Gire a Garrafa", as mãos sempre na minha coxa, na minha bunda ou tentando se esgueirar pela minha calcinha. Nunca pegando na minha mão porque gostavam de mim, mas porque queriam ser vistos pegando a minha mão, esperando tirar vantagem de tudo o que viria com isso. Seguidores, brindes, fama.

É claro que eu tenho dificuldade para confiar nas pessoas.

Mas Joss não parece ligar para nada disso; as poses e ostentação constantes, as iscas para obter curtidas e engajamento. Ele não tem nem mesmo um **facebook** antigo, pré-adolescente, que eu possa stalkear. Ele é contrário à tecnologia até onde isso é possível para um jovem de 19 anos nos anos 2020; ainda usa celular, mas sem confiar ou gostar muito disso. E em sua não convencionalidade, ele é a pessoa mais bonita que já vi, porque *não* vi milhares de cópias dele na minha aba Explorar. Desarrumado, sardento. Mãos ásperas e olhos azul-escuros, de um tom tempestuoso, agitado como o mar. Aquele tipo de beleza rara que quase causa estranheza.

Ele é real e me faz sentir real também. Então eu pressiono "Enviar".

Amêndoa
Gosto de você também.
Sábado 11:42

Joss

Então, que nível de fama você tem que alcançar para que os Illuminati te convidem para entrar na sua sociedade secreta? 3,5 milhões são o suficiente? Você já atingiu essa marca?? Posso ser um deles?

Amêndoa

Eu diria que você precisa estar pelo menos a meio caminho da Beyoncé para entrar no radar deles. Não deixam qualquer um entrar, sabe, e preciso confessar que não tenho certeza se você passaria no teste... Mas, quando chegar a minha vez, vou falar bem de você. E pensei que você não usasse redes sociais! Como sabe quantos seguidores eu tenho? Anda me stalkeando?

Joss

Eu não diria que ando stalkeando você. Faço parte de uma missão secreta para coletar informações sobre como a indústria dos influenciadores usa garotas bonitas para fazer uma lavagem cerebral em milhões de pessoas...

Já revelei demais.

Amêndoa

Hahaha Caramba!

Um ronco ressoa na garganta do meu pai, seu corpo enorme desmaiado no ponto mais afundado do meio do sofá. O cheiro de óleo de fritura e açúcar paira no cômodo e eu me sinto aquecida por causa da cabeça da Mel no meu colo, o que me deixa aquecida por dentro também. Estamos todos esparramados nos dois sofás desconfortáveis, ouvindo ao fundo, em volume baixo, algum filme sem sentido sobre supercarros e armas. São três da tarde e o dia está ensolarado lá fora, mas não me importo que estejamos apenas assistindo à TV. Eu me sinto aconchegada ali, como uma lagarta em seu casulo.

Pego meu celular, lembrando do que minha mãe disse sobre a importância de interagir com os seguidores. É melhor eu colocar alguma coisa nos *stories*. Cruzo as pernas e flexiono os músculos das panturrilhas para que elas pareçam mais esguias, como se eu de fato fizesse as aulas de yoga que estou sempre promovendo no canal da minha mãe. Tiro uma foto da Mel deitada ao meu lado, com a cabeça no meu colo, e coloco um filtro de luz do sol e a legenda "Meu lugar feliz", antes de postá-la no *story* do *Instagram*. Eu sei que a minha mãe vai ver e sei que vai ser uma alfinetada, mas não é essa a minha intenção.

É apenas a verdade.

Eu coloco a tela do meu celular virada para baixo, ignorando as reações com corações nos olhos que estão chegando. Minha pele *queima* com a atenção, mas desta vez eu não coço. Em vez disso, enfio a mão na parte mais macia do pelo da Mel. Meu celular vibra com três rajadas rápidas de zumbido de abelha e isso me assusta, pois não estou acostumada ainda com o alerta de texto personalizado que configurei para as mensagens do Joss, para diferenciá-las das mensagens da minha mãe e do Spencer.

Ficamos trocando mensagens o dia todo, sobre todas as coisas. Teorias da conspiração, programas de TV, pais, universidade. Sexo. Não de um jeito do **tinder**, ou como era com os meninos da escola, intrometidos e excessivamente ansiosos, apenas sobre nossas próprias experiências e como todo mundo é viciado em pornografia hoje em dia. Mesmo que Joss tenha feito

19 anos no mês passado, descobri que ele só teve *um* relacionamento sério (um a mais do que eu) e uma sequência de casos de uma noite depois que eles terminaram no ano passado, minha imaginação viajando com ele num desses cenários.

Além disso, o aniversário em maio faz dele um Gêmeos para o meu Leão e me leva a acreditar em toda a astrologia da babá agora. Noventa por cento de compatibilidade, *baby*.

Abro a última mensagem de Joss e, mesmo que meu pai esteja dormindo, aproximo o celular do peito. É um vídeo dele andando até a porta do banheiro, sem camisa, com o cabelo molhado penteado para trás, gotas de água brilhando como pedras preciosas nos ombros. Ele vira a câmera e eu o vejo pegar na maçaneta, revelando seu cachorro, Dudley, que imediatamente para de morder o tapete embaixo da porta fechada quando vê Joss, o rabo abanando.

> **Joss**
> Pensei em te apresentar para o meu *stalker* desprezível. Ele não me deixa em paz nem por cinco minutos.
>
> **Amêndoa**
> Tão fofo.

Eu tinha que enviar algo de volta. Deslizo o dedo para cima na tela e abro a câmera frontal, empurrando instintivamente a mandíbula para eliminar o queixo duplo, enquanto ajusto o brilho e seguro o telefone acima da cabeça, para que a câmera esteja voltada para mim. Puxando o decote da camiseta para baixo, ergo os ombros e meus seios formam aquele pequeno M do decote. Eu tiro a foto, olhando através dos cílios e com um sorrisinho de autoconfiança, decote em destaque e a cabeça sonolenta da Mel no meu colo. Em seguida, tiro outra foto, porque meu lábio ficou grudado no dente. E tiro mais uma, digito uma resposta com o polegar e pressiono "enviar", jogando o celular no pufe ao lado da TV com um gritinho.

> **Amêndoa**
> Aqui estou eu com a minha cachorrinha. Estamos só relaxando hoje.

Assim que o telefone cai no pufe, ouço o ruído incessante de alerta de mensagens do Joss. Rastejo pelo tapete até o aparelho e encaro a parte de trás da capinha, mordendo o lábio num sorriso, querendo e desesperadamente não querendo saber o que ele respondeu à minha foto com um decote para maiores de 13 anos. Desbloqueio. Exceto que não é o Joss. Meu telefone está vibrando com uma enxurrada de mensagens.

> **anRkey_InCel47**
> Suas pernas são muuuuito gordas. Você me dá nojo.
> Seu lugar feliz é o MacDonald's. Sua vaca gorda.

São respostas à foto que acabei de postar no meu *story*. Fico encarando as palavras até que elas fiquem embaçadas e pisco para afastar as lágrimas quando outra mensagem chega.

> **anRkey_InCel47**
> Eu te odeio tanto que só queria que simplesmente caísse morta de uma vez. Sua vadia gorda e feiosa.

> **Você se acha muito melhor do que todo mundo, né?!**
> **Vai, se mata logo, anda!**

Meu coração dispara, martelando contra as minhas costelas. Não sei por que esse *hater*, entre as inúmeras mensagens desse tipo que recebo diariamente, está me afetando tanto, mas está. Será por causa dos remédios novos? Ou talvez o fato de que isso tenha acontecido quando finalmente eu estava sentindo algo bom.

Enxugo os olhos, dando tapinhas no tapete ao meu lado e fazendo Mel abrir um olho. Ela percebe que é necessária e sobe em cima de mim para demonstrar que é uma boa amiga. Eu a acaricio, enquanto olho para o celular. Normalmente consigo prever quais postagens vão atrair mais ódio ou não. Vestida com uma blusa sem mangas? *Bullying*. "Que braços mais flácidos!" Jeans apertado e cós baixo? Ameaças de estupro. "Sua vadia exibida!" Uma *selfie* só de rosto? Mais *bullying*. "Eca, você tem poros abertos? Isso é um cravo?" Rosto maquiado?! "Vagabunda. Palhaça. Cara de Bolo. Vadia que só quer chamar atenção." Toneladas de abuso. Qualquer foto com meu pai ou com a minha avó? Discriminação racial. "Macacos. Voltem pra selva."

Uma leve inquietação me agita por dentro. Eu já vi esse nome antes, juro. Mas não consigo rolar a tela mais para cima, porque hoje é a primeira vez que essa pessoa entra em contato comigo. Espere! Não, hoje é a primeira vez que ela entra em contato com @thereal_amendoabrown, mas ontem recebi aquelas solicitações para me seguir no meu primeiro dia do Tranqs, enviados para a minha conta privada. Minha conta secreta que tem dois seguidores: meu pai e Callie. Será uma simples coincidência que eu comece a receber mensagens de ódio no dia em que me permiti ser vulnerável na frente de uma sala cheia de estranhos? A paranoia inunda meu cérebro com uma substância negra e pegajosa, parasitando as minhas lembranças do dia em que encontrei Imogen, Joss e Heather pela primeira vez, aquele garoto com um sorriso debochado, Liam, as garotas das risadinhas, Varsha, Lex.

Com as mãos trêmulas, eu respondo.

thereal_amendoabrown
Me deixa em paz. Por favor.

Jogo o celular no chão, sentindo de repente como se milhares de insetos pretos rastejassem dentro dele e estivessem prestes a sair pela tela e se enfiar sob a minha pele. Meu corpo todo está tremendo, enquanto subo no sofá e me deito. Mel me segue e se aninha ao meu lado quando o celular vibra no chão, anunciando a chegada de outra mensagem. Eu olho por cima da almofada do sofá de couro desgastado.

anRkey_InCel47
Apenas se mate de uma vez!

11

De algum jeito, consegui me manter firme pelo resto do fim de semana na casa do meu pai, grata pelas caixas para esvaziar e os espaços vazios para decorar, me entregando à tarefa de deixar o ambiente mais acolhedor e parecido com um lar. Minhas mãos estavam sempre muito ocupadas arrumando, dobrando ou empilhando, para não se aproximarem do celular, a mente esperançosa demais para pensar naquelas mensagens repugnantes.

Quando voltei para minha casa em Clifton, minha mãe tinha organizado uma noite de cinema em casa, com um quiosque completo, uma decoração profissional e uma máquina de pipoca na sala de estar. Um projetor exibia o primeiro filme de Bridget Jones na parede, nosso filme antigo favorito, e quando larguei a bolsa no chão ela olhou para mim com um alívio genuíno por eu estar em casa. Eu sabia que ela tinha recebido ajuda e que eu veria o anúncio correspondente no *Instagram* para alguma marca de "noite aconchegante em casa" com a qual ela colaborou. Mas pelo menos ela está tentando.

Na segunda-feira, as distrações acabaram. Meu pai trabalha todos os dias das seis da manhã às seis da tarde, e minha mãe está passando a maior parte dos dias na fábrica dos flocos de aveia *Oatsy*, para ser filmada aprendendo sobre o processo industrial de seleção e embalagem. Por isso fiquei sozinha em casa a semana inteira. Com o meu celular. Ele fica na mesinha de cabeceira e eu levo um susto cada vez que ele vibra. É a trolagem de Anarchy; essa pessoa não me deixa em paz, fica me mandando centenas de mensagens o dia inteiro. Falando dos meus dentes, dos meus poros abertos, do meu peso, da minha altura, das minhas unhas, do meu cabelo, dos meus quadris, do jeito como eu bebo, que eu sorrio, que eu falo. Que eu respiro...

anRkey_InCel51

Eu gostaria que você simplesmente PARASSE de respirar. Me faz esse favor?

Quem te vendeu essa blusa? Sua vadia horrorosa e de braços flácidos!

Aliás, descobri que você tem outra conta. Sorte sua que ela está vazia.

Hahaha, você parece a versão feminina do Hagrid com esse cabelo.

Espero que você morra engasgada com esse chá detox, sua puta.

Sempre que eu bloqueio essa pessoa, ela simplesmente faz uma conta nova.

Aparece um **anRkey_InCel48**, depois um 59, um 50.

Agora mesmo fui marcada nos comentários de uma foto de um caixão de mármore branco.

anRkey_InCel51 Este seria perfeito pra você, amiguinha.

Emoji de mãos em oração. Emoji com a língua de fora e piscadinha. Emoji de lábios beijando.

Por que esse comentário ganhou *nove curtidas*? Será que existem outras nove pessoas querendo que eu me mate também? A ansiedade faz meu sangue ferver; ele borbulha sob a minha pele, como aconteceu a semana inteira, fazendo piorar a minha coceira.

Embaixo do comentário de Anarchy, alguém escreveu:

> **sunderland.til.i.die** Não suporto essa putinha mestiça.

Embora Spencer sempre tente filtrar o pior do ódio depois da postagem inicial, eu me encolho toda, sentindo o peso do racismo como sempre sinto quando sou exposta a ele. Sinto um arrepio por dentro quando ouço a voz de Callie sussurrando a palavra "vulgar" no meu ouvido e, logo em seguida, essa palavra se transforma em milhares de vozes cuspindo a palavra "negra" na minha direção, ridicularizando meu corpo de todas as maneiras possíveis. Fecho os olhos com força, mas meu celular continua tocando e me encolho ainda mais, tentando me proteger da avalanche de ódio que parece estar caindo sobre mim.

É Anarchy. O grupo de bate-papo está mudo, porque, bem, por que não estaria? Depois de apenas uma reunião, eu, Heather e Joss ainda não temos muito o que conversar; nenhuma lembrança para reviver, nenhuma fofoca obtida através de amigos em comum. E Joss nunca respondeu à minha foto... vulgar?, tirada de cima, mostrando o decote, mas sem ser pornográfica. Mas será que ela não é de fato "vulgar"? Ele por acaso me enviou primeiro um vídeo dos seus mamilos? Será que eu acho mesmo a foto vulgar ou só *acho* que deveria achar vulgar?

Meu celular toca e eu fico olhando para a tela, tentando me convencer de que será Callie. Ela sempre descartava instantaneamente qualquer mensagem de ódio contra mim, menosprezando quem fazia os comentários até reduzir a criatura à insignificância, fazendo *prints* de sua biografia, geralmente algo como "Michael 👆 Ateu da Terra Plana 👽 NÃO ACREDITE NA MENTIRA 👽 Explodiu a casa da minha mãe 💣 02/10/88" e dissecando seus nomes de usuário. Quando fui alertada sobre o meu primeiro fórum de *haters* por uma "fã preocupada", que queria que eu soubesse o que estavam dizendo a meu respeito numa daqueles *sites* de fofocas onde qualquer influenciador sabe que nunca deve procurar seu nome, Callie construiu para mim uma fortaleza de cobertores e ficou encolhida ali comigo durante todo o fim de semana, depois que sucumbi a uma curiosidade mórbida e li páginas e páginas de puro veneno.

Meu celular toca outra vez. Talvez seja meu pai. Mas, se não for Anarchy, provavelmente é minha mãe. Ou o babaca do Spencer Dorsey me dizendo que os GIFs que usei no meu *story* não são bons.

Mas desta vez não é nem Spencer nem a minha mãe. Um sorriso passa rapidamente pelos meus lábios.

Heather
Oi, vai ao Tranqs hoje??

Eu olho meu quarto bagunçado e depressivo, os lençóis sujos de sangue, minhas unhas incrustadas de sujeita e pele morta, o tremor nas minhas mãos quando digito a resposta.

Amêndoa
Sim, eu vou. Guarde um lugar pra mim.

Prestes a me atrasar para o grupo, eu aperto o passo ao entrar no prédio e sigo o som da voz de Oliver pelo corredor. Com a cabeça baixa, capuz na cabeça e óculos escuros para esconder as olheiras sob os olhos, entro devagar na sala e vou direto para o último assento vago entre Imogen e Heather, com Joss do outro lado de Heather, que se inclina para a frente na cadeira quando me vê. Ele abre a boca, mas:

– Oi – Imogen sussurra, desviando minha atenção e me cumprimentando com uma piscadinha.

– Oi.

– E aí? – Heather me dá um cutucão de leve. – Para que os óculos de sol? Foi perseguida por paparazzi ao entrar?

O riso faz cócegas na minha garganta, mas não chega aos meus lábios. Eu dou um leve cotovelada nela, fazendo-a se calar, ao ver Oliver limpar a garganta. Ele está na frente do quadro branco, o rosto calmo ainda voltado para nós, as calças indianas com estampa de elefantes, o olhar suave de quem acabou de sair de uma meditação.

Quando fazemos silêncio, ele diz:

– Sejam bem-vindos. O tema de hoje é desenraizar. Vamos ver se conseguimos escavar o solo de nós mesmos com as duas mãos e arrancar os nossos problemas pela raiz. – Do outro lado do círculo, vejo Liam revirar os olhos, arrastando o calcanhar do tênis no chão, com impaciência. – Para o nosso primeiro exercício, vou dar a vocês um minuto de reflexão silenciosa, para que pensem *numa palavra* que descreva melhor a razão pela qual estão aqui. Se não se sentirem prontos para se abrir hoje, não faz mal. Pode ser uma palavra tão obscura quanto vocês quiserem e, do mesmo modo, se se sentirem confortáveis para dividir conosco um pouco mais da sua história nesta sessão, vou convidá-los para explorar conosco a palavra que escolheram, OK? – Ele balança a cabeça, sacudindo o coque no cabelo. – OK. Tempo de reflexão começando... agora.

Eu olho em volta para o grupo, tentando avaliar o nível de confiança compartilhado na sala e até que ponto quero que a minha palavra seja profunda. Vigiada? Divórcio? Perdida? Ou exposta demais? Ansiosa, triste? Heather coloca seu corpo na minha linha de visão, tentando chamar a minha atenção.

– Você está bem? – ela sussurra. Eu aceno com a cabeça. Concordando levemente.

– Heather? – chama Oliver, interrompendo-a com um sorriso dolorosamente esperançoso. – Já acabou? – Merda, vou ser a próxima? *Qual é a minha palavra?* – Pode nos dizer qual é a sua palavra, a raiz que tem gerado as ervas daninhas de maus sentimentos que trouxe você aqui?

– Vergonha – ela diz sem hesitar, os olhos bem abertos olhando para a frente.

O marcador preto range contra o quadro branco, a palavra de alguma forma menos imponente na caligrafia elegante e elaborada de Oliver.

– E se você se sentir confortável, se importa de explicar um pouco melhor essa raiz? Pode nos dizer por que a palavra "vergonha" lhe ocorreu?

Os lábios de Heather se separam um pouco, pegajosos com o *gloss* cor de ameixa, murmurando palavras não formadas, enquanto ela tenta descobrir o que dizer, os dedos girando o anel de caveira de prata enferrujado no polegar.

– Vergonha tipo... gordofobia – diz ela, erguendo o queixo. – Vergonha das minhas cicatrizes. Toda a minha vida se resume em todo mundo sempre me dizendo que eu deveria odiar meu corpo. Minha mãe é uma líder do grupo de uma coisa chamada SlimIt, um daqueles programas tóxicos de perda de peso que dá a você uma estrela de ouro por passar fome a semana toda, e a minha avó, as minhas tias, cada uma das minhas primas têm proporções perfeitas, tipo, elas apareceriam naqueles testes de tipo de corpo como ampulheta, banana, pera ou sei lá o quê. E depois vem eu. A... melancia. – Heather encolhe os ombros, jogando as mãos para baixo ao lado do corpo. – Mas eu nunca dei a mínima para elas porque, bem *porque*... Danem-se todas elas, eu não...

não me importo com o que pensam. Se realmente me amam, deveriam querer que eu me amasse. Certo?

Eu encosto meu joelho no dela. *Certo.*

– Então, em que ponto você acha que as opiniões delas começaram a fazer você sentir vergonha? – Oliver pergunta, inclinando a cabeça, o coque caindo para o lado.

Heather suspira, olhando para mim enquanto seu rosto se agita com as emoções: embaraço, nojo, diversão... inveja? Um sorriso autodepreciativo se instala em seus lábios.

– Elas não me fizeram sentir vergonha. Mas eu passei por um rompimento muito ruim. Acontece que ele era um narcisista misógino que começou a postar minhas fotos naqueles fóruns de *pick-up artists, incels, red pills*... Depois que esses idiotas enfiam na cabeça que, Deus me livre!, uma garota gorda pode se sentir atraente e, oh não, outras pessoas podem se sentir atraídas por ela, isso é demais para seus cérebros diminutos e cheios de ódio.

"Eu não sei por quê, porque a última coisa que eu quero é a aprovação dessas pessoas, mas elas fizeram isso. Elas me deixaram arrasada. Me fizeram pensar que minha família estava certa em me fazer engolir seus conselhos sobre dieta durante todos esses anos. Que eu era feia. Indigna de amor. Não importa o que eu fizesse, não conseguia tirar as palavras delas da minha cabeça e ainda não consigo. Mas eu me cuido todos os dias, uso vestido colado, não, 'de acordo com o meu tamanho', mesmo que às vezes seja difícil, porque eu *não* vou deixar aqueles paus moles vencerem."

– Ah, Hev... – eu sussurro, apoiando a cabeça em seu ombro. – Você é tão linda!

– Sinto muito que isso tenha acontecido a você, Heather – Oliver diz, as mãos em oração em seu peito. Ele balança os pulsos para enfatizar cada palavra, os dedos entrelaçados se inclinando em direção a ela. – Você não merecia. Obrigado por ser a primeira a compartilhar hoje, isso foi muito...

– Não me diga que sou corajosa. – Ela faz uma careta. – Por favor.

– OK – ele diz, a voz macia como a penugem de um pêssego.

Joss passa o braço em volta do pescoço de Heather, plantando um beijo intenso em sua têmpora, que ela dramaticamente afasta, embora dê uma batidinha no braço dele.

– Obrigada, cara – ela murmura.

Em torno das 5h45 da tarde, as palavras Vergonha, Culpa, Compulsão Alimentar, Irmã, Minecraft, Consentimento, Maconha e Ansiedade estão escritas no quadro com marcador preto brilhante, sua intensidade envolta na seda dos traços delicados e arabescos de Oliver. Quando chega a minha vez, tudo o que consigo dizer é "Fingimento", negando com a cabeça quando Oliver pergunta se quero dizer mais alguma coisa a respeito. Eu quero, quero muito romper essa pele que a indústria dos influenciadores colou em mim durante toda a minha vida, ano após ano, envolvendo o velho eu com uma nova camada de mentiras. Mas ainda não me sinto pronta para romper o molde em que me encaixaram, para dar vazão ao eco sombrio da minha própria voz.

É solitário aqui, mas é seguro.

– Hoje não? Tudo bem. Obrigado por compartilhar, Amêndoa. Espero que na próxima semana, quando formos perguntar àqueles que cuidaram dessas raízes hoje... metáfora demais, não é? Talvez, daqui uma semana, ouvir como este exercício mexeu com aqueles que compartilharam, encoraje mais alguns de vocês a se abrirem conosco. Certo, quem falta ainda...? – Oliver olha para a prancheta em sua cadeira. – Joss? Nós não ouvimos você ainda. Qual é a sua palavra?

– Hã... – Ele coça a parte de trás da cabeça, então junta o cabelo desgrenhado do ombro num rabo de cavalo. – Não sei – ele diz, inclinando a cadeira para olhar o teto.

– Quando você olha para trás e pensa na sua decisão de buscar ajuda, você lembra do que estava fazendo na ocasião, das pessoas com quem estava, das emoções que sentiu?

– Dissociado – Joss responde com uma clareza repentina, a cadeira batendo no chão. Oliver acena em concordância bem devagar, franzindo a testa, incentivando Joss a continuar. Ele respira fundo, depois solta as palavras num suspiro. – Dissociado do mundo, de um monte de gente nele. Do governo. Tudo começou em 2020, com o primeiro lockdown. Aquele ciclo constante de horrores que chamavam de notícias e a avalanche de justiça social que a princípio me deixou aturdido e me motivou a querer fazer deste mundo um lugar melhor, mas depois me sufocou completamente, fazia com que eu me sentisse insignificante. Com medo. Então eu me desliguei completamente, excluí tudo. E agora mal falo com outras pessoas.

Oliver respira fundo, provavelmente prestes a pedir que ele explique melhor o que disse, mas Joss o interrompe, não de forma rude, mas num tom cansado e decidido.

– Chega, pra mim já deu.

Enquanto saímos e nos espalhamos pelos degraus em frente ao *Tranquilidade*, agradeço a Heather por me enviar uma mensagem mais cedo e, sem querer, me forçar a sair da cama para vir para o grupo, porque me sinto melhor agora. Ficamos circulando ali perto das lixeiras com alguns outros adolescentes, meus olhos sempre encontrando Joss no meio da multidão silenciosa. Ele parece absorto em si mesmo, mãos enfiadas nos bolsos, ombros curvados, como se o grupo tivesse causado o efeito oposto do que Oliver nos fez imaginar. Eu quero estender a mão, pegar a dele, mas acho que ele está processando agora e não quero ultrapassar os limites, o que talvez já tenha feito.

Egoisticamente, sinto uma pontada de vergonha ao lembrar que há uma foto minha sem resposta no celular dele, com meus seios tão espremidos que o recheio está prestes a estourar. Eu me afasto do círculo, para longe dele e do meu constrangimento, e fico observando todos de uma certa distância.

Imogen está ali por perto enviando mensagens de texto do celular, fingindo não ouvir as conversas ao redor, provavelmente desesperada por uma chance de conversar normalmente pela primeira vez, não sobre sua porcentagem de gordura corporal ou qualidade das fezes, já que ela tem parceria com aquela marca de substitutos de refeição, **Fast-Off**, e tudo o que ela come é uma pasta com cor de lodo. Eu espio, disfarçadamente, para ver o que ela está supostamente achando tão fascinante no celular... É uma página em destaque do YouTube, ostentando um monte de miniaturas para canais de chá tóxico e crianças de 8 anos sendo obrigadas a filmar resenhas de brinquedos. Caramba, se você vai fingir que está só rolando a tela, pelo menos vá para o *Instagram*!

Heather agora conversa com uma garota chamada Samantha, que está brincando com o cascalho sob os pés e de vez em quando olha em volta para todos com um sorriso tímido. O outro garoto do grupo também está conosco, observando as tatuagens de Heather. Graças à sessão de hoje, agora sabemos que o nome dele é Marius, e que Marius cheira cola quando ouve os pais discutindo à noite.

E Joss ainda está encarando o chão, levantando poeira, tão tenso que uma veia saltou na superfície de sua pele, ao longo do seu antebraço.

Somos só nós, todos os outros foram para casa para curtir a noite de sexta-feira.

– Então, alguém quer fazer alguma coisa agora? – diz Heather, protegendo os olhos do sol. Eu digo que sim, não querendo voltar para o meu quarto, onde as palavras de Anarchy rastejam pelas paredes à noite, me engolfando. – Podemos ir ao Greyhound? Meu irmão está trabalhando no bar, então ele vai nos atender.

– Claro. Vai ter garotos lá? – Imogen começa a se arrumar, usando a câmera frontal como espelho e curvando os cílios com o dedo.

Heather revira os olhos por um segundo, deixando a língua para fora como se estivesse morta.

– Ah, se por garotos você quer dizer velhos nojentos, estão sim.

– Ah, Deus... – diz Imogen, remexendo em sua bolsa. Eu assisto com reconhecido horror enquanto ela passa outra camada de batom líquido.

– Você já está *bem* assim – eu sussurro com um sorriso.

– Eu tô dentro. O dia está bom demais para ir para casa – diz Marius, embora eu tenha a sensação de que ele não gostaria de ir para casa mesmo que estivesse uma chuva torrencial.

– Eu vou – digo, minhas entranhas já se retorcendo. Eu já deveria estar procurando roupas para a noite de lançamento com a minha mãe; ela foi presenteada com uma "experiência de compra" de cortesia na Harvey Nick's. Eu pego o celular enquanto nós seis começamos a andar e envio a ela uma mensagem desmarcando.

Amêndoa
Desculpa, podemos fazer compras outra hora?
Vou sair um pouco com uns amigos do grupo. 😬

Imediatamente os pontinhos cinzas que significam que ela está digitando começam a dançar na minha tela e, antes que eu possa pensar demais, desligo o celular. Não estou com disposição para discutir com ela e a noite do lançamento é só daqui a duas semanas, de qualquer maneira. Enfio o celular no bolso e sinto o braço de Joss roçar no meu enquanto ele se junta a mim.

– Você já foi ao Greyhound antes? – ele pergunta. Meus nervos estão à flor da pele agora que estou sozinha com Joss, e a tensão de ver Anarchy criticando cada aspecto da minha aparência por uma semana inteira se mistura com a insegurança de ter minha foto ignorada e eu só consigo balançar a cabeça.

– Ótimo *pub*, péssimo cachorro – diz Joss, se referindo ao nome do bar e me empurrando de leve desta vez.

– Gosto de galgos – consigo dizer.

– Ah, não, eles são muito magros. – Ele finge tossir no punho, sem jeito. – Não devem ser nada confortáveis quando deitam em cima de você. Dudley está sempre fazendo isso.

Caminhamos em silêncio por um tempo, todos os outros um pouco à frente na calçada, conversando animadamente, enquanto eu continuo revendo os últimos comentários de Anarchy na minha cabeça. Ainda assim, Joss fica ao meu lado. Eu olho para baixo, na direção dos seus tênis brancos surrados, as barras das calças largas e desbotadas viradas para cima, um buraco enorme no joelho que eu posso imaginar que não estava ali quando ele as comprou.

– Você não deveria coçar – diz ele gentilmente, afastando minha mão e me impedindo de dilacerar a pele do interior do meu punho. Eu nem tinha percebido que estava coçando. Joss não solta a minha mão e entrelaça os dedos nos meus, seu rosto abaixando-se até a minha linha de visão e persuadindo meus olhos a encontrar os dele. – Falando nisso, eu acho ótimo que você tenha compartilhado hoje e sinto muito que eu tenha ficado meio distante esta semana. Foi uma semana difícil para mim. – Ele bate de leve na lateral da cabeça e eu fico quieta, só ouvindo e apertando a mão dele com força. – Fiquei deprimido pra caramba... Sabe aquela sensação de frio até os ossos? Estava morto de cansaço, sem nem conseguir sair da cama... Bem na época em que me ofereceram um monte de turnos extras no serviço que eu não podia recusar.

– Por quê? – pergunto e me encolho de vergonha pela minha ignorância assim que a pergunta sai da minha boca. "Por quê", pergunta a garota que recebe milhares de libras para fazer expressões faciais na frente de uma câmera.

Ele dá de ombros.

– Preciso da grana. – Joss para de repente na calçada, me fazendo virar para encará-lo. – Mas falei sério aquela hora. Eu gosto de você, Amêndoa.

– Quando eu não respondo às suas palavras gentis e cuidadosas com nada que não seja um aperto mais forte em sua mão, ele chega ainda mais perto e se inclina, me fazendo sentir seu hálito quente no meu ouvido. – Ah! E você ficou muito gostosa naquela foto que me mandou, aliás.

Ah. Meus quadris me levam para mais perto dele, meu corpo tomando decisões por conta própria. Eu mordo o lábio, querendo muito beijá-lo. Sem fôlego, eu digo:

– Sabe, acho que é a primeira vez que você me chamou de Amêndoa e não de alguma outra noz idiota.

Ele sorri.

– Você tem razão, foi mal. Desculpa, Pistache.

12

Curtido por **evafairchild, spencey_dorsey** e outras 338 pessoas.

thereal-amendoabrown Hoje sinto que será um dia bom ☼ Pelo que você sente gratidão hoje? No meu caso é pelo sol de verão (e toda a gloriosa vitamina D que ele me dá!!), boas vibrações e novos começos... fale comigo nos comentários. 😚

[Descrição da imagem: Duas sombras de mãos dadas, enquanto ignoram a placa de "Não pise na grama" e caminham pela grama numa tarde ensolarada de sexta-feira.]

13

Eu me encaro no espelho rachado do banheiro do Greyhound, meu reflexo dividido de modo irregular da cabeça até a clavícula. Molho o polegar e o indicador e tento domar um pouco do *frizz* dos meus cachos; prendo o cabelo, solto-o novamente, coloco-o atrás das orelhas e depois tiro. Suspirando, eu me afasto do espelho e penso em colocar o celular no "Não Perturbe", enquanto as reações à minha última postagem fazem o aparelho *zumbir* como um enxame de abelhas no meu bolso. Mas antes que eu faça isso, uma mensagem de Electra Lyons chama a minha atenção, suas palavras como um bálsamo suave sobre uma ferida de ódio que eu acidentalmente visualizei assim que desbloqueei a tela.

electralyonslives
Você parece feliz, garota. Adoro isso. E exijo saber com quem você está de mãos dadas. Conte tudo!!!! (ou não, só estou brincando). 😇

electralyonslives
P.S. Estou muito grata às oportunidades que esta vida tem me dado. Odeio ser uma DESSAS influenciadoras, mas eu tenho muito boas notícias para anunciar em breve. Fique ligada, anjo!

thereal_amendoabrown
Está brincando! Boas notícias na sua vida pessoal ou nos negócios? E garota, saiba que você não está sendo EXATAMENTE como uma dessas influenciadoras agora kkkkk.

thereal_amendoabrown
Você não é um filme!! Não me venha com trailers de suspense.

Digitando... aparece embaixo da minha última mensagem e eu espero, meu sorriso ficando mais largo quando penso na ideia de gastar meu dinheiro da VEGLOW com uma viagem para os Estados Unidos, visitando Electra, não em LA, lar das deusas do suco Detox e dos párias que se autodenominam paparazzi, Deus, não! Mas talvez possamos nos encontrar em algum lugar movimentado da Costa Leste.

electralyonslives
Tudo será revelado 👀

thereal_amendoabrown
Buááá! Mas ok, boa sorte 🔥

Já que estou aqui, dou uma rápida olhada nos comentários, curtindo alguns para aumentar o engajamento, prestes a me desconectar mentalmente da internet para a noite, quando meu subconsciente autossabotador escolhe um nome de usuário familiar entre a multidão de comentários.

> **anRkey_InCel51** Quem é essa pessoa na foto?! Obviamente alguém cego ou planejando te usar e te abandonar depois de tirar proveito de alguns passeios gratuitos.

Num instante, minha frequência cardíaca está alimentando aquela onda palpável de adrenalina que o conflito na internet provoca, acabando com a minha decisão de não responder a Anarchy enquanto decido mandar uma DM para essa pessoa.

> **threal_amendoabrown**
> Vai pro inferno, babaca! Vai cuidar da SUA VIDA. Não meta o nariz na minha.

Firme na decisão de deixar meu celular no "Não Perturbe", saio do banheiro sujo batendo a porta para ir ao encontro dos outros, que tinham conseguido uma mesa na parte do bar que ficava ao ar livre. Eu estava determinada a não deixar aquele estraga-prazeres arruinar a minha noite.

Está praticamente vazio lá fora, exceto pelos excêntricos com quem estou aqui, rindo, amontoados em volta de uma mesa de madeira, com cabelos coloridos, pele tatuada e roupas chamativas. Assim que me aproximo, reconheço o garçom de camisa preta e gravata que distribuindo copos de cerveja de uma bandeja como o carinha que foi buscar Heather na semana anterior.

– Este é o meu irmão, Rich – diz Heather, quando me vê chegando. – Ele gentilmente concordou em servir a nossa mesa a noite toda, não é, maninho?

– Eu rio e aceno para Rich. – Veja, Amêndoa, o Greyhound é um lugar chique. Não dê ouvidos às críticas negativas.

– Vamos, garçom. – Joss bate palmas, mudando de cadeira para eu me sentar. – Agiliza aí.

Rich dá uma batidinha com a bandeja na cabeça de Joss, solta uma risada e empurra os óculos mais para cima no nariz.

– Isso não vai acontecer toda vez que fizerem um pedido, fiquem ligados – ele diz com um forte sotaque de Bristol.

Com um bigode de espuma, Heather dá outro gole em sua bebida, enxotando Rich.

– OK, obrigada, tchau, Rich.

A animação diminui um pouco quando Rich se afasta e eu percebo Heather olhando de soslaio para Imogen e ela e Joss trocando olhares intensos.

– O que foi? – pergunto, esticando o pescoço para ver por que Sam, Marius e Imogen estão rindo do outro lado da mesa, com as cabeças juntas, vendo algo na tela do telefone.

– Galera! – fala Joss sem olhar, enquanto dobra o porta-copos em partes cada vez menores, um tom de irritação na voz.

Heather toma um longo gole da cerveja, deslizando um copo na minha direção, repuxando os lábios num rápido sorriso e encolhendo os ombros. E então ouço a voz *dela*. A voz da minha mãe quando grava vídeos.

"Acho que é o Joe voltando das compras. Vamos ver o que ele esqueceu desta vez, Maçãzinhas?"

Minha mão aperta mais o copo de cerveja, a condensação fria contra meus dedos úmidos. "Maçãzinhas" é o ridículo apelido carinhoso que minha mãe deu aos inscritos no seu canal no YouTube, ao qual ela deu o nome igualmente ridículo de "O Jardim de Eva". Por que eles estão assistindo a um dos vlogs dela? Meus dedos escorregam, derramando a cerveja, as bolhas cor de âmbar subindo num redemoinho em direção à espuma quando percebo a qual vídeo estão assistindo.

– Desliga isso – eu digo automaticamente.

"Ah, meu Deus, gente, acreditam nisso? O João Ninguém só foi..."

Embaixo da mesa, finco as unhas na palma da mão.

"João Ninguém", o apelido que os seguidores da minha mãe inventaram para menosprezar meu pai quando se referem a ele nos comentários das postagens dela, em que dão conselhos matrimoniais, reclamam do tempo que ela passa no trabalho ou insinuam estereótipos raciais negativos sobre pais negros. Como se eles pudessem saber alguma coisa sobre o caráter dele ou sobre nós e a nossa dinâmica familiar apenas assistindo a uma semana da nossa vida contada em trechos recortados, assim como os "melhores momentos" de uma celebridade são exibidos depois que ela é eliminada de um reality show. Sete dias inteiros decidindo o que fazer para o jantar, pendurando roupas no varal e tendo discussões tão triviais quanto meu pai não tampando a pasta de dentes são editados para que o público só consiga ver o prato de polenta frita, uma sequência de oito minutos em que minha mãe elogia contratualmente o detergente biodegradável que está usando e minha mãe recapitulando a discussão ridícula por causa da tampa da pasta de dentes, enquanto tira a maquiagem e higieniza a pele antes de dormir.

Eu não suporto ver a normalidade do nosso dia a dia em casa sendo transformada em conteúdos de trinta minutos, totalmente superficiais e sem contexto, apenas para garantir que o vídeo possa ser interrompido por pelo menos três anúncios publicitários.

– Ah, Amêndoa – fala Imogen, fazendo biquinho e se inclinando para me mostrar a tela do celular. O rosto zombeteiro da minha mãe preenche a tela de canto a canto enquanto ela sussurra para a câmera num tom conspirador.

"Ele é um completo inútil, pessoal... Ah, só estou brincando!"

– Não vai ficar de mau humor. Marius estava perguntando que tipo de conteúdo nós fazemos e, bem, é só que a sua mãe está tão engraçada neste vídeo. Esse é o exemplo perfeito de vlog familiar. Então, é como um reality show – ela diz a Marius. – Apenas a vida real com todas as suas partes áridas e realistas, como neste vídeo. Sério, Amêndoa, a cara da sua mãe quando seu pai leva para casa sementes de chia em vez de linhaça, eu simplesmente não aguento. – Imogen solta uma risada. – Ela está furiosa e uma veia salta na testa dela. Não acredito que ela conseguiu pegar isso no vídeo.

– É, nem eu. – Tento abrir um sorriso autodepreciativo. – Mas você pode desligar, por favor?

– Não acredito que é sua mãe! – Marius suga a espuma da sua cerveja, balançando a cabeça. – Ela está *super em forma*. É aquela do anúncio do sofá chique?

– Sim. – A palavra escapa entre meus dentes e eu raspo o cotovelo contra a áspera superfície de madeira da mesa, ralando a pele.

Joss aperta meu joelho por baixo da mesa, mas estou entorpecida. Não consigo tirar os olhos de meus pais discutindo na palma da mão de Imogen, com o botão de pausa no canto da tela, como se aquilo estivesse acontecendo apenas para entretenimento das pessoas e não na vida real. Eu estava tão feliz meia hora atrás, de mãos dadas com Joss enquanto caminhávamos, com o rosto voltado para o calor cintilante do sol, sorrindo para os fragmentos de conversa ao meu redor. Tudo isso parece estar há um século de distância, enquanto minha consciência se volta para o celular na mão de Imogen, a presença sempre devastadora da minha vida digital me agitando por dentro.

"Se ao menos você prestasse atenção no que eu digo, Joe."

– Os peitos dela são de silicone? – pergunta Marius. – Desculpe, eu sei que é a sua mãe, mas diz aí.

– Sério, cara? – Eu sei que ter Joss ao meu lado devia fazer eu me sentir melhor, menos sozinha, mas não consigo respirar, como se eu estivesse embrulhada em plástico-filme, algo invisível e sufocante entre nós. – Sério, parem de ser babacas – diz ele. – Assistam a essa merda quando ela não estiver incomodando ninguém!

"Tudo bem, Maçãzinhas, acho que vou ter que mostrar a vocês a receita desse shake de proteína sem a linhaça, graças a alguém."

Sam estende a mão e aperta o rabo de cavalo, os olhos piscando entre mim e a tela.

– Coitado do seu pai...

– Ai, meu Deus, olha só, lá está a Mel. Ela parece um filhote neste vídeo. – Imogen estende o celular para Joss desta vez. Ele apenas a encara, seus olhos não se desviando nem um pouco em direção à tela enquanto bebe sua cerveja, o braço tão rígido que é quase mecânico. – Ela tinha quanto aqui, uns 6 meses?

Imogen dirige a pergunta a mim, mas estou totalmente distraída, com a percepção de que qualquer um poderia descobrir a resposta para isso fazendo uma consulta rápida no **Google**. Dou de ombros, querendo pegar o celular de Imogen e guardar a lembrança da minha cachorra, ter a Mel bebê só para mim, guardada em álbuns de fotos de família, mas não posso porque...

... minha vida não é minha.

– O que você disse? – Joss abaixa a cabeça, a orelha perto da minha boca.

– Nada.

Eu disse isso em voz alta? Olho para baixo e percebo que já tomei metade da minha cerveja.

"Sinceramente, pessoal, vocês têm que se esforçar para o casamento dar certo. Comentem aqui embaixo se vocês me entendem..."

– Desliga isso! – eu grito, estendendo a mão sobre a mesa e tirando o celular da mão de Imogen. Há um som de vidro quebrando quando ele cai no cascalho, a voz da minha mãe ficando distorcida e metálica, espalhando fragmentos da minha antiga vida na poeira.

Eu faço algumas respirações profundas e ofegantes enquanto esfrego as unhas no braço, acionando receptores de dor que enviam mensagens pelo meu braço e inundam o meu cérebro com serotonina, abafando tudo o que está acontecendo ao meu redor.

– Eu... sinto muito – diz Imogen, olhando para o celular no chão, virado para baixo. Ela limpa a garganta, piscando com seus cílios postiços para mim. – Você está bem? Não está, claro que não está. – Os olhos dela se voltam outra vez para o celular com a tela quebrada. – Eu não queria ser uma total idiota, sou muito sua fã, de verdade. Só não pensei... Ah, meu Deus, nem me passou pela cabeça... Fui superinconveniente, não fui? Acho que ainda não superei o fato de ter conseguido ser sua amiga. – Ela engole em seco, com os dedos tremendo sobre a clavícula. – Cresci vendo vídeos seus e da sua família.

– Puxa, que amiga incrível você é! – diz Joss bruscamente. – Ela tem muita sorte de ter você.

Amigas? Não somos amigas. Ela acha mesmo que isso é amizade?

– Eu vou embora – ela diz, nervosa enquanto veste o casaco, os cílios inferiores molhados com as lágrimas não derramadas.

De repente, toda a minha adrenalina se dissipa, minha energia se esgotou, como se alguém tivesse me tirado da tomada.

– Não, não vá. Desculpe – eu digo, ignorando Heather boquiaberta. Eu desabo sobre a mesa, esgotada.

– Você não tem *nada* do que se desculpar – ela diz, batendo o *piercing* da língua contra os dentes e olhando com raiva para Imogen e intensificando o olhar quando se volta para Marius.

Ela tem razão, mas já estou farta disso agora. Prefiro fingir que está tudo bem e seguir em frente.

– Está tudo bem. Mas, falando sério, Imogen, sinto muito pelo celular – eu digo. – Quebrou?... Meu... empresário pode te arrumar um novo. – Eu tomo dois goles da minha cerveja, imaginando a cara do Spencer quando eu pedir para ele dar outro celular para Imogen Shawcross, porque eu joguei o aparelho dela no chão. A *relevante* e **#relacionável** *e-girl* Imogen, com suas edições *preppy* em tons pastel. Roupas com fundo de bolinhas, flores de cerejeira, mãos na cintura, pés virados para dentro. Tudo rosa e branco. Spencer vai ficar furioso.

Ela pega o celular, dá uma olhada nele e dá de ombros quando eu me inclino para examiná-lo eu mesma. Oh, Deus. Dezenas de rachaduras finas se espalham desde o canto superior direito da tela, como uma delicada teia de aranha.

– Foi só o protetor de tela – diz Imogen, forçando um sorriso. – Ai, eu sou uma idiota.

– Não é, não – eu digo, numa voz baixa e sem emoção, suspirando antes de tomar outro grande gole de cerveja. A mão de Joss repousa na minha coxa, seu polegar traçando pequenos círculos. – Eu me sinto estranha vendo outras pessoas assistindo a mim ou à minha mãe na internet, só isso.

Marius força uma risada.

– É, pode crer.

– Não consigo explicar.

– E você não precisa – diz Heather, usando o dedo mindinho para desenhar um pênis na condensação do seu copo de cerveja e fazendo cara feia para Marius.

Na verdade, eu posso explicar. Talvez seja porque em 0,46 segundo, absolutamente qualquer pessoa pode ter acesso ao arquivo pixelado de literalmente toda a minha vida. Talvez seja porque o mundo todo pode pausar, voltar e rever aqueles trechos intimamente mundanos do que costumava ser a minha família. Ou talvez seja porque eu estou bem aqui, *Imogen*. Eu a vejo retocando os cílios com o aplicador do rímel e percebo que já passou a minha vontade de sair com você agora, ou com qualquer pessoa, na verdade. Eu só quero ir para casa. Termino o que sobrou da minha cerveja, engolindo o que resta do sabor amargo.

– Haverá outras cervejas – diz Joss, com a voz rouca e macia no meu ouvido.

– Na verdade, está tudo bem – eu digo, me desvencilhando dele e deslizando para fora da mesa, minha visão ficando um pouco turva quando me levando rápido demais e me lembrando só agora do aviso do dr. Wallace sobre misturar álcool com antidepressivos. – Acho que já vou indo.

– Ah, não, não vá embora. Por favor, não vá por minha causa. – O desalento de Imogen faz lágrimas brotarem dos meus olhos e eu não sei dizer se são causadas pelos hormônios do estresse ou se estou realmente chorando.

O que eu estou falando? Claro que estou chorando. Por que ela fez isso? Mostrar meus pais discutindo num vlog como se fosse um episódio da série das Kardashians.

– Sou uma idiota! – ela lamenta.

– Eu vou com você – diz Joss, olhando para mim.

– Não, fique. Está tudo bem – digo, respirando superficialmente e pensando numa desculpa para ficar sozinha que não seja rude nem me cause ansiedade. – De qualquer maneira, eu tenho um compromisso com a minha mãe hoje à noite. Não estava planejando ficar muito tempo.

Espera. Isso é realmente verdade. Eu desativo o modo "Não Perturbe", esperando uma enxurrada de ligações perdidas e mensagens de voz, porque cancelei com minha mãe no último minuto. Mas entre as notificações que ainda estão chegando do *Instagram*, há apenas uma mensagem, e a tristeza me percorre enquanto a leio. Ela está na verdade sendo legal, me apoiando até. Eu releio a mensagem dela, minhas emoções me dando cento e dez por cento de certeza agora.

> **Mãe**
>
> Ok, querida. Outra hora então. Que empolgante! Divirta-se com seus novos amigos! Estou saindo agora à noite para uma sessão de última hora de degustação de coquetéis, uhuuu! Mas caso eu não te veja antes da festa da sua avó amanhã, deixei o presente dela em cima da sua cama
>
> Com amor, beijos e abraços 😘

Fico emocionada ao saber que minha mãe ainda vai mandar um presente para a minha avó. Talvez porque *essa* mãe pareça doce e muito distante da rainha do drama que acabei de testemunhar enquanto ela se exibia diante das câmeras, expondo os assuntos da nossa família.

Algumas notificações abaixo, eu, por ser autodestrutiva, aceito o que Anarchy tem me enviado desde que carreguei aquela foto da minha sombra e a de Joss de mãos dadas.

> **anRkey_InCel51**
>
> Estou tão feliz em ver que você tem tempo para se bronzear enquanto tantas outras pessoas estão literalmente MORRENDO para estar no seu lugar...

– Então, quer que eu te leve até onde está sua bicicleta? – Joss pergunta.

> **anRkey_InCel51**
>
> Você é uma vagabunda ingrata e mimada! Se mata!

Com as mãos trêmulas, guardo o celular de volta no bolso enquanto Joss começa a se levantar da cadeira.

Meus olhos se demoram nele e, por um segundo, quero dizer que sim, mas então noto suas mangas arregaçadas, franzidas nos cotovelos, seus braços bronzeados e sardentos enquanto ele semicerra os olhos para mim, ofuscados pelo sol no rosto. Lembro-me do que ele disse sobre a semana ter sido difícil, que ele tem feito turnos de doze horas cercado por telas e telefones tocando, e agora que está aqui eu não quero arrastá-lo para longe disso, das conversas e da alegria de fim de tarde, e sugá-lo para a minha infelicidade.

– Não, sério. Você deve ficar, estou bem. Vejo todos vocês na próxima semana. Tenham uma boa noite – digo, meus dedos se arrastando pela parte de trás do pescoço dele, enquanto tiro a mão do seu ombro. – Te mando uma mensagem.

Eu me afasto, segurando o celular enquanto o aparelho vibra de ódio.

14

— Puxa, mas que... urbano! – Spencer puxa o freio de mão do seu SUV, robusto e potente, na frente do apartamento do meu pai, esticando o pescoço para olhar para mim, no banco de trás, por cima do seu *Ray-ban*. – É sempre tão barulhento assim?

— Não! É uma festa de aniversário! – *Seu idiota.*

A festa de aniversário da minha avó, para a qual estou quatro horas atrasada graças à sessão improvisada de perguntas e respostas que tivemos que gravar esta manhã. Uma promoção disfarçada de conteúdo, antes do lançamento do Serenity, sobre a qual a veglow nos informou apenas às nove e meia da noite passada, exigindo que minha mãe colocasse *teasers* como "Outro bebê?", "Namoro virtual?" e "Arrependida do divórcio?" no título para atrair mais cliques.

Trauma vende, eu acho.

O motor ronca ociosamente enquanto Spencer mexe no rádio ao meu lado e verifica os espelhos, pronto para arrancar.

— Obrigada pela carona, Spencer.

– De nada. E, ei!, lembre-se do que conversamos, OK? Preciso ver mais de você nos *stories*. Me dê mais atualizações, me dê qualquer coisa... Ah! Algo divertido! Você está numa festa, então aproveite isso! Um bumerangue rápido de você dançando ou algo assim, mas preciso de uma *selfie* para os *stories* às 23h, tudo bem? Paisley pediu mais interação durante o horário de pico para as redes sociais em Nova York. Você está com o seu anel de luz portátil? – Eu faço que sim uma vez, num estilo militar. – Sem confusão no fundo e *nada* de álcool que possa aparecer na foto, e sem participações de convidados, OK? Só você.

– Tudo bem. – Não é triste que tudo o que eu possa mostrar aos meus seguidores é uma irrealidade perfeitamente equilibrada? Nada da diversão barulhenta, descontraída, não planejada que está acontecendo bem aqui, do outro lado da rua. – Tchau, Spencer.

A porta pesada do veículo se fecha e Spencer acena para mim antes de sair rugindo pela rua estreita e cheia de carros, a trinta por hora num lugar onde só se pode dirigir a vinte. Assim que ele está prestes a desaparecer de vista, eu estico o dedo do meio para a traseira do carro dele, desejando não me importar com a possibilidade de ele não querer mais a minha mãe como cliente e eu poder gritar um "Vai pro inferno!" na cara plastificada e presunçosa dele.

Eu atravesso a rua e fico na entrada, olhando a aglomeração de pessoas no jardinzinho da frente do apartamento do meu pai, todas ali para o aniversário da vovó Em. Não faz sentido convidar cinquenta e tantas pessoas para vir aqui, mas a casa de repouso onde minha avó mora agora não permite reuniões, música alta ou diversão em geral, então é claro que ela trouxe a festa até nós. Eu vasculho o jardim com os olhos à procura de algum sinal de Callie ou da família dela, que foram convidados para todas as reuniões da minha família desde antes mesmo que eu possa me lembrar. A família de Callie se mudou para o apartamento ao lado do da minha avó quando éramos bebês, e como ela era a babá oficial do nosso bloco de apartamentos, era inevitável que acabássemos sentadas lado a lado nos nossos cadeirões, comendo purê de cenoura na frente da TV e assistindo aos *Teletubbies*. Era inevitável que nos tornássemos melhores amigas.

Uma mão bate no meu braço.

– E aí?

Eu franzo a testa, virando-me para ver Shaquille, o filho de um dos amigos de meu pai, que está obviamente chapado, com olhos parecendo tomates secos ao sol.

– Oi – digo, tentando manter o julgamento longe da minha voz.

– Caramba, se eu chegasse tão tarde na festa de aniversário da minha avó, ela me daria uma surra – diz ele, estalando os lábios.

– Bem, me lembre de ficar bem longe da sua avó.

– Ela está ali. – Ele aponta com a sua lata de cerveja caribenha para uma senhora de pele morena viçosa e cabelos alisados, balançando os quadris ao ritmo da música com tanta intensidade que sua bengala está começando a afundar na grama.

Nós olhamos um para o outro e soltamos uma risada, e é um momento agradável até eu ver os olhos dele percorrendo meu corpo de cima a baixo, abertamente e com confiança, me desafiando a repreendê-lo. Ele provavelmente acha que tem esse direito porque já viu praticamente meu corpo inteiro no *Instagram*. Shaquille inclina a lata na minha direção como uma oferta, para um gole na bebida e algo mais, eu acho.

Eu levanto o queixo.

– Não, obrigada, vou pegar uma pra mim. Você viu meu pai? Ou a minha cachorra?

Shaquille ri, virando a lata e amassando-a com o punho. Eu levanto uma sobrancelha.

– Ele está lá nos fundos com a rapaziada. Sabe como é. – Eu reviro os olhos enquanto ele faz um gesto de colocar um cigarro nos lábios. – Mas não vi a sua cachorra, não.

– Obrigada. Com licença – eu digo, sem esperar uma resposta e já abrindo caminho entre a confusão de pessoas paradas no corredor de entrada.

Pego uma lata de alguma coisa no balcão e noto Callie e Steph sentadas na bancada da cozinha, absortas numa conversa animada. Eu abro a lata, soltando uma risada de falsa indiferença que espero que ela ouça, enquanto Callie estoura uma bola de chiclete na ponta da língua. Por que a atitude dessa garota é tão exagerada? Desde a nossa briga na rua outro dia, entendo que ela esteja chateada com tudo o que aconteceu antes do Theo, as várias vezes em que tive de recusar seus convites e que meu celular estava fora de serviço porque eu estava em outro país quando ela precisou de mim. Isso não é apenas por causa de um garoto. Mas será que ela não vê que eu nunca quis nada disso também?

Nós nos encaramos, com todos os anos de ligações de madrugada, piadas internas e roupas emprestadas se estendendo entre nós como o pedaço de barbante desfiado que costumávamos usar para brincar de telefone sem fio quando éramos crianças. Eu na sacada do antigo apartamento da minha avó, Callie espremida contra a grade da sua própria sacada, cheia de cavalinhos de pau e brinquedos antigos de bebê. Isso foi antes de ser normal que crianças tivessem iPhones e Androids, quando ainda tínhamos que fingir com copos de plástico, como naquele em que eu sei que ela está bebendo suco de laranja barato, cheio de açúcar, e vodca, a única bebida alcoólica que ela consegue engolir.

Nenhuma de nós duas desvia o olhar e é como se o ar se enchesse com o zumbido estático de todas as coisas que deixamos de dizer.

Um calor úmido escorre na palma da minha mão.

Afasto meus olhos dos dela, olho para baixo e vejo que fiz um corte no punho.

No silêncio entre o fim de uma música e o início de outra, ouço um copo se quebrando no concreto lá fora, um bebê berrando e um rugido de risadas de homens adultos. Eu não acho que as três coisas estejam relacionadas, mas o ambiente aqui dentro me sobrecarrega demais; é tanta vida real, ruidosa e autêntica que eu não sei o que fazer com isso. E a única pessoa com quem quero falar está olhando para mim como se não me conhecesse.

Eu vou para o quarto, rápido, pego no caminho uma folha do rolo de papel-toalha da cozinha e a pressiono contra o sangue que escorre do meu punho. Eu digo "quarto" porque meu pai não pode pagar um apartamento de dois quartos, então não tenho um quarto só para mim para me esconder, apenas os meus lençóis de girassol estendidos sobre o velho colchão do meu pai, enquanto ele dorme no sofá todos os fins de semana. Então escapo de Callie e Steph, indo para o cômodo que imagino que tenha sido arrumado para eu passar o fim de semana, e fecho a porta atrás de mim, me apoiando contra ela. De olhos fechados, afundo no chão, o tom grave das caixas de som ecoando em mim, reverberando nos meus ossos.

Será que estamos aqui para realmente comemorar o aniversário da minha avó com animação?

– Querida, você está aqui!

Meus olhos se abrem no mesmo instante. Meu pai está sentado com as pernas afastadas na beira da cama, os cotovelos apoiados nos joelhos, vestindo sua camisa do Chicago Bulls e *shorts* folgados. Por que ele ainda se veste como um jovem de 20 anos dos anos 1990 eu não sei. O que eu sei é que tudo o que eu quero fazer agora é me encolher nos braços dele e deixar que ele afaste o mundo de mim.

– O que você está fazendo aqui? – ele pergunta, forçando um sorriso na voz, enquanto tenta convencer a nós dois de que está sóbrio. – A vovó sabe que você já chegou?

Eu percebo a embriaguez na voz dele, o jeito como está arrastando as palavras, o chão cheio de roupas sujas espalhadas, o cheiro de cigarro, meus lençóis de girassol ainda dobrados nos pés da cama desarrumada e as cortinas fechadas. Conto até cinco e solto o ar, fitando os olhos vidrados e lacrimejantes do meu pai. Conto até cinco novamente, o que é obviamente uma técnica inútil, porque a minha voz ainda sai afiada como uma lâmina quando falo.

-- Por que você sempre fica tão surpreso ao me ver?

– O quê?

– Está sempre me perguntando por que estou aqui. *O que está fazendo aqui, querida?* – Eu imito a voz grave e agradável dele, sabendo que a mágoa que sinto é de Callie, não dele... mas nada do que estou dizendo é mentira.

Eu bebo vários goles direto da minha lata. Grandes goladas como se bebesse água e estivesse com muita sede.

– Estou aqui porque você está aqui. E estou aqui no quarto agora porque fiquei mal porque não consegui encontrar você. – E, então, em voz baixa eu digo o que tenho pensado desde que ele partiu. – Você não quer mais que eu venha?

– Ei, ei, ei, calminha aí! – Ele se levanta da cama e tenta vir me confortar como eu quero, mas está meio bêbado e desequilibrado, e cai de volta na cama, colocando a mão na testa. – Não é isso, OK? Quero dizer, é, mas...

Com os olhos fixos nele, eu aperto o papel-toalha no punho, aguardando ele continuar.

– Eu *estava* esperando você chegar, sabe. Coloquei a nossa *playlist* de dança na cozinha e tudo mais. Até ajudei a preparar *callaloo* especialmente pra você. Mas você disse que tinha umas coisas pra gravar e depois os rapazes chegaram e... – Ele para de falar e olha para os pés.

– Ah... – eu digo baixinho.

Ele não precisa terminar, porque eu sei o que ele quer dizer, que eu demorei demais para chegar, então ele escolheu *os rapazes*, um grupo de sujeitos tatuados e fumantes, em vez de mim. Provavelmente pensa que gravar sessões de perguntas e respostas é divertido para mim, que eu realmente prefiro passar quatro horas respondendo a perguntas como: "Se você fosse um sabor de sorvete, qual seria?", mas *tive* que vir para cá.

– Pai, eu realmente queria ter chegado mais cedo, mas simplesmente não consegui, eu...

– Está tudo bem, eu entendo. Você tem suas próprias coisas... – Ele suspira. – Meu bebê já está crescido agora. Falando nisso, desde quando você bebe cerveja? Quem te deu isso?

Por um segundo, eu me sinto culpada por meu pai não saber que deveria me dizer para não beber isso. Cabia a mim contar a ele sobre os antidepressivos, mas ainda não tive tempo, não tive coragem quando me lembrei da defensiva instantânea que tomou conta dele quando eu disse que estava fazendo terapia, seu rosto contraído com o orgulho ferido. E não tocamos mais no assunto desde então.

De qualquer maneira, eu pesquisei na internet e descobri que é menos provável que eu tenha efeitos colaterais com o medicamento que estou tomando agora, portanto, me sentindo como estou, parece valer a pena arriscar.

– Ninguém. Eu que peguei.

Um sorriso se insinua nos cantos de sua boca. Eu tento evitar não sorrir também. Eu e meu pai sempre achamos difícil ficar bravos um com o outro por mais de cinco minutos. Acredito que ele queria passar mais tempo comigo – sóbrio, dançando ao som músicas antigas, e não melancólico, escondido, sentado no escuro – e eu não consigo ficar brava com ele por pensar que eu o deixei de lado por causa de um vídeo. De novo.

Eu suspiro.

– Desculpa, pai.

– Não, não. Nada disso. – Ele levanta a mão, a palma rosada seca e cheia de calos por causa do trabalho. Eu me lembro de fingir que lia a palma da mão dele quando criança, rindo porque as linhas rachadas sob seu dedo mínimo revelavam que ele teria uma penca de filhos, mas ele acabou tendo apenas a mim.

– Amêndoa. – Ele me olha bem nos olhos agora, sua voz falhando no fundo da garganta. – Sou eu quem deve te pedir desculpas. Eu não moro sozinho desde os 19 anos. E isso só durou, o quê?, seis meses antes de eu conhecer sua mãe. – Ele começa a arrastar o sapato no carpete, o contato visual vacilando. – Estar aqui e viver sem você, sem vocês duas, é difícil para mim e é meio assustador e opressivo, filha. Então, desculpa se eu não estou... me adaptando tão rápido. O que você disse antes... Não quero parecer surpreso ao te ver, eu fico feliz em te ver, sempre. Só estou percebendo agora que talvez eu não esteja tão feliz em *você* me ver. Assim.

– Ah. – É tudo o que consigo dizer com o nó na garganta.

– Mas vou me esforçar mais, tá bom? Eu prometo. Agora vamos dançar lá fora, OK? – Ele bate palmas, forçando um sorriso que não chega aos olhos. – Isto é pra ser uma festa.

– Vamos dançar – eu digo, rindo e fungando ao mesmo tempo.

Meu pai me puxa através da sala cheia de gente e, com seu braço pesado em volta dos meus ombros, é como se eu estivesse protegida do tumulto e do barulho das pessoas, que antes me oprimiam. Pelo canto do olho, vejo Callie e Steph sendo enxotadas da bancada da cozinha, uma senhora mais velha batendo nas pernas nuas delas com um pano de prato enrolado, o que me faz conter um sorriso.

– Vamos, saiam – ouço minha avó usando seu dialeto de Barbados para tirar as duas da bancada.

Eu viro a cabeça. *Minha avó Em*. E eu nem a cumprimentei pelo aniversário ainda.

– Amêndoa, querida! – minha avó exclama, flagrando meu pai prestes a nos levar para fora, pela porta dos fundos, em direção ao tilintar do calypso saindo das caixas de som montadas do lado de fora. – Já se passaram mais de treze horas do meu aniversário e eu ainda estou esperando um abraço da minha única neta? Tsk.

– Feliz aniversário, vovó – eu digo, enquanto ela estende os braços para mim e eu me enterro nos seus braços macios.

– Mmm, obrigada, obrigada! – Minha avó nos segue até lá fora, abanando-se com um guardanapo. – Ah, eu adoro essa música – ela diz, cantando errado a letra de "Work" com Rihanna.

Comprimindo os lábios, ela balança os quadris na minha direção, dançando entre dois amigos do meu pai, e eu dou risada quando ela requebra seu traseiro grande.

– Ah, meu Deus, vó! – eu digo, com as bochechas quentes, mesmo rindo e me juntando a ela. Mel pula nas patas traseiras e me lambe no rosto enquanto eu seguro suas patas nas mãos. – *Work, work, work, work, work, work* – eu canto, tentando não deixar o fato de que consigo ver meu pai rondando Shaquille enquanto ele acende um baseado arruinar esse momento.

Minha avó também percebe, seus lábios se apertando e julgando enquanto ela leva Mel e eu para longe deles, me envolvendo em seu cheiro suave, terroso e doce de óleo de coco e manteiga de carité, enquanto solta a voz, passando a cantar em *patois* com Rihanna na ponte da música, e dançando até me deixar algo próximo da felicidade.

Às dez, a festa já está acabando. Enquanto meu pai está cochilando no sofá durante a arrumação, Doreen, amiga da minha avó, está ocupada na cozinha colocando panelas de molho na pia e recolhendo pratos sujos. Minha avó Em está sentada ao meu lado no sofá, toda descontraída, com um chapéu de festa torto sobre o penteado, enquanto examina um cartão de aniversário com a inscrição: "Valeu, vó!".

Callie e Steph agradeceram e se despediram com a voz arrastada cerca de uma hora atrás, e eu tive que cerrar os lábios para disfarçar qualquer sinal de diversão do meu rosto quando ouvi Callie cantar junto com "Dancing Queen", trocando a letra para que vovó continuasse jovem e adorável aos 73 anos. Elas partiram com Shaquille em busca de uma *rave* com entrada gratuita e, quando a porta se fechou, bebi o resto da minha cerveja, engolindo a dose de alívio reconfortante. Sim, eu consegui evitá-las a noite toda, mas estaria mentindo se dissesse que não apurei os ouvidos toda vez que o riso de Callie se transformava numa risada estridente, imaginando o que Steph havia dito para fazê-la rir tanto.

Eu estaria mentindo se dissesse que não sinto muita falta dela.

Eu bebo o meu quarto, ou quinto, copo de rum, lutando contra a sensação pegajosa de peso nas minhas pálpebras. Porque ainda não são seis horas da tarde em Nova York e eu tenho que ficar acordada até mais tarde para dar aos meus fãs transatlânticos a *selfie* que a VEGLOW acha que eles desejam desesperadamente. Na verdade, sabe de uma coisa?... Eu percorro a minha galeria de *selfies* salvas para ocasiões exatamente como esta, ou para o caso de eu ter derrubado molho na minha roupa ou meu cabelo estar parecendo desgrenhado, e programo uma para subir na hora agendada. Pronto. Por que não pensei nisso antes?

– Deixa que eu ajudo – eu digo, afastando Doreen da mesa ao meu lado, prestes a realizar minha única boa ação de limpeza antes de ir para a cama. Eu me levanto e pego um monte de copos entre o polegar e os outros dedos, cambaleando enquanto os levo até a pia. Deus, eu preciso de ar fresco. – Vou ver se tem mais alguma coisa lá fora pra trazer – murmuro para ninguém em particular.

No corredor, me encosto na parede para ter apoio, me sentindo tonta e com uma sensação de peso no estômago, suada e quente. Cambaleando até a porta da frente, tropeço no gramado, respirando o ar fresco da noite, que só serve para provocar mais suor na minha testa e me deixar mais tonta. *Ah, não.* Eu me inclino para a frente com as mãos nos joelhos, enquanto o álcool queima no meu estômago vazio, arde na minha garganta e jorra pela minha boca.

– Droga... – Eu cuspo o líquido amargo da boca. – Isso foi horrível...

Droga... Isso foi horrível...

Eu levanto a cabeça com o eco metálico da minha própria voz. Meus olhos procuram a frente da casa, agora lúgubre com as sombras alongadas, mas não há ninguém ali. Verifico meu celular, certificando-me de que ainda está bloqueado e de que não gravei acidentalmente a mim mesma.

Enquanto a gravação da minha voz se repete, ouço o som de risadas. Sinto o cheiro de nicotina envolta numa névoa sintética com aroma de melancia que uma brisa traz, me deixando tonta. Uma nuvem fina e cinzenta sobe para o céu vinda de um beco lateral.

– Vomitando! – ouço Callie dizer quando dobro a esquina, seu sotaque de Bristol carregando nas vogais. A risada rouca de Steph ecoa logo atrás. O que elas ainda estão fazendo aqui? Eu as vi sair com Shaquille há mais de uma hora.

– Tudo bem, querida? – pergunta Steph, falando com o vape na boca.

– Tudo bem – eu digo, ignorando Steph, meus olhos fixos nos de Callie, que estão fixos no vídeo em que estou vomitando, repetido várias vezes no celular de Steph.

– Que porra é essa, Cal? – Os lábios franzidos de Callie se abrem, mas Steph a interrompe.

– O que foi? – Ela sopra seu hálito de fruta podre bem na minha cara. – Você está um pouquinho bêbada? Ou finalmente se viu no espelho e percebeu como você realmente é e que todas as suas fotos são retocadas e falsas pra caramba? Eu ficaria enjoada também. Acho que eu não ia querer que nenhum dos meus patrocinadores visse isso. – A ansiedade se agita no fundo do meu estômago com a ameaça da exposição, da humilhação pública.

– Não estou falando com você! – digo, engolindo o pânico por causa de algo que ainda não aconteceu. Se eu apenas puder *conversar* com Callie, posso impedir que postem o vídeo. – Por que você está agindo assim, Cal? Isso ainda é por causa do Theo? Você está jogando fora dezessete anos de amizade por causa de um garoto com quem estava conversando por, sei lá, cinco minutos? E todas as outras coisas, perder aniversários, todas as coisas importantes, o que quer que eu tenha feito, ou melhor, *não tenha feito*, eu posso compensar. Eu não quero mais fazer isso, toda essa coisa de *Instagram*.

O rio sedoso de bebida correndo pelo meu cérebro me faz estender a mão e enrolar uma mecha de cabelo de Callie em volta do meu dedo e, por um segundo, somos apenas nós duas, crianças outra vez, no antigo apartamento da minha avó, rindo enquanto aprendíamos a trançar o cabelo uma da outra. – Você pode apagar o vídeo, por favor?

Ela afasta o ombro da minha mão, o cabelo escorregando dos meus dedos.

– Não, você não pode fazer isso. E por que está falando dele? Eu já te disse que é mais do que o *Theo*. Eu disse a ele que pode ficar com você se ainda estiver obcecado pelas suas fotos enquanto fala comigo. Idiota. – Ela estala o chiclete, tentando parecer durona, mas noto o tremor em seu lábio.

– Cal – eu digo. – Essa não é você.

Essa não é a garota que chorou por uma hora inteira depois que descolorimos os pelinhos do buço pela primeira vez no sétimo ano. A garota que ainda tem uma foto emoldurada da minha cachorra na parede do quarto dela.

Nossos olhos se encontram, minha cabeça balançando um pouquinho e, enquanto ouço minha desesperada ânsia de vômito pelo alto-falante do celular da Steph, é quase como se eu já pudesse ouvir os comentários de ódio que virão.

Que exemplo ruim, como alguém pode admirar isso?
Obviamente, ela não está lidando muito bem com o divórcio.
Que péssima criação!

– Você pode desligar essa merda? – sibilo para Steph, enquanto ouço a porta da frente se abrir de repente, risos preguiçosos e despedidas sonolentas se derramando na noite. Eu me viro, buscando a figura da minha avó, esperando que não seja ela saindo para que eu ainda tenha a chance de me despedir.

– Eeeee... – Minha cabeça se volta para trás, o dedo de Steph posicionado sobre a tela – postar!... – As sobrancelhas desenhadas com lápis preto desaparecem embaixo da sua franja enquanto ela dá de ombros e pisca para mim.

Eu balanço nos calcanhares, me apoio da parede da casa para a) me estabilizar e b) para não cerrar o punho e acertar Steph com força suficiente para derrubá-la.

Ela dá uma tragada profunda em seu cigarro eletrônico antes de dizer:

– Eu marquei você, é claro. Não gostaria que seus seguidores perdessem isso. – Gotas de suor escorrem pela minha testa, meu estômago revira, quente de ansiedade e rum.

– Sério? – Callie arranca o telefone da mão de Steph, o choque em seu rosto iluminado pela luz da tela. – Você postou mesmo?

Em algum lugar sob o raio de pânico que sacode meu peito, percebo que Callie nunca iria postar aquilo. Ela ainda se importa...

E, no entanto, vejo a sugestão de um sorriso azedo e satisfeito contraindo os lábios dela.

– Você realmente postou! – diz ela, claramente em conflito.

– Postei e daí? – Steph solta uma longa pluma de fumaça em meu rosto.

Enquanto meu celular vibra com a notificação da marcação, minha pele se inflama como se alguém tivesse riscado um fósforo em meus ossos e ateado fogo no álcool que flui pela minha corrente sanguínea, me queimando de dentro para fora. Eu fecho os olhos para não ver a discussão entre Callie e Steph, enquanto elas disputam o telefone.

– Amêndoa, pare! – Callie puxa meu braço de onde ele se escondeu, debaixo da blusa. Ela fecha minha mão num punho, minhas unhas com uma crosta de sangue e pele. – Olhe o que está fazendo com você mesma. Ela vai apagar isso... Você vai apagar, não vai, Steph?

– Não – eu digo, minha voz tremendo. – Não finja que não está curtindo isso.

– Na verdade, não estou. – Enquanto Steph está distraída verificando seu cartucho de vape, Callie arranca o aparelho das mãos dela. – Pronto. Deletado. Você pode parar de chorar por isso agora – diz ela.

– Já é tarde demais. Mas obrigada – eu digo, cuspindo todo o sentimento de traição que sinto em meu sarcasmo, sabendo que Callie teve uma participação nisso. – De verdade. – Eu me afasto delas, checando meu celular em busca da inevitável notificação de reenvio e percebendo que há muita toxicidade entre nós para eu e Callie voltarmos a ser como antes.

Minhas mãos continuam agarradas ao telefone, só esperando. Ainda não aconteceu, mas vai acontecer. O vídeo não deve ter ficado no ar por mais de trinta segundos, eu sei, mas esses trinta segundos se estendem por diferentes países, culturas e fusos horários, notificando os celulares dos seguidores madrugadores que verificam seus e-mails na cama; os insones que disseram que iriam dormir dez vídeos do **TikTok** atrás; funcionários de hospital dando uma olhada em suas redes sociais no intervalo dos seus plantões; uma mãe olhando de soslaio para a tela durante uma mamada noturna, para se manter acordada; Paisley Parker aguardando sua *selfie* no horário de pico; Spencer vasculhando a aba Explorar em busca de microinfluenciadores com potencial que ele possa promover e lucrar com isso; minha mãe esperando que a filha esteja fazendo seu trabalho direito.

Alguém viu.

E, é claro, um desses alguéns tinha que ser Anarchy.

Que enviou uma captura de tela ampliada e particularmente cruel de mim, curvada para a frente, a boca aberta, um fio de bile suspenso nos dentes da frente.

> **anRkey_InCel51**
> Como alguém pode te admirar? Tipo????
> Como a sua vida vale a pena ser vivida??

> **anRkey_InCel51**
> Claro que eu printei a tela
> Agora o que fazer... O que vou fazer com essa prévia exclusiva de The Real Amêndoa Brown?

Bzzt-bzzt.

Mas não importa o que Anarchy decida fazer com isso, porque alguém já decidiu. Eu acesso a última postagem em que fui marcada.

> Curtido por **froooot.looop, oliviajadeyy.hart07** e outras 46 pessoas
> **chaparadois.xo** Epa! Parece que @thereal_amendoabrown se divertiu um pouco demais (ilegalmente!). Aos 17, a influenciadora de estilo de vida saudável ainda é menor de idade e não pode comprar ou consumir álcool legalmente, a menos que esteja acompanhada de um adulto🔞!!! E com a análise do público de Amêndoa confirmando que dois terços dos seus seguidores estão abaixo da idade legal para beber, não temos tanta certeza se a @veglowofficial deveria dar a ela uma plataforma ainda maior para mostrar seu mau comportamento! O que vocês acham, Amantes de Chá?! Contem nos comentários, Amêndoa deveria ser cortada da campanha do Serenity da VeGlow?

Meu telefone vibra sem parar, notificação após notificação, chegando como as ondas de ansiedade que me atingem. Quem são as pessoas por trás dessas contas? Aquelas que vasculham a internet em busca de momentos de agonia e escândalo para alimentar seu público com uma dose de justiça social mal direcionada? Eu sou uma garota comum de 17 anos que ainda está tentando descobrir as coisas. Não somos todos assim? Os responsáveis por essas contas nunca ficaram tão bêbados a ponto de vomitar? Quando Electra postou um *story* no Ano-Novo com as pupilas dilatadas como dois buracos negros e falando coisas sem sentido, os fãs inundaram os comentários com emojis de coração e citações inspiradoras, preocupados que ela estivesse tendo uma recaída após um período de reabilitação. Nem mesmo um indício de cancelamento por um simples erro. Existe um número fixo de seguidores que você precisa ter para se tornar intocável? Ou estamos tão distantes do ódio em si, insensíveis e separados por tela, que se trata não tanto do alvo e das suas circunstâncias individuais, mas do puro desejo e prazer de destruir?

Sim, tive Psicologia no ensino médio.

Como eu vou entender o algoritmo de ser uma boa garota se as regras não param de mudar?

15

esme.r.d_10 Ai que nojo! Espero que @thereal_amendoabrown esteja ok!!? 🫶

alice_june.inlondon Puxa, que tristeza, tadinha da Amêndoa ☹️ Deve estar se sentindo tão humilhada... 😘😘

iamlevi_lewis Tô rachando o bico aqui 😂😂😂😂😂

anRkey_InCel51 Hahaha. Essa é a melhor coisa que eu já vi. NOJENTO

anRkey_InCel51 Que bom que alguém tenha flagrado essa cena. Nada jamais pode ser deletado kkkk

riannagrace_reads Hmm, a pergunta é: ela sabe que isso foi postado...?

shaquilletheillest Não, mano. Isso é uma falta de respeito muito grande. Não dá pra postar essa merda aí

zalfie5everxx Beber sendo menor de idade? Estou muito desapontada com você. Você não é a garota que eu pensava que era ☹️

anRkey_InCel51 @veglowofficial Qual é a próxima campanha de vocês ✨#icterícia ✨

mollyb_productions Doce anjinho, nós ainda te amamos 🐶🐶🐶

anRkey_InCel51 Será que a VeGlow ainda quer ver sua marca associada a essa alcoólatra de baixo nível???

mummyofthree_isme Não será melhor esperar até ficar um pouco mais velha, querida? Seu fígado vai sofrer haha 😉

ellisxxleigh Aliás, quem teria filmado isso? Ela está bem? 😉

fuck.politeness1988 Rindo muito! Você tem estômago fraco...

djdaneversssson Que é isso?! Tira da minha página! Caralho, que nojo, quem é ela?

rhys.Jones999 Caramba! Como vc é patética!

anRkey_InCel51 Alcoólatra aos 17 anos... qual o sentido de continuar vivendo. Se mata

georgia1995patricia @ kelsiii.bb567 sua última noite 😂😂

16

Com os olhos embaçados, olhando para as DMs de Anarchy se acumulando desde que o canal Chá para Dois postou o vídeo, seguro meu celular com uma mão e, com a outra, tento fechar a porta da frente do meu pai sem fazer barulho.

– Aí está você.

Já no limite, todos os meus músculos se contraem sob a pele. Eu me esforço para enxergar a sala agora vazia, iluminada apenas por um pisca-pisca e pelo zumbido do poste de luz lá fora, tentando reconhecer a figura robusta do meu pai curvada no sofá.

– Pai! – soluço. – Que susto você me deu! Pensei que estivesse dormindo.

Não sei por quanto tempo fiquei sentada na mureta do lado de fora, atualizando o vídeo e vendo 418 pessoas *curtirem* me ver vomitando na frente da câmera. Sem tirar os olhos da tela, murmurei despedidas aos retardatários da festa enquanto se abraçavam, chamavam táxis ou procuravam a placa do motorista do Uber na rua, só olhando para cima quando o dedo gordo e adornado de bijuterias baratas da minha avó apontou para o meu telefone.

– Você está bem aí, filha? – Com o brilho fantasmagórico da tela no meu rosto, eu esperava que o celular não iluminasse meu medo desenfreado e irracional para minha avó ver. Ela já tem problemas suficientes no mundo real, com sua pressão alta e esforços para manter a propriedade que possui em Barbados, para que eu a envolva no drama insignificante em que estou enrolada na internet. – Estou preocupada com você, sabe. Hmm? – Ela balança a cabeça, ouvindo sua intuição antes de me esmagar num abraço. – Venha cá. A vovó sempre vai estar aqui.

Seu elegante aroma de óleo de coco com um toque de Chanel Nº 5 permanece no apartamento agora. Desviando os olhos de outra mensagem de Anarchy, exigindo que eu responda em letras maiúsculas, eu me sento no assento afundado do sofá ao lado do meu pai, arrastando os pés sobre grãos de arroz seco e ervilhas pisadas no tapete. Ele se recosta e estende o braço para me abraçar, me envolvendo com seu corpo robusto e reduzindo o mundo a apenas este cômodo. Aqui posso me convencer de que não existo na internet, sentada confortavelmente em silêncio sob a luz fraca do abajur, ouvindo a respiração abafada da minha cachorra, que dorme de barriga para cima aos meus pés, o ar impregnado com o aroma quente e almiscarado dos temperos da cozinha, como pimenta-da-jamaica e gengibre, confortada pelo rosto marcado por risos e pálpebras pesadas do meu pai.

– Eu te amo, pai – sussurro.

– Ah, eu também te amo, querida, mas... – Dilatando as narinas, meu pai cheira meus cachos, minhas roupas, até mesmo sua própria axila, antes de se inclinar para sentir o cheiro da minha respiração. – Caramba, eu achei que estava sentindo cheiro de terebintina, mas acontece que é apenas o *hálito* da minha garotinha. Quanto você bebeu esta noite? – ele pergunta, alisando meu cabelo.

– Não sei – resmungo. – Bebi rum demais.

– Novata. Agora, não vou ficar passando sermão em você, porque quem sou eu para falar quando se trata de beber? Mas o que me falta em julgamento, eu compenso em experiência, e tudo o que posso dizer é que, quando eu tinha a sua idade e bebia demais, eu tive algumas experiências muito *ruins*. E estou falando *sério* – diz ele, como se soubesse que meu vômito estava se espalhando pelas *timelines* de centenas de pessoas enquanto conversávamos. – Ainda assim, não vou dizer para você não beber, porque essas experiências fizeram de mim o homem que sou hoje. Tudo o que vou dizer é para ter *cuidado*. Nunca faça algo que não queira fazer só porque outra pessoa está fazendo, OK? Além disso, você vai ficar com uma ressaca daquelas amanhã, então aproveite – diz ele, me puxando para mais perto.

– Não, eu não vou. Só os velhos ficam de ressaca – eu brinco, puxando um fio da barba grisalha dele.

– Cuide-se, garota – diz ele, sua risada se esvaindo enquanto ele estende os braços acima da cabeça, abafando um bocejo. – Enfim, foi um longo dia. Vou tentar dormir um pouco.

Eu verifico a hora no meu celular, 23h22, e vejo que tenho uma enxurrada de DMs do meu fã número um. Anarchy está bombardeando minhas notificações com uma mistura de comentários sobre a *selfie* agendada que foi postada no horário planejado, comentários sobre a repostagem do canal Chá Para Dois do caso do vômito, e uma enxurrada de DMs. Rolo a tela para baixo e os chavões habituais de Anarchy chamam a minha atenção: vagabunda, puta, cadela, vadia, mas meus olhos se arregalam quando passo rápido demais por uma sequência de números ao lado de um monte de pontos de exclamação. Que *novidade é essa*?

Sinto meu pai me olhando de soslaio, então tiro os olhos da tela, caso ele pergunte o que estou vendo. Como a minha avó, meu pai já tem problemas demais na vida real. E mesmo que eu não o tenha visto fumando desde que o peguei no sábado passado, o maço de cigarros na mesinha de centro está quase no fim, supondo que seja o mesmo maço. Nossa conversa anterior, quando o encontrei escondido no quarto, me dá a certeza de que ele não precisa de mais estresse.

– São só onze e meia – eu digo.

Coçando a barba com as duas mãos, ele diz:

– Só? Isso é tarde para um velho como eu.

– Mas ainda não estou com sono. Quer assistir *Os Bad Boys II*?

– Sim, vamos lá! – diz ele, embora eu possa ver que ele já está lutando contra o sono enquanto relaxa nas almofadas do sofá.

Eu rastejo até a TV, tiro o DVD da caixa e coloco no aparelho, sentando-me sobre os calcanhares para esperar o menu carregar. Coisa antiga.

– Pronto, pai? – pergunto, me agachando ao lado dele.

Mas sua cabeça já está caída para trás, a boca aberta.

E eu estou sozinha.

Quase sozinha, Mel me lembra com um ronco.

Eu desbloqueio o celular e meus olhos se movem para cima enquanto a animação digital antiquada explode na tela. Eu vou direto para o YouTube, tentando ignorar as notificações de Anarchy, que continuam deslizando na tela enquanto meu coração sobe cada vez mais alto na garganta. No piloto automático, procuro o canal "O Jardim de Eva" e percorro os arquivos de vídeos da minha mãe.

Veja bem, estou sozinha e nostálgica, e assistir aos vlogs da minha mãe é como segurar aquele paninho que as mães costumam colocar no berço para dar segurança ao bebê na hora de dormir. Paro quando chego a uma lista de reprodução de anos atrás e encontro a miniatura que estou procurando: eu, com 5 anos de idade, cabelos desalinhados, congelada, cruzando uma linha de chegada. Olhando para a minha versão mais nova, penso em todas as mães da geração do milênio que criam conteúdo sobre maternidade agora e optam por fazer o emoji do bebê ou têm o cuidado de colocar um coração ou uma estrela sobre o rosto do filho, protegendo sua identidade, às vezes até omitindo seu nome, preservando sua privacidade caso esse futuro adulto não queira que a curva de aprendizado de toda a sua infância esteja disponível na internet para todos os seus futuros parceiros e empregadores. Sem mencionar a ameaça sinistra de predadores capazes de descobrir sua escola a partir de um nome e um indício de uniforme nos dias de hoje. Como eu gostaria que esse nível de previsão e proteção fosse tão difundido nos anos 2000 quanto é agora e que eu tivesse crescido com a *opção* de remover o emoji se eu quisesse.

Transmitindo "O primeiro dia de Amêndoa nos esportes!" na estimada Smart TV de 49 polegadas do meu pai, cruzo os braços, afundo mais nas almofadas do sofá e engulo aquela colherada agridoce de nostalgia. Talvez eu passe tempo demais assistindo a esses vlogs antigos, sei lá. Mas eu não deveria poder aproveitar a única vantagem de ter toda a minha infância transmitida pela internet?

Um anúncio no meio do vídeo interrompe o vlog da minha mãe e, distraída, eu opto por pular o anúncio, sabendo que minha parte favorita está chegando. Minha mãe segura a câmera bem acima da cabeça enquanto nós três rolamos de tanto rir no chão e eu culpo o álcool pelas lágrimas que escorrem pelas minhas bochechas agora.

O mais silenciosamente que posso, me deixo chorar pela nossa antiga vida.

Choro até meu rosto doer e as lágrimas secarem em rios salgados pelas minhas bochechas. Isso me deixa cansada e rouca, o rosto doendo. Preciso ir para a cama. Quando vou desconectar meu telefone da TV, porém, vejo que as mensagens de Anarchy *ainda* estão se acumulando. Elas não vão parar até que eu as visualize, então respiro fundo e prendo o ar enquanto abro minhas DMs.

anRkey_InCel51
PARE DE ME IGNORAR. PARE DE ME IGNORAR. PARE DE ME IGNORAR.
VOCÊ É TÃO BOA QUE NEM RESPONDE ÀS MENSAGENS DOS FÃS AGORA?

> SUA VADIAZINHA DE MERDA!!! ME RESPONDA!!!!
>
> OK, VOU CONTINUAR ENCHENDO A SUA CAIXA DE MENSAGENS ATÉ VOCÊ APARECER
>
> 💀
>
> 💀
>
> 💀
>
> 💀
>
> 💀
>
> POSSO FAZER ISSO A NOITE TODA

thereal_amendoabrown
O que vc quer?

anRkey_InCel51
Role pra cima. Não vou ficar me repetindo.

Então rolo a tela para cima e ela se enche de insultos até que meu polegar se detém sobre um textão, aquele que chamou a minha atenção quando eu estava falando com meu pai. Aquele com números e pontos de exclamação.

anRkey_InCel51
Aquele vídeo seu vomitando não é nada comparado ao que eu tenho de você. Essa baboseira do "Chá Para Dois" já deu

Envie 500 libras para anarchyanderson@protonmail.com. Use o PayPal. 500 LIBRAS ATÉ O MEIO-DIA DE

> AMANHÃ. Se você contar sobre isso a alguém eu vou saber. Se avisar a polícia, eu vou saber. Apenas me envie o dinheiro e te deixo em paz.

thereal_amendoabrown
> E se eu não mandar?

Eu respondo com as mãos trêmulas, me afastando do meu pai no sofá, enquanto tento acalmar os tremores que atravessam meu corpo, abalando meu mundo. Imediatamente, aqueles três pontinhos começam a saltar enquanto Anarchy digita uma resposta.

anRkey_InCel51
> Se não mandar, vou fazer com que todo mundo te conheça como a piranha que eu sei que você realmente é.

📷 [imagem carregando...]

É uma foto minha? *O que é isso...*

Minhas bochechas inflam quando tento segurar o vômito na boca e corro para o banheiro com o celular na mão antes de me curvar sobre o vaso sanitário. Desabo no chão de ladrilhos, meu celular convulsionando com mensagens. Eu limpo o vômito do queixo, me obrigo a levantar o telefone até o rosto e abafo o grito que me escapa dos lábios quando vejo a imagem corretamente. Lágrimas torrenciais escorrem pelo meu rosto. A foto é tirada de cima e enfoca, através de uma floresta negra de pelos, um pênis ereto do tamanho de um antebraço, pairando sobre o rosto de uma garota. E essa garota sou eu. Eu inclino a cabeça sobre o vaso sanitário outra vez enquanto a bile escorre da minha boca. Como diabos Anarchy conseguiu fazer parecer que *aquele pau feio*, grosso e veiúdo está prestes a explodir na minha cara?! A raiva toma conta de mim e eu chuto com força, amassando a lateral da banheira.

Isso não aconteceu, não pode ser o meu rosto, porque *essa cena nunca aconteceu comigo*. Eu encaro boquiaberta a imagem que não é minha, refletindo a minha expressão na foto. Como pode ser eu e não ser eu ao mesmo tempo? Quer dizer, eu *sei* que não sou eu, mas ela tem os mesmos cachos cor de chocolate atrás das orelhas, orelhas que têm os mesmos *piercings* duplos que as minhas, os mesmos dois dentes da frente, ligeiramente salientes depois de anos chupando o dedo. Ela sou eu.

. . .

Três pontos saltam na tela. Enquanto Anarchy digita, ouço meu pai se mexer no cômodo ao lado, sua voz rouca de sono, chamando meu nome. Seus nós dos dedos batem delicadamente na porta.

– Você está chorando? O que houve?

Tropeçando ao me levantar rápido demais, giro a trava da ponta do banheiro, tentando acalmar minha respiração antes de falar.

– Não estou chorando – eu gaguejo, apertando o telefone contra o peito como se estivesse com medo de que meu pai perceba o ódio doentio que irradia dele. – Só não estou me sentindo bem.

– Ah, é? – ele ri. – Não eram *só os velhos que tinham ressaca*?

anRkey_InCel51
Estou esperando.

Eu consigo fingir uma *risada* rápida, antes que meu pai se afaste da porta. Afundando no chão, tiro minha calça *jeans*, desesperada para sentir algo além de mágoa e confusão. Algo que eu possa controlar. Cravando as unhas na parte carnuda da coxa, coço e rasgo a pele, os receptores da dor transmitindo sinais para o meu cérebro inundá-lo com serotonina. O dr. Wallace me disse isso. As células nervosas enviam uma pequena mensagem para o cérebro, dizendo que algo está doendo, assim o cérebro começa a liberar substâncias químicas da felicidade para me distrair. Eu me encolho, a cabeça nos joelhos, enquanto ouço meu pai se aproximar da porta novamente.

– Bem, a cama está arrumada para você lá dentro agora. Deixei um copo de água e alguns analgésicos no parapeito da janela. Espero que melhore logo, querida. Boa noite.

Prendo a respiração.

– Boa noite – digo, observando o sangue escorrer em filetes pelas minhas pernas.

17

Controle de Danos

Spencer Dorsey <dorsey.spencer@bigstarpr.com> 30 de julho, 00:37
Para: **Amêndoa Brown** <amendoa-h.brown@gmail.com>
CC: **Eva Fairchild** <eva.s.fairchild@gmail.com>

Amêndoa, oi

Vou pular as formalidades. Obviamente, você sabe do que se trata este e-mail. Eu vi o vídeo.
Estou desapontado por você ter ameaçado nossa imagem tão perto da nossa maior parceria até hoje? Sim, estou. Será o fim da campanha publicitária? Duvido muito.
Como tenho certeza de que você está acompanhando tão de perto quanto eu, seu número de seguidores na verdade está aumentando. Provavelmente não com fãs genuínos, mais com abutres da cultura

do cancelamento que só querem assistir ao espetáculo, mas, ainda assim, estão aumentando. E com o vídeo do Chá Para Dois atingindo perto de 10 mil visualizações em apenas algumas horas, tenho certeza de que o engajamento só vai aumentar até que essa história atinja o ápice e diminua amanhã à noite. Sem mencionar o nível de tráfego que está passando pela página da Eva também. Acidentalmente, você acertou.

Agora, se eu conheço diretores de marketing como a Paisley (e eu conheço), ela vai encarar isso como uma coisa do tipo "não existe publicidade ruim" e ficará feliz com o alcance extra que os anúncios do Serenity vão ter. Afinal, é só um pouco de vômito, não é como se você fosse acusada de enviar nudes para menores (o produto não será misteriosamente descontinuado como aconteceu com o pequeno escândalo de "você sabe quem").

Mas só para garantir, vamos dizer que foi uma intoxicação alimentar, OK? De algo caseiro e apimentado. Não queremos prejudicar um possível relacionamento com nenhuma empresa local e com clientes em potencial. A intoxicação alimentar também se encaixa perfeitamente com um pequeno apoio adicional que consegui para você. Herbavive, aqui está o *slogan* deles: Herbalize sua revitalização da saúde. Que original! Basicamente, é um *shot* de vitaminas e minerais que dispensa receita médica e combate dores de cabeça, enjoos, resfriados etc. Podemos combinar o controle de danos do incidente da noite passada com essa divulgação. Estou pensando numa *selfie* com uma aparência descansada, o cabelo molhado como se acabasse de sair do chuveiro, apenas uma camada de base, sem iluminador, sem rímel, queremos que pareça o mais natural possível. De volta ao básico. Mostre o frasco de Herbavive para a câmera, como se estivesse prestes a dar um gole. Trabalho feito. A legenda pode ser algo como: "Sempre que

sinto algum mal-estar, como o desconforto estomacal da noite passada, depois da minha tentativa de fazer enchiladas de cogumelos selvagens, gosto de revitalizar meu corpo com uma dose de medicina da natureza, blá, blá, blá. Envie para eu aprovar antes de postar. E... relaxe. Se não fosse por todo o estresse que você me causou esta noite, eu diria que não poderia ter planejado isso melhor.
Obrigado, abraço.

Spencer Dorsey
www.bigstarpr.com
Twitter: @spencerdorseydoesit

18

**** 6189 VISA

| Transações recentes |

Membro do Patreon
Às Segundas Vestimos Assassinato £4.20
Vinho e Crime £5.99
Sociedade nem Aí £8.50

PayPal
anarchyanderson@protonmail.com £500.00

JustEat
O Vegano Congelado: Sorvetes e Guloseimas £16.38

Agosto

+ 17.924 seguidores

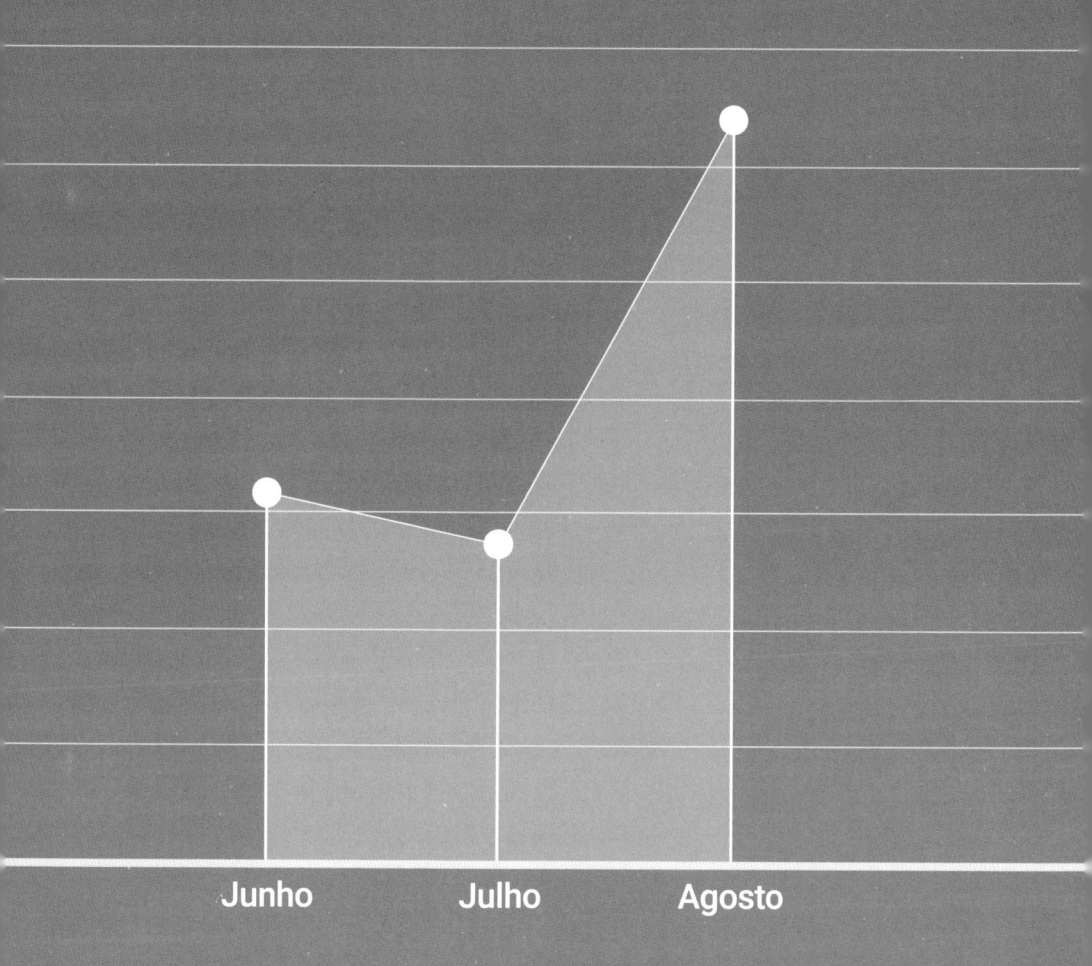

Junho   Julho   Agosto

19

Sexta-feira, 4 de agosto 18:32

Heather

Oi, venha aqui fora 😉

Amêndoa

????????

Heather

Você pode apenas vir abrir o portão, por favor?? Está chovendo!

Estamos aqui fora, óbvio.

Eu digito o código do portão no meu celular e verifico as chamadas perdidas e mensagens de voz de Oliver, sem dúvida tentando descobrir por que não fui à sessão do Tranquilidade hoje, e abro o aplicativo da câmera da porta para ver quem é esse "nós" do lado de fora da minha casa.

Heather e Joss, suponho, exceto que ela não o mencionou no grupo do *chat*.

Vou ouvir a mensagem de voz do Oliver mais tarde... ou talvez não. Eu já me sinto mal o suficiente.

A imagem granulada da câmera mostra Heather e... *Imogen*? no final da nossa sinuosa entrada de carros. A dupla mais improvável do mundo. Aposto que Heather está se segurando tanto que abriu outro buraco na língua. Obviamente, elas vieram direto do Tranqs e provavelmente estão se perguntando por que minha cadeira estava vazia, mas por que elas estão na minha casa? *Por que* Imogen está aqui? Eu as deixo entrar para descobrir.

Minha mandíbula se enrijece lembrando aquela risadinha fofa, soando forçada e falsa como uma boneca de filme de terror, que tinha borbulhado da boca da Imogen enquanto ela mostrava para todos o vídeo do casamento dos meus pais desmoronando.

Aproximo a imagem de Heather com o polegar e o indicador, admirando sua roupa enquanto ela caminha pela entrada de cascalhos; botas Doc Martens, meia-arrastão e vestido *jeans*. Um pouco atrás dela, os passos largos de Imogen vestindo *jeans skinny* azul-bebê e uma blusa de algodão creme, uma bolsa de couro rosa na dobra do braço, e.... o que diabos ela está segurando? Um buquê de flores? Seus olhos continuam fitando a câmera e ela levanta os ombros enquanto abre um sorriso tímido, como se soubesse que estou observando e ela estivesse enviando sinais subliminares de "me perdoe" através das lentes. Tem que ser isso, certo? Um pedido de desculpas? A visita sem aviso? As flores?

Descendo as escadas ainda com as roupas confortáveis que venho usando durante toda a semana, eu cheiro debaixo do braço, afastando a cabeça para o lado ao sentir o odor de desodorante vencido e suor de *junk food* através do moletom. Ah, meu Deus, quando foi a última vez que tomei banho? Com certeza não pode ter passado mais de cinco dias desde que tentei me livrar da ressaca no chuveiro fraco do meu pai... Não, já se passaram quatro; eu tomei banho na noite em que voltei para casa, para acalmar a sensação pulsante das minhas pernas depois do que fiz com elas na noite da tirania de Anarchy no meu celular.

Eu gemo quando chego à porta, enxugando as lágrimas de estresse.

Elas vão me perguntar por que eu não apareci no Tranqs hoje e o que eu digo a elas? Sinto uma imensa vergonha só de pensar em admitir que não saí do quarto desde domingo à noite porque um estranho na internet está me chantageando com um vídeo pornográfico *deepfake* meu. Vergonha pela minha vida estar tão fora de controle a ponto de alguém ser *capaz* de fazer isso comigo. Estremeço, vendo a imagem em *flashback*. Parte de mim quer contar a elas, mas não consigo lidar com o drama de tudo vazando para a realidade, principalmente quando estou apenas começando a entender minha vida *off-line*. Mas não quero que Heather tenha pena de mim enquanto me contorço sob suas perguntas tentando explicar como aquele vídeo me fez sentir, nem ficar aqui especulando sobre quem Anarchy pode ser entre as mais de sete bilhões de pessoas deste mundo. Eu só quero que tudo isso acabe.

Eu transferi o dinheiro, está feito. CTRL+ALT+DEL.

– Você mora no alto de uma ladeira *enorme* – Heather diz quando eu abro a porta. – Oi.

Enquanto estou parada na entrada, sinto o cheiro da chuva caindo no concreto, o ar nebuloso de gotículas, a doçura das flores de gardênia que minha mãe mandou plantar na frente da casa. Odores externos. Estendo a mão e toco a maciez aveludada das pétalas de gardênia, meu rosto se animando instantaneamente apenas por estar perto de outras pessoas, respirando um ar mais fresco.

— Olá. Falando nisso – digo, espiando por cima do ombro de Heather enquanto o portão se fecha com um clique. – Como vocês sabem onde eu moro?

Os olhos de Heather deslizam para a direita e percebo o ligeiro movimento que ela faz com a cabeça em direção a Imogen. Ela ergue as sobrancelhas e começa a mover os olhos de maneira frenética, até que eu tenha que tossir para encobrir uma risada.

— São para você. – Sem olhar nos meus olhos, Imogen enfia as flores debaixo do meu nariz, as bochechas ficando rosadas. – Pelo que aconteceu na última sexta-feira. Eu estava sendo uma idiota mostrando aquele vídeo para todo mundo. Eu comprei as flores para levar no grupo hoje, mas você não apareceu.

Concordo com a cabeça lentamente, pegando as flores das mãos de Imogen. Com seus lábios brilhantes, sua expressão radiante num sorriso ensaiado, mas de alguma maneira cativante em seu rosto, eu quase solto uma risada. Ela me lembra um pouco um cachorrinho de colo. Pequena, doce e quieta, como seu galgo italiano, Kiki. Cruelmente, penso em afagar sua cabeça e dizer "Muito bem, Imogen, você fez um bom trabalho!", porque é tão óbvio que é disso que ela precisa e sem dúvida nunca ouviu da mãe. Com base nas horas excruciantes que passei com Celeste algumas semanas atrás, é evidente que ela é extremamente controladora assim como minha mãe, com a diferença de que o ego da mãe dela é capaz de eclipsar o sol, passa uma média de treze horas por dia na frente do celular e faz questão de escrever todas as legendas de suas postagens com letras maiúsculas, DESTE JEITO.

Eu enfio a cabeça nas pétalas e cheiro, decidindo ser educada porque, embora o que Imogen fez tenha sido bizarro, ainda precisamos passar mais três horas juntas no Tranqs, e é claro que ela vai estar no lançamento do Serenity na próxima semana. Além disso, eu não consigo me lembrar da última vez em que vi um pedido de desculpas acontecer assim no mundo das influenciadoras. Geralmente são desculpas falsas e artificiais, lágrimas de crocodilo e um esforço para jogar a culpa descaradamente sobre os outros em vez de assumir a responsabilidade pelos próprios erros. Acontece que o diálogo cara a cara, o contato visual e gestos atenciosos e gentis podem de fato dar um resultado positivo.

– Obrigada. Você não precisava trazer as flores – digo, pegando o buquê sem entusiasmo. – Eu realmente esqueci tudo aquilo. Mas obrigada mesmo assim.

– São margaridas amarelas, calêndulas e dálias – fala, cheia de animação, dando um saltinho. – Eu sei que você gosta de...

– Cores do pôr do sol – dizemos ao mesmo tempo, fazendo Heather cantarolar a música tema da série *Além da Imaginação*. – Então você assistiu às perguntas e respostas do Serenity... Elas são adoráveis. – Deixo um silêncio cair entre nós, esperando que ele tenha uma finalidade, de repente muito consciente de que estou fedendo, o topo da minha cabeça está oleoso e eu não falo com outra pessoa na vida real há quarenta e oito horas. Minha mãe só voltará da sua viagem de *negócios* hoje à noite. E por viagem de negócios, quero dizer que ela foi ficar em algum hotel cinco estrelas no campo para experimentar a nova paleta de sombras de uma marca e se filmar usando-a para jantar, beber e receber massagens com uma dúzia de outras mulheres idênticas.

Se ela pudesse *ver* o meu estado agora...

– Você não vai nos convidar para entrar? – Heather pergunta sem rodeios. – Eu fiquei toda suada e molhada da chuva para vir ver você aqui. – Ela passa a língua entre os dentes, fazendo sua voz ficar baixa e sensual. – E você nem providenciou um jantar.

– Ah, pelo amor de Deus. – Dou risada. – Entrem, então.

Estou prestes a pedir que elas tirem os sapatos quando me lembro de que a) eu realmente não me importo, e b) minha mãe nem está aqui para que eu *finja* que me importo, então, em vez disso, pergunto a Heather, tão casualmente quanto consigo fingir, como Joss estava hoje.

Nós temos trocado mensagens, mas minhas respostas têm sido vazias e superficiais, pois não quero mentir para Joss, como faço com todo mundo, dizendo que está tudo bem, mas também não quero afastar um teórico da conspiração tecnofóbico contando a ele que estou sofrendo uma perseguição cibernética. Eu poderia *mentir*, mas seria uma grande mentira dizer a ele que está tudo bem, com o rosto iluminado na escuridão pela luz da tela do meu celular, enrolada em lençóis fedidos, envolvida na nuvem escura da depressão. Caixas de pizza, cabos desencapados, migalhas por toda parte, lenços de papel pegajosos, papéis amassados, *junk food* entupindo meu corpo. Por isso eu tenho me mantido distante. Embora eu não possa continuar assombrando o telefone dele por muito mais tempo, agindo como um *poltergeist* vago e entediante, que só responde com GIFs, curtidas e alguns "Nada de mais, e você?". Sinto falta dele.

Heather dá de ombros.

– Ele parecia bem. Quer dizer, eu não o vi sorrir durante todo o tempo em que ficamos lá, mas ele não parecia para baixo de alguma maneira em particular. Distraído, talvez.

– Achei que ele parecia supercansado – comenta Imogen.

– Ah – eu digo, engolindo a culpa e me perguntando se ele estaria esperando uma resposta. – Querem uma bebida? – pergunto às meninas por sobre o ombro, enquanto entro na cozinha e ligo a chaleira. – Na verdade, antes que eu me esqueça, vocês não me disseram como sabiam onde eu moro...

– Minha mãe trouxe a gente – Imogen diz, mal reprimindo um *dããã*...
– Estes são bons? – Ela estuda o rótulo de uma amostra de **HERBAVIVE** que deixei sobre a mesa.

– Nojentos. Ah, é verdade, esqueci que ela esteve aqui. Como está Kiki?

– Um café, por favor. Preto, com duas colheres de açúcar – diz Heather, admirando-se no enorme espelho de minha mãe. – Quem é Kiki? Ei, este vestido é muito curto? – Virando o traseiro para o espelho, ela se inclina para a frente e estuda seu reflexo através do espaço entre as pernas. – Se eu fosse amarrar meus cadarços, vocês veriam minha calcinha?

– Sim, só um pouquinho. Você tem chá de hortelã? – Imogen pergunta. Eu faço que sim, enquanto ela se senta na cabeceira da mesa de jantar, passando os dedos delicadamente pela coleção de revistas de fofocas da minha mãe. – Meu cachorro, Kiki – ela diz a Heather. – Ele está muito bem, só ficou com um pouco de diarreia depois que veio aqui com a minha mãe, mas agora está bem.

Eu distribuo nossas bebidas, observando enquanto Imogen abana o vapor mentolado na direção do seu rosto.

– Por falar nisso, sinto muito pelo que aconteceu quando conheci sua mãe. Ela te contou? – pergunto, nossos olhos se encontrando quando ela confirma com a cabeça, mexendo a xícara na frente da boca. – Eu sempre tenho medo que distorçam o que eu digo, mas sua mãe levou numa boa. Espero que ela não pense que eu odeio Kiki agora. – Imogen balança a cabeça, estremecendo quando toma um gole do seu chá quente demais. Eu me sento ao lado dela. – Com influenciadoras tudo sempre é tão Ahh! o tempo todo, sabe? Eu odeio pra caramba estar na internet.

– Como você pode odiar? Olha este lugar! – Imogen gesticula com a mão para as molduras douradas nas paredes exibindo obras de arte caras e elegantes, prêmios sem sentido da indústria da beleza e fotografias brilhantes da minha mãe com várias celebridades carrancudas. Seus olhos se fixam numa foto da minha mãe se levando muito a sério, fazendo beicinho ao lado de uma rígida Victoria Beckham. – É lindo! Eu *daria tudo* para morar aqui – Imogen diz, enquanto Heather revira os olhos. – Não que eu tenha me saído mal... ou totalmente mal, o que estou dizendo? – Imogen estala a língua e bate a xícara com muita força na mesa. Eu tomo um gole do meu próprio chá, observando Heather fazendo seu *piercing* de língua bater na parte de trás dos dentes e me dando a sensação de que ela está gostando de ver a análise desajeitada de Imogen sobre os seus privilégios.

– Eu entendo o que você quer dizer – digo, dando um apoio a Imogen e observando essas duas pessoas sentindo suas emoções.

Entendo que Imogen possa sentir inveja, da mesma maneira que eu às vezes desejo ter a vida de Electra, com praias na porta de casa, na cidade movimentada onde ela mora, mas ao mesmo tempo também consigo me identificar com a frustração da Heather. Do lado de fora, é impossível ter empatia por pessoas que recebem o equivalente ao salário anual de algumas pessoas simplesmente para aparecer, posar e postar.

– De qualquer maneira, se você não estivesse na internet, como estaria? – Imogen pergunta.

– Feliz – eu digo, sem rodeios.

– Profundo – diz Heather imitando a voz de quem fumou um baseado, balançando a cabeça devagar. – Mas eu entendo. Tipo, eu não acho que isso – ela acena para o ambiente ao redor – valeria a pena pra mim. Não me entenda mal, é uma casa linda. Eu só não conseguiria lidar com essa quantidade de informações sobre mim circulando por aí. Tipo, você sabe que você provavelmente tem uma página no *wikiFeet*, certo? Provavelmente existem fóruns inteiros de tarados nojentos por aí que...

– Podemos não falar sobre isso? – interrompo, imaginando rapidamente o tipo de fetiche que Anarchy poderia criar usando o Photoshop com imagens dos meus pés retiradas de fotos minhas caminhando na praia, anúncios de marcas veganas de calçados e incontáveis vídeos do canal da minha mãe, como "Manicure e Pedicure Mãe e Filha [Publicidade]". Não há um centímetro do meu corpo que não esteja na internet e com o qual Anarchy poderia criar um fetiche sem o meu consentimento... bem, exceto meus órgãos genitais. Já usei muitos *jeans* de cintura baixa e biquínis de lacinhos, e tenho certeza de que não seria difícil colocar partes íntimas de outra pessoa em mim usando *deepfake*.

– Ah, meu Deus!... – Heather exclama. – Você realmente tem um *wikiFeet*, a propósito. Ouça isto: "Os dedos longos e finos de Amêndoa e suas solas macias representam a verdadeira beleza". Eu queria rir, mas isso não é nojento demais? Tipo, não no sentido de julgar quem tem fetiche, mas no sentido de que você tem 17 anos e é evidente que há pessoas se masturbando enquanto olham seus pés.

Nem um pouco surpresa com essa revelação, apenas dou de ombros.

– Nada na internet me choca mais.

– Eu tenho uma página dessas? – Imogen pergunta, *esperançosa*!

– Hmm... não. Parabéns! – diz Heather, mostrando a Imogen a mensagem de "Nenhum resultado encontrado" depois de pesquisar o nome dela. – Eu denunciei sua página, Amêndoa. Muitos pedófilos falando ali que estão esperando você completar 18 anos.

Eu concordo, distraída.

– Legal.

Se Heather soubesse como Anarchy está me ameaçando, ela pensaria que eu pedi por isso? Balançando meu corpo como uma isca na internet para atrair pervertidos?

Meu estômago se contrai e eu instintivamente viro meu celular com a tela para baixo na mesa. Imagino Anarchy, cheio de arrogância, sentado diante de um computador, vendo *meu* dinheiro entrar na conta dele – o *meu* dinheiro. Não são as grandes somas de trabalhos e campanhas publicitárias que minha mãe supostamente está guardando em algum tipo de investimento, mas o dinheiro economizado de aniversários, natais e as notas de dez libras que minha avó sempre me dá quando eu a visito.

Dinheiro que eu estava guardando para ir embora daqui.

– Ei! – Heather bate na lateral da sua xícara com a colher de chá, trazendo minha mente de volta do espaço sideral. – Você me ouviu?

– Não, o quê? Desculpe, você acabou de me fazer pensar em aumentar todas as minhas configurações de segurança.

– Sempre é uma boa ideia – diz Imogen, com o telefone vibrando na mesa ao lado do meu. – Ai, desculpe, é minha mãe, um segundo. – Deslizando delicadamente para fora da mesa, ela sai correndo da cozinha, só atendendo ao telefone quando já está no corredor com a porta fechada.

– Oi, mamãe.

– Ela acabou de dizer "mamãe"? – Heather puxa sua cadeira para mais perto da minha, a boca aberta para repetir o que ela acabou de dizer, mas então prende a respiração. – Estou preocupada com você.

– Não precisa ficar. – Eu tento sorrir de maneira tranquilizadora, sabendo que é um sorriso fraco, e em seguida engulo o sorriso com um gole de chá quente.

– Bem, eu estou. E não que seja da minha *conta* o que está acontecendo entre você e Joss, mas toda vez que eu olho por cima do ombro desde que nos conhecemos, ele está mandando uma mensagem pra você... O moleque não para de falar a seu respeito. E agora ele está todo melancólico e você não aparece no *Tranqs*. Aconteceu alguma coisa?

Aproveitando a visão reduzida e mais palatável dos meus problemas – problema com garotos –, conto a Hev que estou preocupada que o peso do meu mundo possa esmagar Joss, que estar comigo será demais para ele e que é difícil para mim confiar nas pessoas. Não estou mentindo, simplesmente cortando a verdade em pedaços e deixando de lado as partes piores, podres e cobertas de mofo.

– Eu sei o que vai te animar – diz ela. – *É* juntar vocês dois para que possam realmente conversar, tão perto que consigam sentir o hálito um do outro...

– Uau...

– O que você vai fazer amanhã à noite?

– Provavelmente mofar no quarto assistindo a *Mistérios sem Solução*, comendo

Muito pão pita e homus...

– Bem, agora você não vai mais! – diz Heather, tomando um gole de café, os olhos piscando como duas luas para mim por cima da borda. – Meus pais estão fora neste fim de semana e Rich vai dar uma festa, então obviamente eu o chantageei – estremeço com a palavra – para que me deixasse convidar alguns amigos também, do contrário eu transmitiria tudo ao vivo para minha mãe no **facebook**. Veja, eu sabia que ainda tinha aquele esgoto de aplicativo por um bom motivo. Mães. Amam. **facebook**.

Eu dou risada, tomando um gole do meu chá.

– Joss vai estar lá? – eu engulo o resto do chá, sem olhar para Heather.

– Sim. No começo, ele disse que não iria, mas eu menti e disse a ele que você com certeza estaria lá, então é claro que ele mudou de ideia.

Não posso deixar de sorrir de verdade, com todos os dentes, fazendo os olhos de Heather revirarem. Ela mostra a língua, fingindo ânsia de vômito.

– Vocês dois são tão irritantes, sério! Fiquem juntos de uma vez.

Eu dou risada, prestes a mandá-la calar a boca, quando Imogen volta para a cozinha, os olhos vermelhos, o rímel borrado até as têmporas, revelando que tentou esconder o choro.

– Desculpe. Tenho que ir agora – ela murmura, mal movendo os lábios.

– Ah, sério? – pergunto, arrastando a cadeira para trás. – O que aconteceu?

Ignorando minha pergunta, ela pega a bolsa, tremendo tanto que a deixa cair no chão, derramando o que parece ser todo o conteúdo da seção de cosméticos de uma perfumaria embaixo da mesa de jantar.

– Ei, qual é o problema? – pergunta Heather, passando a mão por baixo da mesa e pegando um punhado de tubos brilhantes em tons variados de rosa.

– Nada, nada. – Caindo de joelhos, o rosto de Imogen fica vidrado por um segundo, enquanto ela olha sem ver a sua maquiagem espalhada, um tremor no lábio inferior, infantil e distraído, antes que ela comece a juntá-la apressadamente. – Vejo vocês na semana que vem.

– Espera, então, você não vai à festa? – Heather pergunta. – Eu preciso saber, para calcular quantas pessoas. Eu só posso convidar, tipo, dez pessoas.

– Talvez. – Imogen funga, brincando com as alças da bolsa.

Ela está se demorando, fingindo vasculhar a bolsa agora, verificando se está tudo ali. Eu mastigo a parte carnuda de dentro do meu lábio, pensando em perguntar se ela gostaria de passar a noite na minha casa porque, mesmo que ela seja um pouco... droga, parece que a casa dela é o último lugar em que ela quer estar agora. E eu conheço o peso esmagador desse sentimento muito bem. Heather se levanta da cadeira, estendendo a mão.

– Immy...

Ao me ouvir falando o nome dela, ela se fecha.

– Então, hmm. Tchau, eu acho. Tchau.

Ela nos dá um pequeno aceno frenético e gira nos calcanhares, minha boca ainda aberta enquanto ela se lança na direção do corredor.

– Obrigada novamente pelas flores! – eu grito quando a porta da frente bate.

Nós olhamos uma para a outra e Heather franze o lábio superior sem acreditar.

– Essa garota é simplesmente... – Ela abre todos os dedos, os olhos piscando muito, como se tentando dar um passo atrás mentalmente. – Nossa. Devo me preocupar com ela também? Quer dizer, sei que todos nós nos conhecemos numa terapia em grupo, mas estou sentindo que isso não é suficiente para ela.

– Não podemos dizer isso, a gente nem a conhece ainda. Talvez seja apenas sua maneira de lidar com as coisas. Mal nos conhecemos. – O que é verdade, embora não pareça. Evidentemente, porque me sinto segura o suficiente para perguntar a ela: – Você pode ficar um pouco? Não quero ficar sozinha.

Espero que Hev faça ruídos de vômito, engasgos falsos com o dedo do meio na garganta, mas ela não faz nada disso. Ela balança uma perna para esticá-la e me cutuca com a bota.

– Não vou a lugar nenhum.

– Obrigada – eu digo, de repente tímida com a falta de traquejo para ter uma amiga por perto. – Quer assistir TV?

– Claro, mas podemos assistir ao vídeo em que você e sua mãe participam do *Celebridades Inúteis*?

– Ah, cala a boca! – Eu dou risada, puxando-a comigo pelo corredor, até a sala de estar.

Nós nos jogamos no sofá ao mesmo tempo e eu ligo a TV, clicando no próximo episódio de *Mistérios sem Solução*.

– Este lugar é demais! – diz Heather, olhando ao redor da sala enquanto acaricia o braço aveludado do sofá.

Assistimos aos primeiros cinco minutos em silêncio, embora eu não esteja concentrada, meus olhos se movem pela sala e, ocasionalmente, para o lado em que Heather está, me perguntando se ela sente que já esteve aqui antes porque minha mãe já expôs todo o interior de nossa casa na internet.

– Então, como é? – diz ela, virando-se de lado para me encarar.

– Como é o quê?

– Ser você. Ser... – Levantando as mãos, ela move os dedos desenhando um arco arco-íris no ar – ... *famosa na internet* – ela sussurra, obviamente tirando sarro.

– Você quer a verdade ou a história que eu costumo contar nos programas de entrevistas?

– As duas coisas, mas as mentiras primeiro.

Um sorriso surge em meu rosto enquanto espremo até a última gota de entusiasmo que consigo reunir, me forçando a passá-la pela minha voz como um suco de laranja.

– É uma bênção ter um público tão atencioso e envolvente de milhões de pessoas para interagir e viver o dia a dia, ser paga para documentar e compartilhar meus gostos e interesses, minhas receitas veganas favoritas e promover a moda sustentável. Mas, acima de tudo, me sinto honrada por poder abrir minhas DMs e saber que vou ler mensagens solidárias e estimulantes de pessoas de todo o mundo. E não importa o que aconteça, sei que nunca estou sozinha.

Heather bate palmas lentamente, olhos arregalados com o espetáculo.

– Isso foi assustadoramente bom. Agora, como é de verdade? Me conta.

Pego uma almofada e a pressiono contra o peito.

– É cansativo pra caramba. Sou julgada nos comentários *por tudo* o que faço, principalmente minha alimentação e meu corpo. É aterrorizante, para ser sincera. Recebo ameaças de morte por promover uma marca de roupas esportivas que *eu não fazia ideia* que utilizava trabalho análogo à escravidão. – Heather concorda com a cabeça, lábios franzidos, sabendo do escândalo a que estou me referindo, ocorrido dois anos antes. – Eu sei que errei. Deveria ter feito minha própria pesquisa e não confiar em Spencer, porque sei que ele não dá a mínima para materiais de origem ética, mas, ainda assim, mereço morrer por causa disso? – Minha voz falha com o peso da lembrança de que um pequeno grupo de pessoas reservou um tempo do seu dia para me dizer que eu devia beber água sanitária por causa disso. – Recebo mensagens que me fazem sentir gorda, magra, não branca o suficiente, não preta o suficiente, excessivamente maquiada, excessivamente natural. Num minuto sou tão feia que não mereço nada disso que eu tenho e em seguida sou bonita demais, o que me torna "uma vadia obcecada por mim mesma". – Faço aspas com os dedos, citando o que me disseram. – E tudo isso vem de crianças literalmente, ou homens mais velhos que o meu pai ou mulheres da idade da minha mãe que me dizem *que estou pedindo para ouvir tudo isso*. E o pior é que, aconteça o que acontecer, eu sei que nunca vou conseguir ficar sozinha.

Heather se lança do sofá sobre mim, me envolvendo nos braços.

– Cara, sinto muito. Sua vida é uma droga! – Eu rio no ombro dela, enxugando minhas lágrimas em sua manga como uma criança pequena. – E pensar que há menininhas dizendo aos professores que querem ser influenciadoras quando crescer.

– Não – eu digo, e então mais baixo –, elas não fazem ideia. Depois que todo o lançamento do Serenity acabar, estou fora. Não vou mais fazer toda essa coisa de influenciadora. – Engulo em seco, tirando os olhos do chão e olhando para cima. – Agora, se você quiser me perguntar mais alguma coisa, vou ter que cobrar. O que quer assistir?

– OK, entrevista encerrada. – Ela pega o controle remoto e procura por algo no Disney+, lutando para tirar um pé da bota com a outra mão.

Nuvens se abrem na tela enquanto nos aproximamos da cidade de Springfield, assistindo Homer desviar dos créditos de abertura de *Os Simpsons* em seu carro cor-de-rosa. Heather canta de forma irritante a música de abertura e me dá uma cotovelada para me fazer cantar junto até que eu acerte uma almofada na cara dela. Conversamos durante alguns episódios, a ansiedade que estava formigando na minha mente momentaneamente esquecida, porque é muito fácil rir quando estou com Heather. Eu vou me abrindo devagar, confortavelmente, como as páginas de um livro, enquanto conto a Heather sobre meus planos vagos de sair daqui, que eu não quero deixar Bristol para trocá-la por outro grande centro urbano, onde as pessoas ainda podem me conhecer, e ela acena com a cabeça enquanto realizo minha fantasia de morar numa casa de sapé e resgatar animais tropicais. Nem uma vez ela duvida de que vou conseguir nem tenta me fazer desistir, ela apenas escuta.

Eu sinto falta disso. Eu sinto falta de ter uma amiga.

Mais tarde, Heather está percorrendo sua aba Explorar por mim, porque acho fascinante e aterrorizante ao mesmo tempo ver como o algoritmo pode conhecer bem um usuário, quando a minha última postagem aparece.

Eu rio com amargura.

– Joss deve pensar que sou uma fraude.

– Não, você não é. Você é o oposto de uma fraude. Você é bem melhor na vida real. Até quando você entrou, na semana passada, toda chique na reabilitação, de óculos de sol, ele parou de falar e ficou apenas te olhando... Você não viu o pescoço dele ficar todo vermelho? Por que você não manda uma mensagem para ele agora e pergunta se ele não quer passear com os cachorros?

– Será que eu devo?... OK, OK – eu digo, digitando uma mensagem com os polegares.

> **Amêndoa**
>
> Que tal levarmos Dudley e Mel em seu primeiro encontro amanhã, antes da festa da Hev? Pensei em irmos juntos...
>
> Diga também a Dudley que a Mel gosta de perseguir esquilos, comer biscoitos de manteiga de amendoim e fazer longas caminhadas na praia (o básico de uma cadela kkkkk)

– Ele provavelmente está no trabalho – diz Heather, quando vê que minhas mensagens não são entregues. – O celular está desligado.

– É, provavelmente – digo, coçando a clavícula e pensando que talvez minha semana de *Gasparzinho, o Fantasminha Camarada,* pode realmente tê-lo assustado.

Depois de algumas horas assistindo a *Os Simpsons* e comendo petiscos, Heather olha as horas em seu celular.

– Merda, já são quase oito e meia. Eu preciso ir. Quero comprar comida pra festa de amanhã. E não me importa a idade, só existem dois tipos de pessoas neste mundo. Pessoas que adoram um bom enroladinho de salsicha nas festas. E as mentirosas. Fim de papo. – Ela enfia os pés de volta nas botas, abaixando-se para amarrá-las. – Não se preocupe, vou comprar alguns salgadinhos vegetarianos, não "veganos", para você também.

– Obrigada – digo, tirando o celular do bolso e pesando o aparelho na mão enquanto olho para Heather. – Espera. Antes de ir, desculpa, mas podemos tirar uma *selfie*?

– *Aff*, para com isso!

– Por favor? Não postei nada durante toda a semana e meu empresário está no meu pé por causa disso.

Na verdade, eu não dou a mínima para Spencer me atormentando todo dia com mensagens me dizendo para engajar! Mas tenho a impressão de que Heather não é uma fã de *selfies*. E não sei, pode ser legal lembrar desta noite. Tirar uma foto com minha amiga, destinada apenas à minha galeria, sem precisar me preocupar em ter que criar uma enquete idiota para interagir com seguidores, como "Você fica encolhidinho em casa ou se divertindo nas poças de chuva num dia chuvoso?" ou alguma outra besteira como essa.

Ela ainda está olhando para mim sem expressão, então eu digo:

– Em todo caso, vou colocar um filtro, porque olha para mim, pareço uma bosta aquecida no micro-ondas. Podemos escolher um que faça você parecer que tem um rosto totalmente diferente. Ninguém vai saber quem é você.

– "Bosta aquecida no micro-ondas" – ela repete com uma risada estridente. – Ah, vá em frente, então. Mas sem filtros; ou você me aceita como sou e eu te aceito como você é, ou eu caio fora.

– OK, mas espera, olha! – Eu pulo para o lado dela e seguro meu celular a um braço de distância, deslizando alguns filtros até encontrar meu favorito, que coloca uma máscara desfocada sobre a pele como uma base digital. O filtro também acrescenta cílios minúsculos e dá à imagem um brilho dourado e luminoso, como se estivéssemos em alguma praia tropical e não na minha sala de estar.

– Não está gostando?

– *Não*, não estou. Amêndoa – ela segura meu queixo, os olhos cheios de sinceridade – Você já basta.

Engulo em seco.

– Tudo bem – sussurro, me esforçando para sentir, para saber, disso. *Eu já basto.*

Com a bochecha colada a de Heather, eu sorrio de boca aberta, parecendo muito fofa, com o cabelo bagunçado e cara de quem passou a noite assistindo NETFLIX, como se eu tivesse acabado de chegar em casa depois de uma festa do pijama na casa de uma amiga. Heather morde a língua, olhos semicerrados, exibindo um visual arrojado e colorido, estilo fada-punk num arco-íris vibrante, enquanto clico no botão do obturador.

– Pronto, é isso aí.

– Você não quer tirar mais uma? – eu pergunto, seguindo-a pelo corredor.

– Não, não quero. – Ela me sufoca num abraço, rindo no meu ouvido. – Então vejo você amanhã. Venha por volta das sete. Eu te mando o endereço por mensagem.

– OK, legal – digo, os nervos vibrando no meu estômago. Uma festa onde eu não tenha que me misturar, fazer *networking*, extrair cada gota de simpatia de dentro de mim, cavar cada elogio açucarado. Uma festa com pessoas da minha idade. Com Joss. – Obrigada por ter vindo. Eu não sabia o quanto precisava disso.

– Eca, que nojo... – Na soleira da porta, ela bate levemente no meu braço. – Brincadeira. Foi legal sair com alguém que não ache peidos engraçados e não começa a dar bronca se eu tossir enquanto estamos assistindo a um filme. E com isso quero dizer alguém que não seja meu irmão ou Joss. Ela solta uma risada. – Enfim, até mais. Até *amanhã*, OK? Vejo você amanhã. Tchau.

– OK, já entendi. Amanhã, combinado.

Fecho a porta da frente e estou sozinha novamente, mas não me sinto solitária como antes. Volto sorrindo para o meu celular, depois de decidir publicar a minha foto com Heather no *story* sem editar, quando duas notificações chegam.

Meus lábios se abrem e meu queixo cai com o choque.

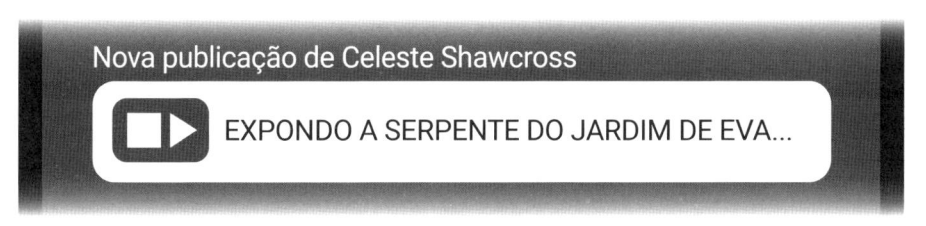

> **Nova publicação de Celeste Shawcross**
> ▶️ EXPONDO A SERPENTE DO JARDIM DE EVA...

Ah, merda. Foi por isso que Imogen saiu correndo daqui? Porque ela sabia que isso estava prestes a acontecer? Nem três milissegundos depois, chega uma mensagem da minha mãe. Eu me jogo no sofá.

> **Mãe**
> Você viu o vídeo novo de Celeste? Aquela vadia!!!!! Estou quase em casa. Spence está vindo. Precisamos conversar sobre as estratégias que vamos adotar 🤫

Ah, meeeeerda...

Com as mãos trêmulas, abro o vídeo, a miniatura por si só já basta para atear um incêndio florestal nas minhas pernas, tamanha é a coceira. Ali está Celeste, toda glamourosa, com uma expressão de espanto diante de um *print* com meu rosto, sem maquiagem e com os olhos inchados, tirada de um vlog de um dia comum, logo depois de eu acordar. Minha foto tinha sido editada com um X gordo e vermelho cobrindo meu rosto e as palavras "Energia Tóxica" escritas embaixo.

Afundo as unhas na minha panturrilha e pressiono o botão de reprodução.

20

REVELANDO A SERPENTE DO JARDIM DE EVA – A VERDADE NUA E CRUA SOBRE EVA FAIRCHILD E AMÊNDOA BROWN ☕

265.071 visualizações – Transmitido dia 4 de agosto

Celeste Shawcross ✓
3,78 milhões de inscritos

▶

"Olá, minhas Estrelinhas, bem-vindas de volta ao meu canal. Espero que estejam todas se sentindo brilhantes, reluzentes e serenas hoje. Agora, como provavelmente podem adivinhar pelo título deste vídeo, o conteúdo de hoje vai ser um pouco diferente dos meus *uploads* habituais, algo que eu nunca, jamais, nem em um milhão de anos, imaginei que teria que fazer...

"Recentemente, chamou minha atenção que membros da comunidade da beleza estão escondendo opiniões bastante distorcidas e preconceituosas. Como vocês sabem, Eva Fairchild e eu somos amigas virtuais há anos. E não me interpretem mal, eu ainda tenho muito, muito, muito amor e respeito por essa mulher... é por isso que me sinto tão decepcionada pela maneira como Eva escolheu ensinar a filha a ver as pessoas com deficiências invisíveis. Pessoas como eu, que sofrem com narcolepsia leve e síndrome de taquicardia ortostática postural, também conhecida como STOP. Mas antes eu quero deixar claro que, embora Eva definitivamente faça parte do problema, minha principal preocupação aqui é Amêndoa, e somente ela.

"Aqui está o babado. Algumas semanas atrás, fui à casa de Eva e Amêndoa para celebrar sua colaboração com a VeGlow Beauty, uma marca com a qual trabalhei muitas vezes no passado, mas com a qual nunca mais vou trabalhar outra vez se mantiverem Eva e Amêndoa nessa campanha. Durante todo o jantar daquela noite, eu pude sentir, tipo, uma aura de ódio vinda de Amêndoa, tipo, ela não olhava para mim, não falava comigo. Francamente, achei rude, mas não fiz nenhum comentário. O problema foi depois, quando Amêndoa reparou que o meu cão de apoio, meu precioso Kikizinho, que vocês todos conhecem e amam, estava debaixo da mesa o tempo todo. Estrelinhas, ela começou a gritar comigo porque meu cachorro estava dentro de casa. Eu me senti atacada por esse *bullying*, tipo, eu realmente temi pela minha segurança pessoal e a de Kiki – e naquele momento eu só sabia que precisava sair daquela casa, tipo, imediatamente, porque eu sabia que Kiki e eu estávamos em perigo. Eu acho que Amêndoa está num estado emocional muito instável no momento e, sinceramente, eu entendo, com o divórcio de Eva e Joe, por que ela está estressada. Eu tenho empatia. Mas simplesmente não acho que alguém que abrigue toda essa negatividade em relação a alguém como eu, alguém com uma doença invisível, deva ser o modelo para outros jovens agora. Amêndoa Brown, no que me diz respeito, está cancelada..."

21

— "A síndrome da taquar... ta*qui*cardia ortostática postural é um aumento anormal na frequência cardíaca que ocorre depois de a pessoa se sentar ou ficar em pé" – Spencer lê em seu celular. Ele franze a testa. – Por que você zombou de algo assim?

– *Eu não zombei* – digo, batendo na tela do celular da minha mãe e adicionando agressivamente macarrão com gergelim e alho ao pedido para viagem. Já não é ruim o suficiente que o mundo inteiro esteja acreditando que sou uma idiota intolerante a HIV, neurodivergentes e tudo o que acontece por dentro, e agora tenho que lutar para que meu próprio empresário acredite em mim? Quer dizer, isso já é demais. Qualquer um que me conhecesse por cinco segundos poderia dizer que eu nunca, jamais, nem em um milhão de anos, me oporia a ter um cachorro em casa. Todos os dezessete minutos e quarenta e oito segundos do vídeo de Celeste saíram direto da imaginação doentia dela.

– Você já escolheu, querida? Estou morrendo de fome. – Minha mãe se inclina sobre a mesa e pega o celular da minha mão.

Eu pego meu próprio celular para olhar o menu na tela e quase o deixo cair. Meu estômago embrulha de nervoso ao ver o nome dela.

Callie

Oi... Sei que obviamente você está sabendo que toda a internet está te odiando. De novo. Mas só queria te dizer que sei que você não atacou Celeste Shawcross. E que você não é uma "idiota de quinta categoria que nega a decência humana a pessoas com deficiências", nas palavras de Damo da segunda temporada de Ilha do Amor

Um verdadeiro poeta

Eu só queria que soubesse que existe alguém por aí que acredita em você 😙

Amêndoa

Uma idiota de quinta categoria? Achei um pouco demais, mas vou aceitar, obrigada, Damo. E obrigada, Cal, por dizer isso. Significa muito para mim

Especialmente vindo de você 😙

Callie

Não precisa me agradecer. Não quando ainda te devo desculpas por aquela noite

Meus dedos seguram o celular com menos força e eu me aproximo um pouco mais da tela.

Callie

Eu não fazia ideia que Steph postaria aquele vídeo, nem por que ela o gravou. Eu estava bem bêbada e só fui na dela porque ainda estava irritada com você 😗

Amêndoa

Ainda está irritada?

Callie

Pra ser sincera, estou. Mas não quero ficar mais

Amêndoa

Será que podemos só conversar? Sobre tudo? E se eu te pagar um jantar no Jemima's? Sinto sua falta

Callie

Seria legal. Não posso amanhã. Consegui um emprego agora (!!!), mas que tal sábado que vem? Dia 12??? No sábado, eu saio às 18

Sinto sua falta também... ☹

Meu corpo todo desaba sobre a mesa, abatido pelo pensamento de dizer a ela que não posso ir e o motivo pelo qual não posso... Callie provavelmente se esqueceu ou simplesmente não prestou atenção no anúncio da data de lançamento do SERENITY que postei na minha rede social semanas atrás. E eu tenho que contar a ela e estragar esse momento. Não posso deixar de explicar, evitando o fato de que estou escolhendo o "trabalho" novamente em vez dela e sendo vaga, quando é justamente isso o que vamos discutir.

Ela vai ver tudo na internet e achar que eu a troquei por uma oferta melhor, eu sei como Callie pensa. Suspiro, digitando devagar.

Amêndoa

Sinto muito, mas não posso no próximo sábado. É o lançamento da VeGlow em Londres. E eu simplesmente não posso faltar. ☹ Que tal domingo?

Callie

Não pode ou não quer?

Amêndoa

Não posso!!! Juro. É claro que eu preferia sair com você! Sinceramente, não quero ir, estou detestando isso 🫣

Callie

Uma festa em Londres com champanhe à vontade e comendo aquelas coisinhas chiques de entrada? Deve ser uma tortura 😐

Amêndoa

Domingo???

Os pontinhos pulsam e desaparecem enquanto eu encaro nossas mensagens até a tela escurecer. Quando o resultado final é nada mais do que uma pose e uma foto, eu entendo que é difícil enxergar uma festa de lançamento como algo próximo a trabalho, mas é. Tenho um horário marcado, uma espécie de uniforme, o esforço físico de manter meu rosto espalhando sorrisos falsos a noite toda.

Eu daria qualquer coisa para cancelar e passar a noite com Callie, mas sou obrigada por contrato a participar dessa diversão forçada. Como posso fazê-la entender? Talvez ela só precise de mais tempo, e realmente me ver como *ela* me conhece, distante de tudo isso, e rejeitar a versão de mim mesma que ela sabe que é uma mentira completa.

E ela vai entender... assim que o lançamento terminar.

Na cabeceira da mesa de jantar, Spencer considera meu cancelamento iminente uma afronta pessoal, assim como eu previ que faria, e se inclina para trás na cadeira. Cruza as mãos atrás do pescoço e suspira, olhando para o teto, sua camisa azul-arroxeada muito justa se encolhendo e saindo de dentro da calça *jeans* e deixando à mostra uma linha de pelos pubianos e axilas com manchas amareladas de suor seco. **#espontâneo**.

— Eu vou quereeeer... tempurá. Não. *Curry*. — Minha mãe contrai os lábios, fazendo um biquinho de insatisfação ao perceber a falta de opções. — Na verdade, é melhor eu comer só verduras refogadas no wok. Frustrada... — ela diz. — O lançamento está quase aí. Tem certeza de que quer macarrão, Amêndoa? — Num sussurro teatral ela acrescenta: — Carboidratos.

— Certeza absoluta — digo com convicção. A vida é muito curta para eu desperdiçar uma refeição com uma *salada*, mesmo que seja refogada no wok.

— Como vocês podem estar pensando em comer num momento como este? Falta "isso" para eu ter um colapso nervoso — se queixa Spencer, juntando o polegar e o dedo indicador e só deixando um espaço minúsculo entre eles.

Minha mãe para de rolar a tela e pisca para ele, incrédula.

– Estou com fome, Spencer. Fazer o quê? Além disso, por que eu iria inundar meu corpo com hormônios do estresse se eu tenho você, meu pequeno gênio das relações públicas, que vai resolver tudo para nós?

Ele fica quieto e abaixa lentamente as mãos até o colo, o tom ríspido da minha mãe fazendo-o murchar como uma lesma que cobriram de sal. E *colapso nervoso*? Ele está falando sério? Estou aqui sentada rolando a tela e vendo uma série de ameaças de morte detalhadas, minha pele parecendo uma fatia de queijo suíço, e *ele* é quem está prestes a ter um colapso nervoso?

Embora minha mãe esteja claramente cansada disso e eu sinta a tensão no ar por alguns minutos, com uma inspiração profunda, Spencer de repente diz:

– Sabe de uma coisa, você está totalmente certa. Eu vou pegar algo pra comer também. Acrescente ao pedido uma sopa de missô para mim, obrigado. Afinal, a gente tem que manter as forças num momento tão estressante com este, não é? Tipo, se alimentar.

Deus, esse cara tem tão pouca fibra quanto o macarrão que acabei de pedir...

– Macarrão nutre a alma – respondo com uma falsa doçura.

– Ah, meu Deus, mas você é *tão* engraçada... Pode dizer isso de novo para eu colocar no meu *story*? – Com um *flash* literalmente ofuscante, o telefone de Spencer é apontado para mim. – Fala de novo. – Ele acena roboticamente.

– Há, macarrão nutre a alma. – Eu dou de ombros, me sentindo exposta. – Eu acho.

– Não ficou bom.

– Não me importo.

Os olhos de Spencer se voltam para mim e eu reprimo um sorriso.

– Melhor nem postar mesmo – diz ele. – Lembra que, logo depois de David Davenport postar um vídeo de desculpas, ele foi pego cantando junto com o rádio num *drive-thru* do **McDonald's**? E todo mundo ficou dizendo: "Como alguém pode estar tão arrependido e ao mesmo tempo tão feliz?!".

– Mmmm. Verdade. – Minha mãe concorda com a cabeça.

Aposto que Spencer só está tão nervoso com tudo isso porque está com medo de *minha mãe* ser oficialmente cancelada também. No momento ela está correndo esse risco simplesmente por estar associada a mim. E o que Spencer faria sem a confiável Eva Fairchild, sua cliente mais sólida? O que minha mãe faria?

De repente, e de forma inesperada, sinto uma pontada de culpa, porque, por mais que eu me ressinta da minha mãe por, bem, praticamente tudo, ela ama seu trabalho e é *boa* no que faz. Ela sempre aparece com pelo menos meia hora de antecedência, trazendo com ela uma dose imensa de charme, espírito zen e boas vibrações, um sorriso nos lábios ou o que quer que seja preciso, e sempre se certifica de que suas Maçãzinhas deixem uma curtida, um comentário e se inscrevam no final. Ela conquistou cada um dos seus *likes*... Porque receber *likes* não é mais tão fácil. Eu sou a prova disso. Claro, você pode pagar para parecer uma Kardashian ou para que os *bots* elevem sua contagem de seguidores, mas são aqueles coraçõezinhos vermelhos que os patrocinadores estão contando. No mundo dos influenciadores, as "curtidas" são a moeda corrente e a minha mãe é podre de rica.

– Feito. Certo, a comida está a caminho – diz minha mãe, bloqueando a tela do celular. Apoiando os cotovelos na mesa, ela bate os dedos na superfície lisa, olhando fixamente para mim.

– Agora, vamos falar sobre a *hashtag* "**Amêndoa Brown está cancelada**".

Eu gemo.

– Já existe essa *hashtag*? Já?

– Claro que existe! – rebate Spencer. – Quando Celeste Shawcross acusa você de capacitismo para seus cinco milhões de seguidores, surge uma maldita *hashtag*. Que horas são? – Ele gira o punho para consultar o relógio GUCCI de ouro que minha mãe lhe deu de presente no último Natal e faz um som de reprovação. – Oito e trinta e quatro. Ela disse que ligaria às oito e meia.

– Você não vai se acalmar?

– Não, Amêndoa. Eu não vou. Me acalmar – ele diz. É como se o cérebro dele estivesse cortando as frases com uma tesoura de criança. Meus olhos se voltam para Spencer, agora com o punho frouxo, a palma virada para o teto, como se aquele relógio GUCCI estivesse pesando no braço dele. – Esse acordo com a marca seria a maior chance da minha... – sua mandíbula se contrai –, quer dizer, das nossas carreiras e agora, como a comunidade foi infiltrada por vocês, geração Z, guerreiros da justiça social, sempre prontos para apertar o gatilho, posso dizer adeus à possibilidade de receber um convite para o prêmio da National Television, não posso? – Ele respira fundo e olha para o celular, se levantando tão abruptamente que a cadeira bate no chão. – Oiiiii – ele canta, os sapatos de salto alto cubanos batendo contra o piso de madeira quando ele sai do palco, dirigindo-se para o corredor. Deus, tire um dia de folga, Spencer!

Meu telefone vibra e eu o pego assim que vejo o nome de usuário. Anarchy enviou uma resposta para a minha foto com Heather que postei no meu *story*. Claro.

– O que foi? O que é? – minha mãe pergunta sem olhar para cima, o movimento repentino de eu pegar meu telefone sendo suficiente para atrair sua atenção para mim. Mas claramente não é o suficiente para ela desviar os olhos dela da tela. É como se apenas metade do cérebro dela estivesse no mundo real, a outra metade entorpecida pelo narcótico espaço estelar da internet. – Alguém fez outro vídeo sobre você agora?

– Não – eu digo. Minha articulação estala quando seguro o telefone com mais força e leio as palavras de Anarchy.

> **anRkey_InCel51**
> Caramba! Que BRUXAS horrorosas vocês são!!

– Tem certeza de que não é mais uma acusação absurda? – pergunta minha mãe. – Porque seu rosto, querida, diz o contrário. Deixe-me ver. – Olho para ela e vejo que está olhando diretamente para mim agora, o celular em cima da mesa. Nós estamos sentadas uma de frente para a outra, ela esperando que eu fale, eu esperando que ela perca o interesse. Eu venço.

– Um minuto – diz ela, enquanto seu telefone toca novamente, seus polegares já digitando uma resposta rápida – e serei toda sua.

Toda minha. Claro.

Acho que você não é toda minha desde que eu estava na sua barriga, mãe.

Claramente no modo autodestruição, releio as mensagens de Anarchy enquanto minha mãe está distraída.

Olho para a minha mãe por cima do telefone. Devo contar a ela? Será que eu posso? Quero dizer, essa situação já foi além dos comentários ofensivos de um *hater* fiel até a morte... Está beirando a obsessão, *e* agora estou sendo chantageada. Se eu contar, talvez ela consiga convencer Spencer a mobilizar a sua equipe jurídica e me consiga algum tipo de ordem de restrição virtual contra esse maluco. Será que isso é possível? Eu sei que eles me diriam que fui ingênua de pensar que Anarchy pararia depois que eu enviasse as primeiras 500 libras. Porque até eu sei agora, e já deveria saber, considerando a quantidade de séries de TV sobre crimes reais que eu consumo, que sempre haverá uma próxima vez. Anarchy nem sequer aguentou passar um dia inteiro sem me enviar uma DM, recorrendo ao seu repertório sexista de insultos.

Com apenas 192 libras na minha conta bancária e a campanha da VE-GLOW na balança, meu plano de fugir para o outro lado do mundo parece cada vez mais impossível. E um voo na classe econômica para uma paisagem urbana como Paris ou Berlim simplesmente não será suficiente. De acordo com as análises, quase dois terços do meu público são europeus.

Eu rolo nosso tópico de mensagens para ver a minha foto e a de Hev novamente e me pergunto se ainda quero fugir, agora que estou finalmente conseguindo organizar as partes confusas da minha vida cotidiana que se misturaram e se perderam em meio à irrealidade do *Instagram*. Como posso ir embora se estou apenas começando a encontrar as peças certas do quebra-cabeça que se encaixam em mim? Conhecer Joss e Heather, fazer terapia, sair ao sol, estar entre pessoas reais – todas essas coisas se encaixam perfeitamente na imagem maior de como quero que a minha vida seja. Senti felicidade pela primeira vez desde que o mundo começou a desmoronar...

> **anRkey_InCel51**
>
> Sua amiga é ainda mais gorda que você! É por isso que você tirou uma foto com ela? Para se sentir melhor consigo mesma? Vadia egoísta. Até que ponto você pode ser superficial?

Mas então leio a última mensagem de Anarchy e estou pronta para pegar o próximo voo novamente. Sua versão repugnante dos fatos corrói minha lembrança do momento em que tirei aquela foto com Heather e minha mente a coloca lentamente num triturador para eu analisar. Será que subconscientemente tirei aquela foto com ela para parecer mais magra? Eu não acho. Tirei? *Não*. Tirei aquela foto porque gosto da Heather. Nós passamos bons momentos juntas e eu queria me lembrar disso. Eu daria qualquer coisa para ter de volta aquelas horas tranquilas e preguiçosas que passei com ela. Quando me senti confortavelmente normal.

Passo rapidamente por algumas outras respostas à minha foto com Heather no meu *story*, insensível ao sexismo cotidiano que recebo dos meus seguidores me dizendo que é crime eu não estar usando corretivo ou que pareço um cadáver. Vaidosa, pálida, mimada – *sortuda*. Meu coração também está entorpecido aos "eu te amo", aos elogios me chamando de linda, maravilhosa, uma inspiração, *sexy*, uma gata, uma deusa.

Um certo tipo de mensagem que recebo talvez uma vez por semana, mas nunca levei a sério, agora me chama a atenção. É @ron_majors1961 perguntando se eu gostaria de ser sua "*sugar baby*" europeia por mil dólares por semana, em troca de fotos dos meus pés.

Interessante.

Bem, Ron, talvez eu aceite a sua oferta se a VEGLOW realmente decidir nos retirar da campanha. Posso enviar fotos de pés na areia das praias de Santorini até o México, se o dinheiro for bom. Tiro um *print* da proposta de Ron e envio para Heather.

– Não aguento mais isso! – exclama minha mãe, me fazendo pular da cadeira. Embora os olhos dela estejam fixos no textão que consigo ver na tela do celular dela, percebo que eles estão se enchendo de lágrimas.

– O que foi? – eu digo, imediatamente me arrependendo de fingir ignorância quando vejo aquelas lágrimas transbordarem. Claro que eu sei o que *está acontecendo*; a carreira da minha mãe provavelmente acabou, tudo por minha causa e minha boca grande e descontrolada expressando minhas emoções exaltadas em voz alta.

– O que estão dizendo sobre você na internet.

Meus lábios se abrem, mas nenhuma palavra sai.

Ela está chorando por minha causa?

– É só por causa do jeito como você... *está* no momento. Eu não quero que toda essa merda nojenta te deixe pior, sabe, com a sua pele e a sua... – ela engole em seco, olhando para o teto – ... depressão. Você estava indo tão bem, fazendo amigos, saindo de casa...

Surpreendendo a nós duas, eu dou a volta na mesa, deixando a minha mãe sem ar com a força do meu abraço. Curvo-me sobre o encosto da cadeira, apoiando a bochecha no topo da cabeça dela e é... bom. Não consigo me lembrar da última vez que nos tocamos sem que fosse por instrução de algum fotógrafo tentando capturar a "intimidade da vida real".

– Oh – ela murmura, a mão tentando alcançar meu antebraço. Demora alguns segundos, mas eu a sinto apertar com força meu punho, como se eu fosse uma coisa de papel prestes a ser arrancada dela pelo vento.

Nós nos separamos quando Spencer faz sua reentrada dramática ao irromper pela porta. Ele nos encara com um olhar debochado, seus lábios presunçosos enquanto fecha a porta atrás de si e se apoia nela. Eu espelho sua presunção, cruzando os braços.

– Eu salvei a todos nós – ele fala lentamente. – Paisley e eu concordamos que Celeste acabou de aumentar nossas vendas em cerca de vinte e cinco por cento com toda essa exposição, a idiota. Como eu mesmo disse, no caso do escândalo do vômito, não existe publicidade ruim, não é mesmo, minhas queridas?

– Puxa! Fabuloso! – minha mãe grita, fazendo aquele gesto de bater palmas rápido que ninguém faz na vida real. – Estou pronta para que isso acabe. Só estava dizendo a Amêndoa que eu odiaria que esse pequeno contratempo na nossa popularidade arruinasse todo o *trabalho duro* que ela fez para resolver o que está acontecendo aqui. – Ela espalha os dedos como uma aranha sobre a cabeça, como se meus problemas de saúde mental fossem apenas uma grave infestação de piolhos. – Celeste obviamente armou tudo isso para tentar sabotar o lançamento. A sincronia é tão evidente!

O lançamento! Entendi. Sempre posso esperar da minha mãe um motivo oculto. Eu me afasto dela, contraindo os lábios para não ranger os dentes enquanto me afasto. E, assim, decido que não posso contar à minha mãe sobre Anarchy, não quando as coisas estão tão frágeis entre nós. Sabendo como ela está agora, tão obcecada em agradar as pessoas certas, não posso arriscar me abrir só para que ela minimize o ódio de Anarchy dizendo que são apenas "os ossos do ofício". Porque se eu ouvi-la dizendo algo assim, não sei se um dia vou conseguir me reaproximar dela outra vez.

– Aquela bruxinha ardilosa! Você tem razão, é tão óbvio! Faltam apenas oito dias para o lançamento. Oito. – *Palmas*. – Dias – diz Spencer.

– Então, qual é o plano? – pergunta minha mãe, ambos felizes ao ver que a "pessoa problemática" ali foi para o segundo plano agora.

– Então, amanhã a Paisley vai vir para discutirmos uma resposta à altura durante o jantar. Ela fez reservas para nós quatro no...

– Mas eu não posso amanhã à noite – sussurro.

– Por que não?

– Vou a uma festa.

– De quem? – eles dizem ao mesmo tempo.

– Da minha amiga Heather. – Eu tento chamar a atenção da minha mãe, tentando lembrá-la subliminarmente de que ela acabou de dizer que era bom para mim ter amigos agora. – Do grupo. É com ela que estou na foto nos meus *stories*.

– Ah, Deus, sim, *ela* – diz Spencer. – Por favor, não poste mais *selfies* com ela. O que ela é? A versão pobre da Wandinha Addams? – Ele dá uma gargalhada, achando graça da própria piada, depois morde o lábio inferior.

– Spencer! Ah, apenas ignore, querida. Estou feliz que você tenha convidado sua amiga para vir em casa. Eu só gostaria de tê-la conhecido antes; queria conhecer alguns dos seus amigos novos da terapia. – Minha mãe franze os lábios, pensando na possibilidade de me dar folga por uma noite. Suspirando, ela diz: – Existe alguma maneira de fazermos a reunião sem Amêndoa, Spence?

Suas pálpebras tremulam enquanto ele abre os dedos à sua frente, fingindo inspecionar suas unhas impecáveis. Estou tensa de expectativa e minha coluna parece enrolada como numa caixa de surpresas, à espera de um duro "Não".

– Sabe de uma coisa? – Spencer me dá um tapa no ombro. – Isso pode realmente funcionar a nosso favor. Você está um pouco imprevisível no momento – ele me diz, nem mesmo se importando em fingir que não quer *me ofender*. – Se formos só nós e a Paisley, Eva, podemos ter controle total sobre como lidamos com essa situação, talvez possamos escrever para Amêndoa um pequeno roteiro do que precisamos que ela diga. – Sem brincadeira, ele diz tudo isso sem uma pitada de ironia, e minha mãe balança a cabeça concordando. – Então, vá se divertir com seus *amigos* e deixe a parte adulta para nós.

Criar estratégias para nosso próximo passo no xadrez de dramas da internet é a coisa menos adulta em que posso pensar, mas tudo bem. Eu concordo, já me desligando mentalmente dessa situação, borbulhando de empolgação com a festa de amanhã, como se tivessem injetado limonada nas minhas veias. Ingenuamente, tomo um gole d'água antes de verificar a resposta de Heather à oferta de Ron, para ser meu *sugar daddy* do fetiche dos pés.

Heather

Por favor, encaminhe Ron para mim.

Meus pés estão prontos e preparados. Posso usar chinelos, crocs, unhas esmaltadas, com ou sem meias. Meus pés são muito v-e-r-s-á-t-e-i-s

Qualquer que seja a fantasia, estou DENTRO. Você pode dizer a ele que eu aceito PayPal, é hevshairytoes@payme1000dollars.com

E, é claro, cuspo a água ao soltar uma risada.

– Viu? – diz Spencer. – É por isso que você não vai conosco.

22

E mais tarde já estou na cama. Quentinha. Aconchegante. Digerindo meu macarrão com alho, enquanto assisto, sem dar muita atenção, a um documentário no YouTube sobre o **PROJETO MKULTRA**. Satisfeita e confortável, com as minhas redes sociais silenciadas enquanto **#amendoabrownestacancelada** continua dando pano pra manga, revejo os anos de postagens de "*look do dia*" no meu *feed*, tentando escolher uma roupa para vestir na festa da Heather amanhã, quando o nome de Joss finalmente aparece na parte superior da minha tela. Eu afundo ainda mais sob as cobertas, apreciando profundamente a gentileza dele.

23:37

Joss
Senti sua falta no último encontro do Tranqs... espero que esteja bem 😚

Adoraria levar os cachorros para passear com você amanhã, mas eu peguei o turno da manhã pra poder ir à festa do Rich/Hev ☹

A gente se encontra lá?

Eu vou estar fantasiado de Thomas, o Trem. #trajedodia #blogueiradamoda

23

— Você pode diminuir a velocidade? – eu peço, deslizando pelo banco de trás do carro de Spencer.

— Não. Não posso. Estamos atrasados para a reunião com a Paisley para consertar o *seu* comportamento problemático e poder te deixar na sua festinha. – Ele franze a testa, quando me pega *revirando* os olhos pelo espelho retrovisor. – E eu vi isso. Hmm, o GPS diz que é aqui... – Spencer se afasta da janela com vidros escurecidos quando puxa o freio de mão.

Minha mãe abaixa os óculos escuros.

— Você não disse que era o número?...

Nós três olhamos para o número 23 de uma fileira feiosa de casas dos anos 1960 com telhados inclinados. Gramados na altura do joelho, cortinas amarelando, sofá na garagem. A janela do andar térreo está escancarada, enchendo a rua com um solo de guitarra estridente.

— Sim – eu digo, sorrindo quando vejo a boca de Spencer se abrir.

— Vinte e três.

— Ótimo! – diz ele, apertando os dedos finos em torno do volante. Acabei de soltar o cinto de segurança quando ele diz: – Espera, espera, antes de ir, aceita um pequeno conselho? Mantenha seu celular com você o tempo todo, no volume máximo. Estou pensando que a Paisley vai querer seguir a rota do pedido de desculpas público para controle máximo dos danos. Por vídeo, não por escrito. Mas talvez a gente precise de você disponível, caso tenha que ser por escrito... É melhor divulgar a nossa declaração o mais rápido possível.

– Mmhmm – minha mãe concorda, balançando a cabeça e seu cabelo escovado.

– Ah, onde vamos nos encontrar? Estou morrendo de sede.

– Fresio's. Nossa reserva é daqui a... que alegria, nove minutos. De qualquer forma, sobre esse pedido de desculpas: se a Paisley quiser lágrimas, vamos dar a ela um oceano; se ela quiser comprovações, vamos criar uma lista inteira, certo? – Eu suspiro usando o ar com que eu ia me despedir, soltando a maçaneta da porta e afundando de novo no banco. Pego o telefone e curto alguns comentários no meu vídeo "Prepare-se comigo para uma festa numa noite de verão" que editei e publiquei no caminho para cá. – E outra coisa, não beba demais esta noite. Digo isso não apenas como seu empresário, mas como... um amigo. Não quero ver mais vídeos seus devolvendo o seu café da manhã, tudo bem? Então talvez seja bom se limitar a, tipo, um copo ou dois.

Nós não somos amigos. E eu já estou pensando em como vou abafar toda essa interação com um copo de Coca-Cola com quatro dedos de vodca.

– Você é tão *cheia de opiniões*... – ele lamenta –, o que é uma coisa perigosa quando se está bêbada e se tem uma plataforma como a sua.

Engulo em seco, me lembrando do conselho *realmente* importante que vi no site do Serviço Nacional de Saúde, alertando que o consumo de álcool quando se está tomando antidepressivos prescritos pode piorar os sintomas da depressão. Um conselho que eu me pergunto por que minha mãe nunca pensou em me dar.

– A última coisa de que precisamos agora é que você faça outro discurso sobre deficiências invisíveis para dar a Celeste mais munição para nos derrubar...

– Hã, Spence, querido, pode calar a boca? – minha mãe diz, fazendo meu queixo cair até o assoalho lotado de copos da Starbucks. – Não houve nenhum discurso, já disse a você. Amêndoa estava chateada porque a cadelinha dela, a Mel, não está em casa. Não tinha nada a ver com se Celeste deveria ou não ter um cão de serviço com ela. Sabe, eu não suporto influenciadoras...

Minha mãe acabou de se desculpar... por mim. Talvez todo o cuidado maternal fingido que ela tem demonstrado ultimamente não seja fingimento, afinal. Eu pensava que ela estava apenas tentando me manter na linha antes do lançamento, mas talvez o fato de eu estar tomando antidepressivos e ter acabado em dois tipos de terapia no período de alguns meses esteja trazendo minha mãe de volta à realidade, de volta à sua verdadeira personalidade, forte e sem se importar com o que os outros pensam.

Esqueci como era ter minha mãe do meu lado. Eu me ajeito no assento do meio, inclinando-me para a frente entre eles, satisfeita em dar as costas para Spencer enquanto olho no rosto da minha mãe, verificando se ela está de fato sendo sincera. Spencer cospe um fio de cabelo dos meus cachos.

– Agora vá se divertir, querida – ela me diz.

E com isso, mal me dando tempo para sair e fechar a porta do carro, o SUV sai em disparada pela rua, minha mãe levantando uma mão imóvel para fora da janela, em despedida. Eu respiro fundo, observando o carro virar à esquerda e desaparecer no final da rua.

– Tem fogo? – pergunta um garoto enorme e barbudo quando me aproximo da casa, um cigarro totalmente preto pendurado no canto da boca.

– Desculpe, não tenho.

Ele resmunga uma resposta e se afasta pelo beco que separa o jardim de Hev do jardim do vizinho, em direção ao som de um rock pesado.

Antes de segui-lo, faço uma pausa para verificar minha aparência no vidro sujo da janela da frente de Heather. Adoro essa minissaia de couro sintético. Ela deixa minha bunda grande e afina minha cintura, embora eu tenha que usar meia-calça, apenas uma fio 30, porque as meias mais escuras entram em conflito com o couro da saia. Mas essa saia tinha que ser a escolhida.

> 20:04
> **Joss**
> Acabei de chegar. Hev já está bêbada.
> Por que me sinto nervoso com a expectativa de te ver? O que você fez comigo, Castanha?

Lendo isso e sabendo que ele está lá dentro, enrolo no dedo um cacho da minha franja, nervosa também.

Não tenho deixado as minhas pernas à mostra ou usado meias que possam ser descritas como transparentes desde o fim de junho, quando minhas sessões com o dr. Wallace estavam terminando e minha coceira realmente começou a sair do controle. Desde então, nunca mais me atrevi a sair com nada menos do que uma fio 100 opaca ou 70 fosca. Mas imaginei que, numa festa em casa, eu talvez pudesse arriscar. O ambiente estaria lotado, abafado, com pouca iluminação e, como já passa das oito, só haveria mais uma hora de luz do dia. As cicatrizes estão ali, imperceptíveis, mas presentes.

Abro uma lata de uma bebida com gim, enviada por um dos patrocinadores atuais da minha mãe, que eu peguei da geladeira de casa mais cedo, e tomo um gole, acabando com qualquer vestígio da hesitação que senti no carro.

Eu fiquei bem da última vez... não fiquei? Fiquei, sim, a ressaca só pareceu pior por causa do modo como a noite terminou. O sabor doce do xarope de ruibarbo e gengibre desce com muita facilidade enquanto eu caminho, ajeitando meu *body* com estampa de leopardo e afofando meus cachos recém-lavados. Estou me sentindo como Melanie Brown, das Spice Girls.

Protegendo os olhos do pôr do sol refletido na porta de vidro, percebo um borrão por trás do reflexo. Meu coração dá um salto quando aperto os olhos para enxergar melhor. Empoleirado numa das bancadas da cozinha de Heather, Joss leva um copo aos lábios e levanta a mão, os sentimentos de cautela que tenho por ele fugindo para os cantos do meu coração, sem me importar em saber se estou pronta para mostrar todo o meu ser a ele.

– A festa é aqui dentro! – Ele aparece na porta, camisa cáqui desabotoada até logo abaixo da clavícula, as mãos enfiadas dentro dos bolsos de um *short jeans* desbotado, o cabelo preso num coque bagunçado na nuca, por causa do calor sufocante de hoje. – Ou você só veio para ficar relaxando aqui perto das lixeiras? – pergunta ele.

– Eu estava... – Ignorando a palpitação que sinto quando o olhar dele desce pelo meu corpo, o queixo relaxando ligeiramente, eu dou de ombros. – Não vou a uma festa há muito tempo, para ser sincera. Acho que fiquei um pouco acomodada demais depois do lockdown.

– Não! – Ele desce até a calçada, então ficamos quase da mesma altura, meus lábios nivelados com o espaço acima do seu pomo de adão. – Eu pensei que Amêndoa Hazel Brown estava no topo de todas as listas de convidados. Com todas as suas conexões secretas com os Illuminati.

Eu bufo, bebendo um gole da minha lata.

– Trabalho é diferente. Eu tenho que ficar ali, posando, rindo, sorrindo na hora certa. Eu quero estar aqui, mas é como se eu tivesse esquecido como é ser eu mesma.

– Para mim, você está se saindo muito bem. – O canto da boca dele se levanta num meio-sorriso.

– Ei, cara! – Uma mão bate no ombro de Joss e eu me viro para ver o corpo musculoso do garoto que me pediu fogo, agora encostado no batente da porta.

– Bill! Tudo bem? – A mão de Joss é engolida inteira pela de Bill, fazendo aquela coisa desajeitada de aperto de mão e abraço. Joss recua, dando espaço para mim na conversa. – Esta é Amêndoa, Bill. Bill, Amêndoa. Bill estava um ano atrás de mim e Hev na escola.

Um ano *atrás?!* Esse cara nem parece um adolescente!...

– Oi, Bill – cumprimento. – Já conseguiu acender seu cigarro?

Ele puxa um palito de fósforo de trás da orelha, risca-o na parede de tijolos para acender seu cigarro e sorri.

– Na dúvida, sempre verifique aquela gaveta aleatória na cozinha.

Joss concorda.

– Chamamos de gaveta das tranqueiras lá em casa.

– É, acho que não temos uma dessas – digo.

Enquanto eles conversam sobre pessoas que eu não conheço da escola deles, eu me distraio, balançando a cabeça e rindo nos momentos certos, mas a minha mente está em outro lugar. "Chame seus sentimentos pelo nome, chegue bem perto deles e descubra o que eles querem", Oliver nos disse um dia, mas não consigo acompanhá-los.

Estou pensando que talvez seja muito complicado. Nós dois. Talvez fosse melhor que eu e Joss fôssemos apenas amigos. Percebo que não é apenas a vontade de ser sincera com ele que tem me segurado, é o que ele disse quando se abriu pela primeira vez no Tranqs, sobre como a internet era invasiva e consumia todo o seu tempo, como a internet e seus algoritmos corroíam a sua ansiedade, decodificando sua psique num caos ansioso, com bombardeios de notícias falsas e publicidade direcionada. Como ele precisou se desligar completamente. Imagine se estivermos juntos e de repente a coisa que causa ansiedade sou eu, sua namorada, a personificação de toda a desconfiança, as manchetes sensacionalistas e a invasão do "compre isto, compre aquilo, me compre" que ele está tentando evitar. Eu sou literalmente um anúncio ambulante, droga.

E se ele decidir que precisa se desligar de *mim*?

– Enfim, a gente se vê mais tarde, cara. – Bill levanta sua enorme palma enquanto caminha para se juntar à multidão de fumantes perto dos arbustos. – Prazer em te conhecer... Castanha?

– Pelo amor de Deus... – Eu acabo rindo, apesar do turbilhão de emoções que gira na minha cabeça.

– Ei, ele me mandou dizer isso. – Bill ri e encolhe os ombros no ritmo da batida da música, que agora aumentou para o frenético DnB. – Não sei o que significa.

– Eu percebi. Foi um prazer te conhecer.

Nós nos sentamos na soleira da porta e eu coloco as pernas de lado, o crepúsculo ainda não cedendo completamente para a escuridão.

– Ele é legal. – Joss pigarreia enquanto sua mão procura algo no bolso enorme, se sentindo pouco à vontade agora que estamos sozinhos. – Ei, eu trouxe uma coisa para você. Porque sei que fiquei distante e agora parece que tem alguma coisa rolando com você. – Ele suspira, exasperado. – E eu senti sua falta, OK? De verdade, é sério. Eu nunca conheci ninguém com quem eu tivesse tanta vontade de conversar. – Eu encaro os olhos dele enquanto minhas duas ideias sobre Joss (platônico, seguro, descomplicado *versus* namorado em potencial) lutam entre si. – Senti saudades dos nossos debates noturnos sobre o que os americanos estão escondendo na Área 51. – Seu sorriso se rompe como os primeiros raios de sol. – Tome – diz ele, colocando na minha mão um saco de papel que ele tirou do bolso.

Eu espio dentro e vejo uma fileira de *donuts* fofos e cobertos de açúcar de confeiteiro.

– O quê? – Eu sorrio também, sentindo-o irradiar calor dentro de mim. – Obrigada! – eu digo. – Foi muita gentileza, mas provavelmente não posso comê-los. – O saco de *donuts* parece não ter marca, o que significa que não há chance de eu verificar a lista de ingredientes para ver se eles contêm leite, manteiga ou ovos, que quase sempre estão presentes em produtos assados.

– Eles são veganos – diz ele, agora me deixando de fato chocada.
– O quê? Não...
– Como se eu fosse trazer um presente que você não pode comer.

Dou uma mordida e é como morder com a minha boca de criança, cheia de dentes de leite moles. A massa crocante e dourada me transporta para longe deste momento, de volta à beira do cais, comendo *donuts* na barraca de praia com minha mãe e meu pai, uma ardência salgada no rosto. É tão simples e doce e já faz tanto tempo desde a última vez que alguém me deu algo pelo *simples* prazer de dar, como se normalmente houvesse uma obrigação contratual ou pedido de menção por trás de cada gesto.

– *Mmm* – eu murmuro. – É como se o recheio fosse feito com o enchimento do travesseiro de Deus ou algo assim. – Lambo o açúcar branco dos dedos. – Isso foi bom. Onde você conseguiu? E por que *donuts*? É tão deliciosamente aleatório. Posso pegar outro?

– Claro! E eu só perguntei a Hev do que você gostava, porque ela "te conhece" – diz ele, fazendo aspas no ar em referência ao fato de que Hev costumava me seguir – e ela disse que você costumava falar sobre uma pequena padaria artesanal vegana o tempo todo, mas, quando eu procurei, descobri que tiveram que fechar durante a pandemia.

– "Friendly Frostings"! – digo, decidindo não contar a ele que aquelas postagens eram pagas; totalmente sinceras, mas ainda assim patrocinadas.

– Então eu pedi para minha mãe fazer – diz ele, enfiando um *donut* inteiro na boca.

– Não acredito! Estes estão, tipo, à altura da final do *Bake Off*, diga isso a ela.

Enquanto engulo meu bocado de doçura, engulo todos os meus sentimentos confusos também, tentando apenas aproveitar a companhia de Joss, mesmo que acabemos ficando apenas amigos agora. *Esteja presente*, minha mãe sempre diz. *Aproveite o agora.* Porque, afinal, eu também senti falta dele.

– Há quanto tempo sua mãe é vegana?

– Ela não é! – Ouço o som granulado de Joss coçando o cabelo. – Eu pedi a ela para fazer estes especialmente pra você. Acho que esses foram, não sei, a quarta fornada? Ela não estava se divertindo muito com um ingrediente chamado aquafaba.

Eu paro de mastigar, minha língua sentindo a massa dos *donuts* amassados na boca enquanto busco as palavras certas para dizer.

– Joss. – Eu engulo, olhando fixamente para ele. Não posso acreditar que ele falou sobre mim para a mãe dele. – Isso foi atencioso demais. Obrigada. Será que foi a coisa mais legal que alguém já fez por mim? – pergunto em voz alta. – Por favor, diga à sua mãe que eu agradeço. E para ela se inscrever no *Bake Off*.

Ele ri um pouco, encolhendo os ombros, com as bochechas vermelhas, enquanto meu celular vibra.

Heather
Garota, onde você está? Temos um problema aqui.

Amêndoa
Desculpe! Estou aqui fora. Acabei de chegar. Onde você está?

Heather
No meu quarto. Suba aqui o mais rápido possível.

– Preciso deixar você, meu amigo portador de *donuts*. A Heather precisa de mim – digo, me levantando do degrau da porta. – E pare de olhar para a minha bunda.

24

Sábado, 5 de agosto 20:38

Mãe

> Paisley foi ao banheiro. Ela quer que você grave um vídeo de desculpas. Era esperado. Spencer vai escrever o roteiro, não se preocupe. Ela diz que Celeste foi uma DIVA na última campanha publicitária. A VeGlow estava esperando uma resposta assim dela!!! 😮

> Em outra nota, descobri mais detalhes sobre a festa de lançamento. Uau! A VeGlow é tão sigilosa 😊, mas será no topo do SHARD. Conseguimos, querida! Estou tão orgulhosa de nós!

Quando eu voltar, precisamos nos preparar (roupa, sapatos, maquiagem, cabelo, bronzeado, CARTÕES NOS LEMBRANDO O QUE DIZER). Não podemos cometer mais deslizes como o do Kiki de novo 😂 Espero que esteja se divertindo com seus amigos da terapia!

Ops, ela está voltando do banheiro!!!

Tenho que ir, se cuide 🥺🥺🥺🥺🥺🥺🥺

25

Pessoas descoladas, vestidas de preto, se enfileiram no corredor da casa de Heather, com cigarros balançando nos dedos e lançando olhares frios na minha direção. Não vejo nenhum reconhecimento em seus olhos delineados com kajal, apenas um leve desprezo, provavelmente pela minha maquiagem com contorno e olho esfumaçado, a estampa de leopardo e os brincos de argola.

Não importa, sei que sou uma garota comum, mas faço isso funcionar a meu favor.

Prendo a respiração enquanto sou jogada de um lado para o outro na multidão em direção à sala de estar, e colo na parede bem a tempo de ser quase atingida no estômago por um punho tatuado. Membros balançando e cabelos chicoteando se movem na aglomeração que tomou conta do ambiente, no ritmo arrastado da *jungle music*. Escaneio os rostos indiferentes em busca de alguém que eu conheça do Tranqs, enquanto avanço ao longo da parede, e avisto Marius enroscado num dos sofás empurrados para um canto da sala, com uma garota de cabelo verde.

Caramba, esta festa foi de zero a cem *muito* rápido.

No andar de cima, fico parada do lado de fora da porta coberta com ingressos e pulseiras de festivais e um crucifixo invertido desenhado a caneta no meio, obviamente obra de Heather.

Bato duas vezes, girando lentamente a maçaneta.

– Posso entrar?

Ouço um meio suspiro/grunhido de alívio.

– Claro que sim, graças a Deus você está aqui. – Heather se inclina para fora da cama em seu pequeno quarto e abre mais a porta, me puxando para dentro. – Ela já estava bem mal quando chegou aqui, mas agora...

Encolhida ao lado de Heather e inclinada sobre uma bacia de plástico está uma garota toda molenga, braços e pernas pendurados ao lado do corpo. Eu me agacho para ver quem é por baixo do cabelo suado que caiu sobre o seu rosto.

– Imogen?!

– Ela está paralisada. *Paralisada*, olha. – Heather segura um dos braços de Imogen e depois solta, a mão dela um peso morto.

– Uau! – exclamo, segurando Imogen e impedindo-a de cair da cama quando ela balança para a frente.

– Não quero que ela morra nem nada, mas estou presa aqui em cima já faz mais de uma hora. Marius ainda está conversando com aquela garota de *dreadlocks*?

– Hmmm. Para ser sincera, não vi muita conversa acontecendo – digo, arqueando uma sobrancelha.

– Puts! – geme Heather. – Quem diabos bebe vodca desse jeito? – Ela segura uma garrafa quase três quartos vazia, com um canudo de *glitter* enfiado no gargalo.

– Alguém que quer ficar completamente fora do ar, Hev – digo baixinho.

Heather concorda, se servindo de uma dose de vodca da Immy.

– *Hashtag* me identifico.

– Certo – digo, abrindo outra lata de gim sofisticada. – Eu nem estou ficando tonta ainda, então por que você não vai encontrar Marius e se livrar da *dreads* verdes. Eu cuido da Imogen. Talvez ligue para a mãe dela. Mesmo que ela seja uma vaca... – acrescento num sussurro. – Isso é uma coisa idiota de se fazer? Não quero ser dedo-duro, mas... – Bebo da minha lata, engolindo o mau pressentimento que tenho quando me lembro de como Imogen estava estranha e ansiosa depois daquela ligação com Celeste ontem.

– Sim, é idiota. – Heather se levanta cambaleando da cama, quebrando um cabide sob os pés com suas sandálias de plataforma. Eu tomo o lugar dela, passando um braço em volta dos ombros de Imogen. – Idiota, mas sensato. Você decide, miga.

– OK, miga. – Eu solto uma risada.

– Sim, o que estou falando? *Miga*? Enfim, estou meio bêbada. – Heather segura os seios e os balança para mim no espelho.

– Vai! – eu digo, estendendo a mão para tocar o cós da sua calça de cetim roxo. – Vai pegar o Marius.

Ela faz um gesto curto e rápido com a cabeça, então faz uma pausa com a mão na maçaneta, a outra ainda acariciando o seio.

– Não, acho que não vou – diz ela. – Ele estava literalmente me pedindo nudes a quatro, *quatro*!, malditas horas atrás e agora está agarrando uma versão genérica e mais barata de mim mesma. Perdeu a chance, né? Mas vou checar a minha gata. Eu a tranquei no quarto da minha mãe e aposto que ela arranhou tudo.

E com isso Heather sai do quarto rebolando, enchendo meu coração com amor, orgulho e uma pitada de inveja orgulhosa, me perguntando se algum dia serei capaz de ser tão autêntica quanto ela.

Quando a porta se fecha, concentro minha atenção em Imogen, abaixando-a delicadamente na cama. Afasto o cabelo do rosto dela, pego um lenço na mesa de cabeceira de Heather e limpo uma crosta de vômito dos cantos da boca. É tão surreal quanto ver a Barbie bêbada. Apoio a cabeça de Imogen com almofadas para que ela não fique deitada de costas, piscando quando seus cílios tortos estremecem e se abrem.

– Amêndoa Hazzzzzel... Brown? – ela fala de modo arrastado, esfregando uma mão úmida no meu rosto. Odeio quando as pessoas falam meu nome completo. Ele já não parece mais meu nome, apenas um nome de usuário.

– Ai, meu Deus! Por que você está no meu quarto?

– Oi, sim, sou eu, mas não estamos no seu quarto, estamos na casa da Heather, lembra? A festa dela? Ouça, tem alguém para quem eu possa ligar? Eu *realmente* não quero falar com a sua mãe agora, mas eu falo se preciso, para que ela venha buscar você.

– Não, não, *não*! Não ligue para a... minha mãe. Não faça isso, por favor.

O tom de voz de repente lúcido me choca e aquele mau pressentimento que engoli antes apodrece no meu estômago quando me lembro do tremor nas mãos dela ao atender ao telefone, aquela voz suplicante e chorosa. *Oi, mamãe*. A suspeita ardente de que algo não vai bem no relacionamento entre elas. O olhar desfocado de Imogen tenta se fixar no meu, antes de deslizar até o teto decorado com pôsteres, seus olhos se enchendo de lágrimas. – Por favor, não ligue para a minha mãe.

E é a visão dela assim, embriagada e com os membros frouxos, bebendo para não sentir o próprio corpo, que me faz perceber por que Immy *sempre* me incomodou desde antes de nos conhecermos pessoalmente: ela é o espelho distorcido de tudo o que eu temo ser um dia. Uma marionete movida pelas mãos frias e maquiavélicas da mãe. Eu odiava vê-la transbordar de entusiasmo a cada novo patrocinador, ansiosa para agradar e fácil de adorar, porque eu não conseguia lidar com a ideia de a minha mãe querendo isso para mim. Isso não é quem eu sou, quem nós somos, minha mãe e eu.

Mas agora os fios da marionete foram cortados e eu vi a garota de verdade por baixo da superfície, a garota que me deu um buquê ao pedir desculpas e que abafa sua dor através de um canudo de *glitter*. E eu quero protegê-la desse Gepetto ganancioso que é maior que Celeste.

Precisamos desmantelar a máquina de marionetes que produz garotas como nós. Só não sei como ainda.

Eu seguro a mão dela, apertando-a com força.

– OK, não vou ligar para ela, prometo. Apenas respire. – Embora eu me sinta enjoada, com palpitações, sei que preciso falar com calma com ela agora. Imogen está assustada. Eu a silencio, passando as pontas dos dedos ao longo da linha do cabelo dela, como já vi minha mãe fazer num dos seus vídeos da série Sábado de Autocuidados. – Existe mais alguém para quem eu possa ligar? – sussurro.

Balbuciando palavras incoerentes, ela luta contra as pálpebras pesadas. Então, quando eu acho que ela está prestes a desmaiar, a cabeça dela rola para o lado do travesseiro, onde ela vomita bile dolorosamente ao lado da cama de Heather, como se o seu corpo não tivesse mais o que pôr pra fora.

– Ai, Immy – eu lamento, esfregando as costas dela.

– Sinto muito, Amêndoa Hazel Brown.

– Está tudo bem. Você vai ficar bem. – Pego o copo de água na mesa de cabeceira e o levo até os lábios dela.

Quando ela cai de volta contra os travesseiros, eu me sento um pouco mais perto, segurando a mão dela até que sua respiração irregular se acalme e eu tenha certeza de que ela está dormindo. Procuro um celular nas coisas de Immy, virando a bolsa dela de cabeça para baixo no chão. Sei que prometi não ligar para a mãe dela, mas ela precisa ir para casa. Talvez eu encontre um irmão mais velho anônimo em seus contatos que não siga o estilo de vida dos influenciadores e possa vir buscá-la, mas o celular dela está descarregado. Meu estômago se revira de culpa quando vejo o vidro do protetor de tela quebrado, grata por Immy não ter contado à mãe sobre isso. Porque, acredite, Celeste teria morrido e ido para paraíso das manchetes sensacionalistas se soubesse.

Amêndoa Brown AGREDIU FISICAMENTE minha filha e danificou nossa propriedade.

Eu desenrolo o fio do carregador de emergência que Spencer insiste que eu mantenha na bolsa o tempo todo e me curvo para conectar o celular de Immy, captando um vislumbre do nosso reflexo na porta espelhada do guarda-roupa. O rosto dela parece abatido e pálido onde o brilho saudável do *blush* e do pó iluminador foi esfregado contra o travesseiro, seu corpo magro e pequeno como o de uma criança. Eu jogo uma manta sobre ela.

Tomando um grande gole da minha bebida, eu apalpo a cama para tentar encontrar meu celular quando ele vibra.

> **Joss**
> Estou subindo. Seu turno de babá acabou 😉

Instintivamente vou até o espelho examinar meu rosto enquanto ouço uma batida leve na porta. Eu me viro para ver Joss, com Samantha pairando no patamar atrás dele. Ela ainda está com o rosto sem maquiagem, o cabelo preso num rabo de cavalo, assim como aparece todas as tardes de sexta-feira no grupo. Eu noto, porém, quando ela entra no quarto atrás de Joss, que ela aplicou uma fina camada de rímel e um pouco de brilho labial.

– Oi, Sam – digo, limpando a garganta. – Você está bonita.

Eu me arrependo assim que digo isso. Por que todo elogio que somos ensinados a oferecer a alguém tem que se referir à aparência?

Claramente desconfortável, ela acena com a cabeça, afundando de forma silenciosa na cama e arrumando os travesseiros de Imogen.

– Sam não parecia estar se divertindo muito lá embaixo – Joss diz, tropeçando num dos sapatos abandonadas de Immy. – Então eu pensei... em matar dois coelhos.... – Seus olhos se demoram em mim. – E você poderia voltar à festa.

Eu olho de um para o outro.

– Tem certeza? Eu não quero largá-la com você, Sam. Acho que ela é minha amiga, ou colega, ou o que quer que seja.

Assentindo com ênfase, Sam se acomoda na cama de Heather enquanto procura fones de ouvido na sua bolsa.

– O som está muito alto lá embaixo – ela sussurra, encaixando-os nos ouvidos.

– OK. Cuide dela – eu digo, inclinando-me sobre a cama para dar um beijinho desajeitado na testa de Imogen, obviamente mais embriagada do que eu pensava. – Tchau, Immy.

Com isso, Joss me empurra para fora do quarto e descemos as escadas tentando não cair. Procuro guardar na memória todos os pequenos momentos de toques furtivos e olhares fugazes para eu pensar nos mínimos detalhes amanhã.

– Pronta? – diz ele, com a mão na maçaneta da sala enquanto nos espremo-mos no pequeno espaço ao pé da escada.

Eu aceno com a cabeça e, assim que Joss gira a maçaneta, ela é arrancada pela força de uma multidão ainda maior e mais suada de pessoas amontoadas na sala de estar de Heather, movimentando o corpo e a cabeça no ritmo de um *remix* de uma das músicas favoritas da minha avó, "Bam Bam", de Sister Nancy. Ele entrelaça os dedos nos meus enquanto somos arrastados para dentro de um mar de corpos dançantes, gim e adrenalina, que faz uma montanha-russa nas minhas veias.

Não consigo ver Heather em lugar nenhum, mas também não consigo ver muita coisa, pois está todo mundo espremido ali. Eu me sinto muito inibida para dançar, mas gosto dos sorrisos selvagens nos rostos de todos e na segurança da mão de Joss na minha.

– Você está bem? – O hálito quente dele bate no meu pescoço, enquanto ele grita para se fazer ouvir sobre a música.

Eu digo que sim com a cabeça, olhando para as nossas mãos unidas, uma faísca de eletricidade na minha barriga que deve ter fritado meu cérebro até ele ficar crocante, porque nesse momento eu carrego Joss comigo para o meio da multidão. Fecho os olhos enquanto estamos espremidos entre as pessoas, sendo empurrados de um lado para o outro, ao som de um baixo sombrio e estrondoso, e talvez por meio minuto eu me sinto livre, perdida no caos.

Vejo o sorriso dele, seus dentes lupinos, nossos dedos entrelaçados, enquanto somos engolidos por estranhos.

Sem ar e tomando cotoveladas, fios de cabelo grudados na testa, eu travo os olhos em Joss por cima de algumas cabeças agitadas depois que a multidão nos separa e faço mímica de que estou com sede, minha mão segurando um copo invisível. Ele me leva para o corredor bem a tempo de ver Heather batendo a porta da cozinha. Ela vem na nossa direção segurando uma garrafa de *prosecco*, batom borrado por todo o queixo como suco de uva.

– Aí estão vocês! Ah, estou tão chateada e excitada, vamos pegar um pouco de ar – ela resmunga, passando o braço no meu.

Do lado de fora, pisamos sobre cacos de vidro enquanto Heather nos conduz pelo capim alto do jardim da frente, ressecado e castigado pelo sol, até chegarmos à calçada.

– Sabem o que são festas? – diz ela, tirando a rolha do *prosecco* enquanto nos sentamos na guia, eu no meio dos dois. – Uma dor de cabeça, é isso que são.

– Você está se estressando demais – diz Joss, apoiando os cotovelos nos joelhos para olhar para ela. – E isso é apenas, tipo, dez por cento da sua festa. O que houve?

Levando a garrafa aos lábios novamente, Heather balança a cabeça, os olhos se fechando enquanto ela se vira para longe de nós, o poste de luz iluminando os rastros de lágrimas em suas bochechas.

– Ei – eu a chamo, colocando a mão delicadamente sob o queixo dela e virando-o na nossa direção. – Qual é o problema? É o Marius?

– Não – ela soluça. – OK, sim, mas esse é só um minúsculo "micropênis" do problema. – À minha esquerda, Joss tosse ao dar risada. – Mas eu me odeio por deixá-lo me fazer sentir assim. Quero dizer – ela movimenta a mão sobre o corpo –, sou eu, eu não choro por caras como ele.

– Não – eu digo. – Não se odeie por ser humana. Ele fez você achar que sentia algo por você quando, na verdade, não sentia.

Uma mensagem chega e faz meu celular vibrar contra o osso do meu quadril, onde o aparelho está aninhado contra o meu corpo, enfiado no bolso da minha saia. Com algum esforço, eu me levanto da guia, me virando para ver Heather despejando o espumante na boca. Flagro o olhar de Joss vagando pelas minhas coxas, meus quadris, antes de seus olhos encontrarem os meus; ele abaixa a cabeça, de repente intensamente concentrado em limpar pedacinhos de asfalto da palma da mão. Eu *sinto* seu olhar na frente da minha calcinha, excitada pelo seu desejo por mim, por *essa parte* de mim.

Aposto que ele nunca salvaria uma foto minha editada e cheia de filtros no seu celular.

Passei a vida inteira medindo meu valor pelo número de curtidas que consigo acumular de estranhos na internet com *selfies* de lábios vermelhos e olhos de corça. É mais ou menos como vender meu corpo com a orientação de adultos responsáveis. O que *seria* incrivelmente empoderador se eu tivesse escolhido fazer isso só por mim, mas a escolha não é minha, nunca foi. Primeiro foi da minha mãe quando eu era muito pequena para entender palavras como "exploração" e "consentimento", depois, quando as coisas ficaram sérias, foi de Spencer, e agora é dos dois, combinados com os três milhões e meio de pares de olhos que me seguem. Não sou eu que tenho o poder. Por isso é tão gostoso ver alguém me querer por inteiro, especialmente quando ele conversou comigo, riu comigo.

Balançando no lugar, eu olho para Joss, manchas vermelhas subindo pelas laterais do seu pescoço, até a mandíbula, feliz, amando e sendo amado, quando meu celular toca novamente.

A tela se ilumina com uma série de reações de Anarchy ao meu *story*; uma minimontagem da minha maquiagem em velocidade dupla, um compartilhamento do meu vídeo de preparação e uma *selfie* de cara séria de mim e Joss posando no corredor de Heather, com aqueles óculos de sol em chamas pixelados sobre os olhos para disfarçar minha embriaguez.

Anarchy enviou um emoji de vômito verde jorrando. Um focinho de porco, uma faca de açougueiro.

– Você está bem?

Uma faca de açougueiro?!

Não consigo respirar, então me sento novamente.

– Não, na verdade.

E é essa ameaça de violência disfarçada em formato de emoji que leva à dessensibilização do ódio *on-line* para a realidade. E se essa pessoa estiver realmente desequilibrada e tão determinada a sabotar a minha vida que descubra onde eu moro?

As facas são afiadas e as pessoas sangram no mundo real.

Deitando minha cabeça em mau estado no ombro de Joss, eu choro com o nariz escorrendo e tudo, tentando não hiperventilar enquanto meus pensamentos se espiralam, colidindo com todas as coisas fora de controle acontecendo na minha vida agora. Anarchy, meus pais, minha pele, o lançamento do Serenity, Callie...

– Ei, está tudo bem. Eu te amo. Você está segura. Respire – Heather sussurra.

– OK. – Eu faço um sinal com a cabeça, me tranquilizando, lembrando de que sei como fazer isso.

Eu consigo respirar...

Um, dois, três, quatro, cinco. Inspire. Um, dois, três, quatro, cinco. Expire. Um, dois, três, quatro, cinco. Inspire. Um... Dois... Três... Quatro... Cinco... Expire.

No intervalo que a respiração lenta me proporciona, percebo que pela primeira vez não estou me coçando. Eu não estou bem, estou em pânico, mas não estou cedendo a essa coceira sem sentido, tentando entorpecer a dor que sinto por dentro, infligindo dor por fora.

Em vez disso, estou segurando todas as partes fragmentadas da dor na minha cabeça, aninhada no ombro de Joss.

Profundo, como diria Heather. Ou significa "crescimento", como Oliver insistiria que é. Ou será que estou apenas bêbada? Extremamente bêbada. (Dane-se, Spencer.)

Eu fungo, dizendo a Heather:

– Eu também te amo – quando me acalmo o suficiente para falar novamente.

Joss me entrega um lenço amassado tirado do bolso.

– Pode acreditar – ele diz, quando torço o nariz. – Você parece uma pintura de Picasso.

– *Aff*, é mesmo? Sabe, eu pensei que meus dias de chorar bêbada tinham acabado – eu digo, esfregando seu lenço nojento no meu rosto.

– Pelo visto, não.

Um pacote vazio de salgadinhos voa com a brisa e eu olho fixamente para ele, meu lábio inferior se projetando, a pele ao redor dos meus olhos tensa e inchada. Quando ele se aproxima, eu piso na embalagem de papel-alumínio, minha frágil meia-calça fio 30 prendendo na calçada de concreto lascado e abrindo um buraco na parte de trás da panturrilha.

– Droga – digo, lutando para esconder a perna.

– Oh, não, o que aconteceu? – Heather balbucia. – Tome um pouco de "prossexy", vai entorpecer a dor.

– Não me machuquei, estou bem, apenas rasguei a meia-calça.

– Você tem cicatrizes aí embaixo? É por isso que está sempre de meias? Você não precisa esconder suas cicatrizes aqui – diz ela. – Vamos, me deixa ver.

– Sem chance. Você está bêbada – eu digo, afastando sua franja pegajosa da testa.

– E daí? Você também está. Quer ver as minhas?

– Hev... – A tentativa tímida de Joss de detê-la desmorona. Heather abaixa as calças até o meio da coxa e fica sentada na calçada com sua calcinha lilás rendada à mostra, as alças de uma cinta-liga soltas dos lados. Casual.

Ela separa as pernas, expondo uma grande quantidade de pele entre elas, logo abaixo da calcinha. Ela me mostra cicatrizes na parte interna das coxas, que se intercruzam como os cordões de um espartilho. Eu prendo a respiração, observando os cortes mais recentes cobertos com uma crosta fina, intercalados com cicatrizes antigas e avermelhadas.

Joss engole em seco, dobrando o corpo, os braços envolvendo os joelhos.

– Você me prometeu que não faria mais isso.

– Eu sei, e na época eu não fiz mais – diz ela com um soluço de indignação. – Olha, o caminho para a recuperação não é uma linha reta, *Joss*. Não é uma estrada sem curvas, OK? Vai ter rotatórias e travessias de pedestres e...

– Pedágios – eu digo, concordando com ela.

– Isso. – Heather aponta para a rua, com os olhos arregalados. – Tem também os obstáculos no meio do caminho, sempre atrapalhando e tal...

– Tudo bem, entendi. Chega de analogias.

– E engavetamentos de três carros. – Heather joga o corpo contra o meu e eu caio sobre Joss, como um dominó. – Então, você vai me mostrar as suas agora? – ela murmura em meu ombro.

– Heather... – começo, mas ela me interrompe e pressiona um dedo contra meus lábios.

– Shh. Eu não vou chamá-las de algo idiota, como cicatrizes de batalha. – Ela revira os olhos. – Mas a vida é uma maldita batalha. E elas são uma parte de você, lembretes do que você passou. Do que você não quer voltar a fazer e é assim que eu vejo as minhas.

Joss me encara sem expressão.

– Olha, você não precisa mostrar nada; e eu sei que o que estou prestes a dizer provavelmente não vai ajudar, mas eu realmente acho que você se importa mais com essas cicatrizes do que todo mundo.

– Sim, você tem razão. Não ajuda – eu digo, e Heather ecoa meus sentimentos um instante depois de mim.

– Cala a boca, Joss.

– Espera, eu não disse direito antes. – Ele coça a cabeça. – Acho que quero dizer que não me importo com elas, e as pessoas que... te amam, elas também não vão se importar. Dane-se a opinião dos outros.

Heather se engasga com o gole que acabou de tomar.

– Devo deixar vocês dois sozinhos ou...?

– Cala a boca, Hev – diz Joss, deixando o cabelo cair sobre o rosto.

– Hahaha! Mas o Romeu aqui está certo. Então, vamos lá, tire a meia. – Heather entoa, beliscando minha meia-calça. – Tire!

– Tudo bem! Droga, tudo bem. Me ajude, então – eu digo, satisfeita em enfiar as unhas pelo buraco que já fiz e rasgando ainda mais a meia, um sorriso perverso torcendo meus lábios. A cada rasgo, eu me sinto mais leve, flutuando com um alívio eufórico. Odeio ter que usar essas coisas, são quentes e irritantes, limitam as roupas que quero vestir e sempre tenho que puxá-las para que voltem ao lugar. Não pela primeira vez esta noite, tenho uma sensação de libertação. A meia-calça é apenas outra camada de falsidade que aqueles marionetistas manipuladores me fizeram pensar que eu precisava.

Heather entra na onda primeiro, agarrando um punhado de náilon e esticando até que o tecido elástico se rompa, deixando um buraco no meu joelho. Eu me encolho quando Joss toca minha panturrilha, seus olhos encontrando os meus.

– Está tudo bem? – ele pergunta.

Eu digo que sim enquanto ele junta as fibras esgarçadas, puxando-as para baixo, fazendo com que a meia rasgue até as coxas. E juntos nós rasgamos a meia-calça, jogando farrapos de náilon na rua, como teias de aranha sombrias na sarjeta.

Quando terminamos e eu estou encarando as minhas pernas marcadas sob a iluminação da rua, sento-me rígida, meus amigos cada um de um lado, em silêncio, provavelmente observando o estrago.

Meu corpo, meu planeta devastado.

Arranhões atravessam minhas canelas como rios vermelhos, feridas abertas pontilham minha pele como crateras escavadas na terra que eu sou, como a terrível consequência de um desastre natural que infligi a mim mesma.

Incêndios florestais e sumidouros.

Joss me pega no colo, enquanto eu choro silenciosamente, e Heather se aproxima, deitando a cabeça no meu ombro. Eu sei que vou ficar bem aqui. Porque depois da devastação ardente de um incêndio florestal, quando a dor se extingue, vem a calma. A fumaça se eleva no céu azul.

E depois, vem a cura. O crescimento.

Sinto um arrepio nos tornozelos, subindo pelas minhas panturrilhas e a parte de trás dos meus joelhos; o sussurro de uma brisa nua e natural que não sentia na minha pele havia muito tempo.

– Você é linda! – Joss fala, enquanto Heather beija a minha bochecha.

E desta vez eu também acho que posso ser bonita.

26

— **V**ocê não está mostrando os dentes. Mostre os dentes, querida, os molares, como as pessoas vão saber que você é inocente se não mostrar a elas um sorriso adequado? *Molares*.

São 8h59 da manhã. Minhas têmporas estão ardendo com a luz dos painéis de LED, que me cegam enquanto tento manter o equilíbrio sentada num banquinho em frente à tela verde no estúdio da minha mãe. Mas eu não me importo. Estou atordoada, mas meu rosto ainda está iluminado por um sorriso sonolento, de ressaca, mas feliz. A noite passada foi a diversão mais genuína que tive em anos.

— Teste! – Spencer grita enquanto a câmera dispara, ofuscando os meus olhos como se os derretesse.

Eu desbloqueio o iPad que ele colocou no meu colo e rolo a tela para ler o roteiro de desculpas que minha mãe, Spencer e Paisley criaram na noite passada, debruçados sobre uma jarra de *pisco sour* e gelo seco, como bruxas do *Sex and the City*. A frase "Não vou deixar uma mulher de 44 anos me intimidar" salta aos meus olhos. Que frieza. Paisley quer mencionar certidões de nascimento e coisas assim. Não sei se estou com energia para essa mesquinharia toda hoje. Eu ainda estou no espírito da noite passada com Joss e Heather.

Uma noite sem registros e sem drama. Uma noite cheia de risadas e danças sob postes de luz. Aposto que, se eu conferisse meu tempo de tela, o total de desbloqueios de ontem estaria abaixo de cem – o que é bom para alguém cujo trabalho é ficar no celular. O recibo do Uber diz que deixei a casa de Heather por volta das quatro da manhã, meu rolo de câmera confirmando que Joss ficou comigo durante parte do trajeto e que devemos ter feito uma parada no **McDonald's**. Enviei a Joss uma foto em que estamos vesgos, com duas batatas enfiadas sob o lábio superior, como as presas de uma morsa e...

– Querida? – Eu tiro os olhos do iPad, do texto borrado que eu estava olhando sem ver, com um sorriso bobo no rosto. Minha mãe está sorrindo para mim de um jeito exagerado. – Temos de fazer a miniatura agora, se estiver pronta.

– Uh-huh. Apenas tentando lembrar minhas falas. Posso tomar um copo d'água?

– Spence, pode pegar? – Ela suspira. – A gente avisou para você não beber tanto, pelo amor de Deus, Amêndoa, precisamos desse vídeo de desculpas para *ontem*.

– Eu sei – murmuro, oferecendo a ela um sorriso sincero, querendo acabar com isso logo para poder contar sobre Joss e seu doce e açucarado gesto de me dar *donuts* de presente. Minha felicidade craquela as camadas e camadas de corretivo, base e pó que apliquei para encobrir minha ressaca, determinada a não deixar essa situação tóxica estragar meu bom humor.

– Desculpe. Mas foi uma noite tão boa, mãe...

Cubos de gelo tilintando, saltos cubanos golpeando o chão, Spencer volta para a sala segurando um copo alto de água e o estende para mim, o barulho dos seus sapatos ricocheteando dentro da minha cabeça.

— Obrigada. – Eu esvazio o copo de um gole. – Agora estou pronta – digo, olhos ainda vazios sobre o iPad, lendo o que eu devo dizer para arrasar completamente o caráter de Celeste.

Depois do obrigatório "Oi, gente", que Spencer me instruiu a usar um pouco menos, o roteiro começa com o meu relato sobre o caso de Kiki, abrindo com os comentários de Celeste sobre como sou "privilegiada" por ser "mestiça". Eu olho para minha mãe se afastando para espiar através do visor e não sei como me sentir sobre essa adição ao roteiro. Porque por um lado, dos roteiristas desse drama, apenas minha mãe estava lá naquela noite, o que significa que ela estava ouvindo e sabia o tempo todo que Celeste estava jorrando ignorância disfarçada de elogio com segundas intenções, quando disse que estava com inveja do meu tom de pele, porque eu não precisava fazer bronzeamento artificial. Embora seus lábios não expressassem nada além de um sorriso encorajador, por dentro minha mãe deve ter percebido o quanto eu estava desconfortável e condenou secretamente a insensibilidade racial de Celeste.

Mas por que "secretamente"? Por que esperar? Não teria sido melhor ter tido essa conversa pessoalmente, no ato, para que Celeste pudesse fazer perguntas e ouvir meus pensamentos ecoarem pela boca da minha mãe e Nevaeh? Ela teria ido embora e refletido sobre tudo, aprendido e crescido, e então talvez o vídeo que ela postou não tivesse sido uma admissão de que ela *não sabia*... Deus, talvez fosse até um pedido de desculpas para mim e para todos os outros que ela já feriu com suas opiniões polêmicas.

E essas "opiniões polêmicas" são frequentes. Eles compilaram uma lista de cada exemplo dela sendo politicamente incorreta, socialmente insensível ou explorando seu privilégio na internet desde suas origens humildes no **Blogspot**. Está tudo numa escala #CelesteShawcrossestacancelada, porque a Celeste do passado era tão pouco consciente que parecia estar em coma; mas, ainda assim, não parece certo. Eu dou uma olhada nos *prints* que Spencer fez de *tweets* dela de 2010. Num deles ela respondeu a uma seguidora que dizia estar com ímpetos suicidas para que ela apenas "tomasse um banho de banheira, fizesse as unhas e se animasse". Depois eu passo para a transcrição de uma entrevista que ela deu a Perez Hilton em 2011, em que dizia não *entender* o feminismo porque apreciava demais um "bom espécime masculino".

Quero dizer, isso é tudo ignorância, mas, *ainda* assim, não consigo deixar de sentir pena dela. Estamos todos crescendo e aprendendo o tempo todo. O **twitter** vai comê-la viva depois disso.

– Amêndoa. – Palmas ensurdecedoras. – Querida, você não viu a luz vermelha piscando? Estamos filmando. Fale.

Então, eu abro a boca e começo a falar com uma voz que não é minha.

– Oi, gente...

Olhando fixamente para o olho negro e espelhado da lente, eu me vejo dissecando os acontecimentos daquela noite, exagerando de acordo com o roteiro e acrescentando minhas próprias lembranças amargas em alguns momentos, como quando Celeste fez eu me sentir insegura com relação à minha altura e me ignorou totalmente até minha mãe entrar no cômodo. Atrás da câmera, minha mãe observa a gravação na tela, a mão apertando o queixo, os olhos indecifráveis, enquanto Spencer balança a cabeça como uma furadeira elétrica, murmurando "sim" para mim com uma alegria perversa.

Quando chegamos à parte do "privilégio de ter pele morena", eu saio do roteiro, explicando como a ignorância dela menospreza os preconceitos cotidianos que as pessoas negras têm que enfrentar. Toda vez que eu e meu pai fomos "selecionados aleatoriamente" ao passar pelo controle de segurança do aeroporto, enquanto minha mãe passava sem problemas, depois lidando com a vergonha enquanto outros passageiros resmungavam e se perguntavam o que tínhamos feito; cada toque indesejado no cabelo; cada "você é bonita para uma garota mestiça"; cada vez que um segurança me seguiu com olhos de falcão numa loja; cada vez que alguém via uma das minhas postagens e se dava ao trabalho de me enviar uma DM com a palavra "negra". Com todas as letras. E ressalto que Celeste *nunca* poderia saber como é isso.

– Mas, sim, tenho certeza de que é muito difícil para você ter que fazer sessões de bronzeamento artificial às vezes, Celeste.

Eu respiro pesadamente e toda a luz e risadas que sobraram da noite passada de repente se dissipam e estou irritada com uma raiva acumulada, pronta para avançar para a próxima seção do meu vídeo de resposta, pronta para acabar com alguns dos *tweets* antigos de Celeste. Eu enumero uma infinidade de microagressões, imaginando como ela conseguiu se safar com esse comportamento por tanto tempo. Não acho que exista um "ismo" que ela não tenha cometido.

– Em 2012, Celeste referiu-se à sua filha de 7 anos, Imogen, como "uma ciganinha *sexy*" enquanto a filha servia de modelo para um vestido longo de saia rodada... Na minha cabeça, uma Imogen pequena gira a saia e se transforma na Imogen que vi ontem à noite, desmaiada e sem forças, virando uma garrafa inteira de vodca apenas para passar algumas horas sem ser ela mesma. Flutuando pelo anonimato atordoado.

– E hum...

– Continue, podemos cortar. – Spencer me incentiva. – Não precisa ser tudo de uma só vez.

– Então, é isso, ela não está apenas sexualizando a filha... – *Vai ter garotos lá?*, Imogen perguntou antes de entrar no Greyhound, aquele anseio desesperado e inconsciente de ser desejada, porque isso foi incutido nela desde que ela era uma garotinha. Desde que *eu* era uma garotinha. E antes, vestindo sua pele evolutiva de pílulas dietéticas e a cultura do "nada tem um gosto tão bom quanto ser magra", desde que Celeste era pequena. Desde minha mãe. Perdi a linha em que eu estava no roteiro e me esforço para encontrar as palavras. – ... Mas ela também estava obviamente, hum, usando um insulto ofensivo em relação aos ciganos – *Onze anos atrás*. Eu fecho os olhos para protegê-los das luzes ofuscantes. – Espere, pare.

Evidentemente, Celeste ainda tem muito o que crescer, eu sei disso. Mas vou desenterrar todos os erros que ela já cometeu apenas para isolá-la, fazer com que ela se apegue ainda mais a essas ideias e às facções *on-line* de pessoas que são abertamente intolerantes? Eles a receberiam de braços abertos.

Precisamos aproximá-la mais de nós para que algo mude.

– Eu não quero fazer isso – eu digo. Meus olhos encontram os da minha mãe e eu *sei* que ela também sabe que isso é errado. – Não posso. Eu não vou fazer isso.

– Expor o preconceito contra os ciganos é demais pra você? – diz Spencer. Eu olho para ele surpresa. – Vamos, isso vai acabar com a carreira dela.

– Exatamente! Por que eu quero acabar com a carreira dessa mulher? Sim, ela me ofendeu; sim, ela é ignorante e, francamente, acho que ela é bem arrogante. Mas é só uma pessoa.

Minha mãe aperta o botão para parar a gravação.

– Amêndoa...

– Não quero que isso seja publicado. Estou indo, mãe.

Eu arranco o microfone preso à minha blusa e saio a passos largos pelo corredor, enfiando os tênis nos pés. Não posso acreditar que perdi minha manhã para fazer parte desse reality show doentio da internet. Pego meu celular, desesperada para saber como Heather está, como estou desde o segundo em que acordei. Depois do que ela disse na noite passada, do que ela nos mostrou, preciso falar com ela, para ter certeza de que está bem, ou mesmo que não esteja agora, de que ficará.

Amêndoa
Já acordou? Estou indo. Preciso ver você 😊

> **Heather**
> Ainda não fui para a cama, cara. Pode trazer uma pizza???

Eu abro a porta da frente quando ouço um tumulto vindo do estúdio e me viro para ver minha mãe andando na minha direção.

– Amêndoa, espera! – ela diz, vincos de raiva tentando se formar na sua testa, apesar do botox. Mas eu não paro. Não posso ficar por perto para ouvir a opinião dela e de Spencer, não desta vez, não sobre isso.

No final da entrada de carros, olho para trás e vejo minha mãe parada na porta, enquanto sua mão cai ao lado do corpo, as páginas do roteiro se espalhando aos seus pés.

27

Tranqs 🙏🌻😌🐬✌🩶

Domingo, 6 de agosto 18:41

Heather

Obrigada por vir hoje. Meu coração está cheio de amor e minha barriga está cheia de pizza de marguerita. Eu vou ficar bem, pessoal. Por favor, não se preocupem

Amêndoa

Ok. Apenas saiba que você sempre pode nos ligar quando sentir que se machucar é a única opção. Eu nunca vou deixar de atender 🥲🥲

Joss

10000000%. A qualquer hora Hev

Amêndoa

Aliás, mal posso esperar pela nossa Quarta-feira do Bem-Estar 😂 Reservei uma mesa para as 19:30 no Don Giavanni's

Heather

NÃO vamos chamar isso assim

Não tente me convencer a fazer nada parecido com terapia. O único exercício de respiração que vou fazer é chupar o espaguete do meu maldito prato

Amêndoa

Foi só uma piada!!!! Vai ser o mais tranquilo possível. Só três amigos e um pouco de macarrão

Heather

😊😊😊

Joss

Desculpe mudar de assunto, mas deixei minhas sobras de pizza na sua casa? Preciso saber se devo correr atrás desse ônibus ou não.

Tinha pelo menos quatro fatias lá dentro💔

Heather

Hmmm. Digamos que elas não podem mais ser chamadas de "sobras"... 😇

Obrigada por contribuir com a Fundação Heather Kellogg

Amêndoa

Uma doação bem generosa "de fato".

Ou deveria dizer "de queijo"...

Joss

Péssimo trocadilho, Amendoim

Terça-feira, 8 de agosto 20:56

❌ **FaceTime/Ligação encerrada**

Joss

Desculpa não ter atendido. Acabei de sair do trabalho... O que eu perdi?

Amêndoa

Eu só estava verificando com a Hev. Vendo se ela precisava que eu fosse lá compartilhar um pouco da sabedoria oliveriana.

Também estava contando pra ela sobre todo o ódio que a internet tem por mim

Heather

Embora eu aprecie muito o amor e o apoio de vocês, amigos, quero enfatizar que eu estou bem! Realmente bem, não é só da boca pra fora 🖤

Joss

Saquei, Hev 🤭

Amêndoa

Ok 🤭🤭🤭🤭

Joss

Então, quer dizer que você ainda é a inimiga pública número 1 do Facebook?

Heather

Facebook?! Ok, vovozinho...

Joss

Estou cansado. Me dá um tempo...

Amêndoa

Eu ainda estou entre as dez pessoas mais odiadas do Facebook. Mas acho que aquela garota do TikTok que disse que ninguém precisaria utilizar bancos de alimentos se encomendassem o livro de receitas dela na pré-venda da Amazon por ✨18,99 libras✨ ficou em primeiro lugar esta semana

Joss

Nossa, não conseguiu segurar a autopromoção descarada por trinta segundos completos. Péssima ideia

Heather

Garota escrota

Amêndoa

Eu sei. Meu empresário está encantado com ela. A única coisa boa em tudo isso é que me disseram para "ficar na minha" *on-line*. Então, quando sairmos amanhã para jantar, vocês não vão precisar me ver fazendo uma sessão de fotos com as torradas da entrada, haha

Joss

Ah, não, faça, por favor 😂

Sábado, 10 de agosto 19:22

Joss

Vou chegar meio atrasado. Podem pedir por mim? Molho Arrabiata de prato principal, por favor. E alguém quer dividir uma porção de brusqueta??

Amêndoa

Eu quero!

Heather

Por favor, não vão repetir a cena de *A Dama e o Vagabundo* na minha frente. Já estou me sentindo segurando vela aqui

Amêndoa

Brusqueta é pão, Hev

Heather

Isso não impediria o nosso Vagabundo aqui... 😍

Joss

Delete agora esse emoji de olhos de coração!

Amêndoa

😨 Vou chamar a polícia!

Quinta-feira, 11 de agosto 22:05

Heather

Você vai nos honrar com a sua presença no Tranqs amanhã, srta. Brown?

Amêndoa

Simmmm 🤍 ☼ Esta semana foi perfeita. Estou me sentindo muito melhor. Queria estar sendo cancelada toda semana, pra ser sincera

28

São quase quatro da tarde de sexta-feira e estou enrolada numa toalha, jogada na cama, deixando meus lençóis úmidos, e com os músculos doloridos.

Minha mãe finalmente me convenceu a tentar fazer yoga novamente esta tarde, porque ela acha que toda a atenção negativa por ter sido cancelada bloqueou meu chakra do Plexo Solar. Longe da câmera desta vez e no jardim, por isso eu disse que sim, embora ela insistisse em gravarmos um clipe da postura do cachorro olhando para baixo para seu *story*. Na verdade, não chegou a ir para o seu *story*, mas mesmo assim. Eu estou assistindo novamente agora, com o celular a centímetros do nariz. Com a câmera na lateral, mantemos a postura do cachorro por alguns segundos, minha mãe lançando o calcanhar esquerdo para o alto como um cachorro de três pernas, antes de eu perder o equilíbrio e cair sobre ela, desabando na grama, onde nós duas olhamos uma para a outra e desatamos a rir, meus cabelos grudados na cabeça por causa do suor, o rosto da minha mãe corado e parecendo real. Real demais para a minha mãe postar.

Mas pelo menos posso guardar esse momento desajeitado, feliz e acidental para mim mesma.

– OK, então na semana passada nos concentramos no processo de como poderíamos buscar ajuda profissional de forma *independente* – Oliver diz, seus grandes olhos por trás das lentes grossas percorrendo o círculo, dando a cada pessoa alguns segundos sólidos de contato visual. Ele se demora um pouco mais em mim e sorri. "Bem-vinda de volta", acho que ele está dizendo, "tudo bem se você precisou tirar uma semana de folga." – Isso pode ser útil nos próximos meses, porque eu sei que muitos de vocês estão prestes a ir para a universidade em setembro.

Sinto o gosto amargo de saber que não sou um deles e examino o círculo de jovens de 16 a 21 anos, tentando adivinhar o campo de estudo que escolheram. Varsha me passa a sensação de que é mandona, então aposto em administração ou moda. Liam deve ter escolhido desenvolvimento de jogos ou *design*. Sam, talvez história ou arte... não, história da arte. Com os braços cruzados, julgo passivamente, a solidão me arrastando ainda mais para dentro da minha própria cabeça. Não é como se eu tivesse um *plano*, uma carreira para a qual tenha direcionado meus estudos, ou um diploma pelo qual eu queira me esforçar muito. Não é que eu esteja invejando a experiência universitária deles. Acho que estou com inveja porque todos eles receberam cartas de aceitação para saber qual será o próximo capítulo de suas vidas. Enquanto diplomas, aprendizados e até colheita de morangos na Austrália estão muito longe do caminho para o qual estou sendo empurrada.

– Porque, lembrem-se – Oliver continua dizendo –, esta é uma jornada para toda a vida. Não vamos apenas chegar ao final dessas seis semanas e ter uma voz *sexy* do GPS para dizer que você alcançou seu destino ideal da sua saúde mental. Não funciona assim. – Heather se inclina sobre mim, lançando um olhar presunçoso de "eu te disse" para Joss, antes de balbuciar "estrada reta" e recostando-se na cadeira com os braços cruzados.

– Então, hoje eu quero que a gente fale sobre os benefícios de ter uma rotina – Oliver diz, empurrando os óculos mais para cima no nariz. – Porque se estivermos seguindo uma rotina diária, envolvente e saudável, isso deixa menos espaço para nossa mente vagar em direção a essas soluções rápidas que identificamos nas semanas anteriores. Vocês sabem, drogas recreativas, álcool, redes sociais. *Distrações* do que realmente está acontecendo aqui. – Em vez de bater do lado da cabeça, Oliver coloca ambas as mãos sobre o coração. – Claro, beber com amigos e seguir pessoas que lhe interessam na internet não tem problema e é bom com moderação. Nós simplesmente não queremos que esses comportamentos se sobreponham à estrutura dos nossos dias, porque nos deixam com um sentimento de...

– Insatisfação? – Imogen propõe.

– Exatamente. – Oliver bate palmas. – É insatisfatório. Bom, Imogen. Nós queremos *preencher* nossas preciosas horas da melhor maneira possível.

Imogen abre um sorriso para ele. Ela já estava aqui quando cheguei hoje, sua maquiagem impecável, como se o rosto estivesse envernizado, o cabelo saindo de um rabo de cavalo alto, e travando uma conversa profunda com Sam. Desde a festa de Heather, não posso deixar de pensar que ela está compensando o que sente por dentro. A semana toda eu quis entrar em contato com ela, mas não sabia o que dizer, do quanto ela ia se lembrar da expressão do medo evidente que ela demonstrou ter pela mãe, no dia da bebedeira. Dada sua última postagem, com a legenda "Amor de Verão com a Mamãe Ursa @shawcrosscelestial✿", eu diria que Celeste estava por trás das fotos estrategicamente cronometradas das duas posando em várias atividades de verão para ganhar a simpatia das mães jovens e atraentes, e conquistar os seguidores de Imogen depois da campanha de difamação de Celeste contra mim.

Não vou cair nos joguinhos da Celeste, por isso curti a postagem. Por Imogen e para sugerir uma atmosfera de paz entre todas nós, porque os seguidores observam esse tipo de coisa. Não quero que meus seguidores tenham que escolher um lado ou que deixem mensagens de ódio em qualquer postagem das Shawcross. Assim que curti as imagens de Celeste e Imogen de braço dado, tomando grandes bolas de sorvete e relaxando à beira da piscina, Immy me mandou uma mensagem.

> **Imagens_de_imogen**
> Espero que nenhum dos dramas criados pela minha mãe fique entre nós, Amêndoa
>
> Eu pedi para ela não postar, mas ela disse que era algo estritamente profissional, nada pessoal. Espero que ainda possamos ser amigas 🫶🫶🫶🫶
>
> **thereal_amendoabrown**
> Claro, Immy 😙
>
> Afinal, nada disso realmente significa alguma coisa, não é mesmo? Espero que as coisas estejam bem com a sua mãe 😙😙

Nenhuma resposta, e eu suponho que seja porque as coisas definitivamente não estão bem com a mãe dela, apesar de Celeste querer dar a impressão de que estão.

Oi, murmuro para Immy sem emitir nenhum som, um desconforto revirando meu estômago. Imogen faz tchauzinho para mim, jogando seu rabo de cavalo por cima do ombro, e eu gostaria de saber o que ela está pensando. Não importa o que a mensagem dela dizia, pois, se Celeste consegue convencer metade do seu público de que eu sou uma pessoa intolerante com relação a deficientes, certamente ela pode convencer a própria filha. Eu sinto que preciso de mais seis meses dessas sessões para superar meus problemas de autoconfiança, considerando principalmente a ansiedade causada pelos dramas da internet que está se infiltrando no meu dia a dia de maneira voraz.

A semana que passei longe do mundo digital foi a mais feliz que tive em meses. Eu não pensei em Anarchy nem uma única vez depois de silenciar seus comentários constantes, deixando tudo no "mudo". Mas, pela falta de assédio diário que vi quando voltei a verificar, arrisco dizer que talvez Anarchy esteja perdendo o interesse... Eu sei que fiz a coisa certa abandonando o vídeo de retaliação de Spencer também, embora Paisley não tenha ficado satisfeita; ela contava com as vendas extras do Serenity que a atenção prolongada de uma briga na internet poderia nos trazer. Ainda assim, mesmo sem uma resposta para Celeste, eu e minha mãe ganhamos, cada uma de nós, alguns milhares de seguidores, e eles não podem argumentar contra isso quando estavam esperando grandes perdas. O consenso entre a equipe de relações públicas da VEGLOW é que as alegações de Celeste não foram tão "problemáticas" quanto outros escândalos recentes, merecedores de um grande boicote, embora eu não tenha certeza da razão por que estamos colocando os erros passados das pessoas como um concurso absurdo de humilhação pública. No final, a VEGLOW se contentou com a declaração vaga e não comprometedora que Spencer divulgou em meu nome na quarta-feira.

> **Spencer Dorsey @spencerdorseydoesit · 2d**
> Uma declaração de Amêndoa sobre os acontecimentos recentes: "Neste momento, não vou me envolver em falsas acusações e tentativas de minar quem eu sei que sou como pessoa." [1/2]
>
> **Spencer Dorsey @spencerdorseydoesit · 2d**
> "Acho que tanto Celeste quanto eu temos que refletir antes de fazer mais comentários. Aos meus seguidores, obrigada por ficarem comigo e conhecerem a minha verdade." [2/2]

Essa última frase, cheia de melodrama, foi por conta dele.

A atualização mais recente que recebi de Spencer é que a indignação geral e a decepção acabaram se transformando numa amargura latente, sendo alimentada por apenas alguns *haters* de longa data. E graças à **#conversassobreolivrodeculinária**, que tomou conta das redes sociais, até mesmo eles têm uma nova distração. Alguém novo para destruir.

– Então, antes de começarmos a compartilhar hoje, vou distribuir para vocês uma planilha de monitoramento de atividades, em branco, para todos vocês levarem para casa. – A voz de Oliver fica tensa enquanto ele pega sua pasta ilustrada com as fases da lua debaixo da cadeira e tira um maço de papéis de dentro de uma capinha de plástico. – Só há um dia marcado nessa planilha, porque com essa primeira aqui eu quero que vocês façam... uma espécie de experimento. – Ele entrega a pilha para Sam, pedindo que ela pegue uma folha e passe as outras adiante. – Vocês vão ver que há um espaço para vocês avaliarem como cada atividade afetou o seu humor *e* a sensação de realização que ela deu a você.

– Por quê? – Joss pergunta, prendendo meu dedo mindinho ao dele no espaço entre nossas cadeiras.

– Bom, Joss, porque vocês vão ver que comer uma barra de chocolate tamanho família pode inicialmente fazer você se sentir dez numa escala de um a dez, mas o sentimento de realização que você obtém ao fazer isso pode ser apenas, o quê? Dois, ou se for uma barra muito grande, talvez um três. – Oliver ri. – Não que eu esteja falando por experiência própria ou coisa assim.

É mais ou menos como a foto que tirei hoje, fazendo a postura da vela no yoga. Ela elevou meu humor para nove, porque mostrou que tomei banho, me exercitei e saí ao sol hoje, mas as 148 mil curtidas que ganhei depois que minha mãe me disse para postá-la baixaram o sentimento de realização que obtive com ela para um, porque de repente não era mais sobre a força que meu corpo estava desenvolvendo, mas sobre como essa atividade parecia aos olhos dos meus seguidores; a marca de roupas esportivas que eu estava usando, o abdômen saliente entre o cós da minha *legging* e meu *top*.

A sexualização do meu corpo.

> **gymgirl_gains** Você precisa mostrar sua vulgaridade para todo mundo ver, mesmo quando está se exercitando? Que roupa mais colada! Dá pra ver até a perereca!!!

Se eu não tivesse postado, acho que o sentimento de conquista teria sido dez.

Quando saímos, o céu está rosa e abafado, como se Deus tivesse colocado uma camiseta vermelha sobre o sol, para tornar o ambiente todo romântico e sensual.

Descendo os degraus, Hev foi obrigada a ficar ouvindo um pedido de desculpas de Imogen por ter que trocar sua roupa de cama suja de vômito, enquanto os outros se dispersavam. Isso dá a Joss e a mim um instante a sós.

Pela mão, ele me conduz para a sombra fresca projetada pela escadaria de pedra.

– Oi – diz ele, o dedo enganchando no passador do cinto, enquanto me puxa para perto dele.

– Oi.

– Então, o que você vai fazer amanhã? Está livre para assistir a *Mistérios sem Solução* e relaxar? Se lembra disso? Por que parece que faz uma eternidade?...

Cada centímetro do meu ser geme de frustração.

Por que não poderia ser qualquer outro fim de semana que não este?

– Não posso neste fim de semana – digo. – É o lançamento do S<small>ERENITY</small>. – Nem fico chateada por ele ter esquecido; não quero que isso, ele, a ideia de nós dois, seja corrompido por qualquer compromisso que a versão fabricada

245

de mim tenha que cumprir. – Eu daria qualquer coisa para ficar em casa com você – *em seu quarto* – e não numa sala cheia de egomaníacos com quem sou obrigada a conversar, acredite. Mas minha mãe vai ter literalmente um surto se eu não aparecer.

– Que chato. E domingo? – Joss pergunta, cruzando os braços abaixo do meu traseiro e me aproximando um pouco mais dele. – Minha mãe vai para Londres hoje à noite, visitar minha irmã, e vai ficar lá durante todo o fim de semana. – Ele afasta meus cachos, sua voz quase um sussurro, rouca e baixa. – Podemos assistir NETFLIX no meu quarto, na sala... em cima da mesa da cozinha.

Droga.

Meus quadris se encaixam logo abaixo dos dele, meus dedos se entrelaçam atrás do seu pescoço, minhas pálpebras se fecham, o rosto se inclinando, a boca entreabrindo....

Por cima do ombro de Joss, um Fusca cor de creme vira a esquina com o teto solar abaixado, buzinando.

– OK, domingo. Vejo você às...

– Literalmente venha assim que acordar. – Ele ri, embora eu saiba que ele está falando sério. – Poder passar um dia inteiro com você parece que vai ser uma raridade, então quero aproveitar ao máximo.

Prendo a respiração quando percebo a sinceridade explícita de Joss; que ele se sente seguro o suficiente dos seus sentimentos por mim para admitir que quer passar cada segundo daquele domingo comigo e também está disposto a aceitar que eu possa ter compromissos que nos afastem durante grande parte do nosso tempo livre.

– Eu vou – digo aliviada por saber que, depois daquele fim de semana, quando o lançamento acabar e eu já ter tirado *selfies* e usado minha habilidade de socializar até os últimos instantes do meu último evento oficial, terei tardes inteiras se estendendo até a noite, em fins de semana longos e preguiçosos para ficar com Joss. Assim que eu descobrir como dizer à minha mãe que estou desistindo.

Semanas de encontros futuros se desenrolam na minha cabeça enquanto emergimos das sombras para nos juntar a Hev, parada ao lado do Fusca. A mulher atrás do volante puxa o freio de mão, apoia o cotovelo na janela do carro e levanta os óculos escuros até o cabelo.

– Hev, ah, meu Deus! – grita a mulher, que é a versão feminina de Joss, com quarenta e poucos anos. – Como você está, querida?

– Tudo bem, obrigada, Cheryl. – Hev adoça a voz quando chegamos um pouco mais perto do carro, dando a ela aquele tom falsamente doce que usamos para conversar com adultos conhecidos às vezes. – E você?

– Tudo bem, mãe? – cumprimenta Joss, puxando a camiseta para que fique abaixo da virilha. Ele me olha de lado, depois abaixa a cabeça para prender o cabelo e disfarçar o rosto vermelho.

– Tuuuudo bem, muito bem. Estou bem, Joss, querido. Ei. – Cheryl dá tchauzinho para mim, me cumprimentando também. – Espere, você é...? – Eu fico tensa, esperando ouvir "a filha de Eva Fairchild" ou *algo relacionado aos anúncios da Zara nos abrigos de ônibus, que estão há séculos no centro da cidade...* – A garota do Joss, que gosta de *donuts*? Amêndoa? Aliás, que nome mais diferente e adorável! Espero que tenha gostado! Nunca fiz nada vegano antes.

– A garota do Joss! – Heather sussurra no meu ouvido, as risadas sacudindo seu corpo.

– Jesus, mãe! – Joss murmura enquanto se senta no banco do passageiro.

Minha risada escapa da boca como um balão solto, cheia de alívio.

– Eles estavam incríveis! – eu digo, animada por saber que Cheryl só me conhece como a garota de quem Joss gosta. Que eu sou Amêndoa, sou vegana e gosto de *donuts*.

– Ah, que bom, fico feliz. Joss nunca namorou uma vegana antes. Bem, é melhor irmos, o trânsito está um pesadelo.

– Tchau – Joss diz com um resmungo levemente divertido.

– Você e Joss estão namorando agora? – Hev sussurra pelo canto da boca enquanto Cheryl liga o motor.

– Não faço ideia – sussurro de volta, depois grito para Cheryl: – Foi um prazer conhecê-la.

– E você, querida, cuide-se!

O carro se afasta, levando Joss e toda a tensão sexual entre nós. Eu solto um suspiro, observando os polegares de Heather digitarem freneticamente na tela do celular. Seus olhos se levantam para mim.

– Hahaha, o Marius me perguntando se estou livre mais tarde, depois de me ignorar a noite toda na minha própria festa.

– Que audácia! – eu finjo espanto, rindo enquanto meu próprio celular vibra e eu espero que seja uma mensagem de Joss.

Seu vídeo *Celeste Shawcross é uma SOCIOPATA* já está no ar!

Que. Merda. É. Essa?

A ansiedade apaga o calor do momento anterior. No piloto automático, abandono Heather e vou até os suportes de bicicletas, tiro o cadeado da minha bicicleta e passo a perna por cima dela.

– Você está bem? – Heather pergunta, logo atrás de mim. – Quem era? – Seguro o guidão com mais força. – OK, você não está bem. O que aconteceu? De quem estamos com raiva?

– Do meu empresário idiota que nunca ouve uma palavra do que eu digo.

Quem ele pensa que é, postando no meu canal sem o meu consentimento? Sabendo que deletar agora só vai pôr mais fogo na fogueira, causando mais especulações, mais *prints*, mais compartilhamentos para contas que não tenho controle. As pessoas com o sininho das notificações ativado para o meu conteúdo já devem ter visto, é tarde demais. Celeste vai responder, inventando ainda mais mentiras sobre mim... ou pior, contando a verdade sobre por que estou aqui no *Tranquilidade*, depois de ter pressionado Imogen para obter informações sobre as nossas sessões, dando a seus seguidores sinal verde para me atacar com todo o seu ódio, desviando o tráfego furioso para as minhas redes sociais.

Imogen não faria isso, faria?

Não consigo lidar com um exército inteiro de clones de Anarchy trolando minhas DMs.

Um suspiro sobe pelo meu diafragma como um pássaro assustado.

– Precisa de reforços? Apoio? – Heather se abaixa e fica na minha linha de visão. – Um alívio cômico sutil? – Ela levanta meu queixo com o mindinho. – Basta dizer, estou aqui.

Entorpecida, agradeço com a cabeça. Inspiro pelo nariz e solto o ar pela boca. Conto até dez e continuo a contar até sentir meu batimento cardíaco se acalmar.

– Está tudo bem – respiro. – De verdade, estou bem agora, obrigada, Hev. Você é uma boa amiga.

– Eu sei – diz ela, fechando a mão sobre a minha e em seguida tocando a campainha da minha bicicleta algumas vezes, até que a minha boca trema com um sorriso. – Sério, me mande uma mensagem se precisar de alguma coisa, tipo, qualquer coisa mesmo. E lembre-se de nos ligar antes de sair para o lançamento amanhã, certo?

– Eu vou ligar, pode deixar, eu vou. Tchau.

A despedida de Heather é interrompida por uma rajada de vento quando saio com a bicicleta, minha pele formiga de frio enquanto as nuvens se aproximam cada vez mais. Bombeio as pernas contra os pedais, me afastando da provocação dramática de Spencer, deixando o ar levar embora o meu pânico. De pé sobre a bicicleta, meus cachos voam atrás de mim enquanto sinto os primeiros pingos de chuva respingarem no meu rosto.

Eu pedalo tão rápido que chego ao apartamento do meu pai em menos de vinte minutos, escapando da tempestade de verão. Uma rajada de vento me segue e eu vejo minha avó parada no meio da sala, sua saia tremulando em volta dos tornozelos, pegando uvas de uma caixinha enfiada debaixo do braço.

Minha avó pega uma uva do cacho e coloca na boca, os lábios fazendo barulho enquanto ela fala:

– Boa hora! Acabei de chegar – diz ela, explicando sua presença ali e pedindo silêncio à Mel, quando ela late me cumprimentando. – Seu pai me disse que você tem um grande evento chique em Londres amanhã, não é? Então eu só vim para que você possa levar todo o meu amor com você. – Ela ri, mas apenas ouvir sua voz amanteigada faz meu lábio inferior tremer e começo a chorar. – Ah, querida, venha cá – ela diz –, desfazendo o nó do lenço na cabeça, gotas de chuva caindo da seda quando ela abre os braços para mim. – O que houve?

Eu caio nos braços dela, seu corpo amortecendo minha queda. Depois de alguns minutos de minha avó acalmando minhas lágrimas e massageando minhas costas, enquanto Mel lambe minha mão, ela me solta do abraço, enxuga meus olhos com o lenço, dobra-o ao meio, umedece-o e remove o rastro de ranho do meu lábio superior. Seus joelhos estalam quando ela se inclina para ficar na minha linha de visão, me encarando com aqueles olhos grandes e escuros dela, castanhos e salpicados de verde como a casca enrugada e musgosa de uma árvore, enquanto me pergunta novamente o que há de errado.

Eu abro a boca para contar a ela sobre Spencer agindo pelas minhas costas; sobre o ódio de Anarchy, que não sai da minha cabeça, para contar tudo a ela, mas quando seus lábios balsâmicos se abrem num sorriso, toda a feiura racista e intrusiva que vovó sofreu ao longo dos anos invade meus pensamentos. "Mulher macaca." "A escrava mais velha." "Imigrante de navio negreiro." Quase me contorço com a vontade de proteger minha a avó, que ainda usa um celular Nokia e joga bingo, de todos os atos de desumanidade jamais digitados num teclado.

Então, em vez disso, digo:

– Estou apenas cansada. Muito cansada.

– Tudo bem. Se você está cansada, significa que está trabalhando duro. Mas precisamos fazer você descansar, não é? – diz ela, jogando um punhado de uvas na boca e me entregando a caixa. Ela coloca algumas sacolas reutilizáveis sobre a bancada da cozinha. – A geladeira do seu pai está sempre vazia, então eu trouxe essas coisas de casa. Primeiro, vamos começar a preparar a comida. A comida nutre a alma, e agora a alma da minha menina precisa de um pouquinho de nutrição.

– Onde está o meu pai? – pergunto, me agachando para dar a Mel toda a minha atenção e deixando que ela enfie o focinho na curva do meu pescoço.

– Trabalhando até tarde – diz vovó, acendendo a luz principal. – Um pouco deprimente aqui dentro, né? Deixa eu colocar uma… uma… música no… no… – Ela segura o celular com o braço esticado e apertando os olhos para enxergar a tela. – No YouTube, certo? – E então o rosto dela se ilumina quando a introdução de "You Don't Love Me", de Dawn Penn, começa a tocar.

– Adoro essa – ela murmura.

– Eu sei.

"*No, no, nooo*", canta Dawn, atiçando a ansiedade que sinto na boca do estômago. Nem mesmo a minha avó consegue abafar o zumbido de fundo constante da internet na minha cabeça.

– Me dá aqui – eu digo.

Pego um copo do escorredor e coloco o celular da minha avó dentro, aumentando um pouco o volume, como costumava fazer na garagem de Callie, implorando para que a minha mente relaxe e se distraia um pouco.

Se eu não olhar para o meu celular, posso acreditar que não está acontecendo.

Duas latas de feijão vermelho, arroz de grão longo, grão-de-bico, batata-doce e banana-da-terra rolam para fora da outra sacola da vovó e caem na bancada, e imediatamente ela começa a dar ordens.

– Escorra isso.

– Descasque aquilo.

– Pique, pique.

– Tempero. Precisa de tempero, né?

– Espera aí. Quantos anos você tem? Dezessete e ainda não sabe usar um descascador de batatas direito?

Eu paro com a batata na mão e arranco uma tira da casca com os dedos antes de estender o descascador para a minha avó.

– Faz você, então – digo, transferindo toda a mágoa desta tarde para a repreensão da minha avó sobre as batatas.

– Eu faço, *então* – ela diz, me imitando, e observo enquanto suas mãos enrugadas e cheias de amor pegam o descascador com força e o giram. As mesmas mãos que seguravam as minhas quando íamos para a escola, que trançavam meu cabelo antes de eu dormir para que não embaraçasse, que me aplaudiam, me acariciavam e me chamavam para voltar para casa. Mãos que sempre estiveram e sempre estarão ao meu lado, para me ajudar a levantar sempre que eu cair. Não importa quem me empurre. E eu sei que, seja qual for a tempestade no **twitter** que me aguarde amanhã e qualquer que seja a ameaça que Anarchy me faça, eles nunca poderão tirar o amor dela de mim. – Tome, experimente – diz ela, me pegando desprevenida ao colocar uma colher de molho na minha boca.

– Te amo, vovó – digo, minha garganta apertando enquanto engulo.

– O que foi? Muito apimentado? – Minha avó estala a língua, provando o molho ela mesma. – Você quase não come da minha comida, criança. Ainda assim, eu também te amo.

✨ Time dos Sonhos ✨

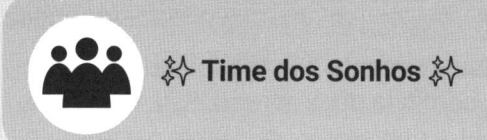

Sexta-feira, 11 de agosto 18:39

Amêndoa

Que diabos foi aquilo???

Que parte você não entendeu quando eu disse que não quero mais fazer parte dessa droga de cancelamento?

Sexta-feira, 11 de agosto 22:54

Spencer

Como seu empresário e supervisor da nossa relação com a VeGlow, tomei a decisão executiva de... anular a sua decisão.

Nas últimas cinco horas, desde que seu último vídeo foi postado, seu canal do YouTube teve mais 4 mil inscritos, seu Instagram aumentou em 6,5 mil e a página do Serenity ganhou 3 mil seguidores. Precisávamos atingir as metas de vendas e aquela autora do livro de receitas estava roubando o seu momento.

Amêndoa

Meu momento?! Estão falando que vão demiti-la do emprego. Seja qual for o "momento" dela, não quero fazer parte disso

Aliás, meu último vídeo?! 😂 Você teve que cortar e editar tanto aquilo porque eu saí do seu precioso roteiro, que acho que eu não falo nem uma única frase completa!!

Eva

Olha, não é agradável pra ninguém, querida, mas esse é o mundo em que vivemos agora e você não pode negar esses números 😬

Celeste sabe as regras do jogo. Isso não é nada do que ela não possa se recuperar 😉😉

Amêndoa

Você está falando sério??? Você não viu toda a sujeira que estavam me fazendo jogar na cara dela? A carreira dela acabou. Provavelmente a da Immy também.

Spencer

Bem, então ela mereceu! Estou errado?

Diga se eu estou errado!

Amêndoa

Você sabia que ele ainda ia postar isso, mãe?

> **Eva**
> Não. Eu não iria contra a sua vontade assim... MAS, se me perguntar se estou feliz em ver mais agitação em torno da campanha e você de volta às boas graças do Twitter, vou dizer que sim 😬😬😬😬😬

. . .

Vocês todos perderam a cabeça com o poder. Estamos vendendo hidratante, pelo amor de Deus!!! Eu apago a mensagem que acabei de digitar, meu polegar martelando a tecla de deletar, enquanto eu chuto com as duas pernas debaixo das cobertas, de frustração. Mel levanta a cabeça, assustada com o movimento, depois se acomoda na cama para se aninhar mais perto de mim. Nem o *curry* de batata-doce da vovó que comi mais cedo foi capaz de acalmar meu estômago ou induzir a um sono satisfeito como a reconfortante comida caseira dela costuma fazer. Nem o cobertor e a pipoca com meu pai na frente da TV, assistindo a *Con Air*, o nosso filme de nostalgia favorito, que é tão ruim que é bom, acalma a minha mente de todo esse drama desnecessário na internet.

Eu deveria ir dormir cedo e descansar para o lançamento de amanhã, mas isso não está acontecendo. A troca de mensagens nesse nível de loucura e o murmúrio entrecortado de tiros na TV, atravessando as paredes finas do quarto do meu pai, não me deixam dormir.

Um alerta de notícias desliza pela parte superior da tela do meu celular, notificando que Celeste quebrou seu silêncio de cinco horas desde a postagem do meu vídeo de resposta – não, do vídeo de resposta de *Spencer*. Eu fico imóvel na cama, segurando o celular como se ele estivesse prestes a criar pequenas asas mecânicas e voar para longe.

Dou uma olhada rápida nas respostas ao *tweet* que Celeste postou para informar suas estrelinhas em declínio que ela vai fazer uma desintoxicação digital por um tempo, e me enterro ainda mais sob as cobertas, querendo que a cama me engula até que eu consiga dormir profundamente.

> ↳ **Katy @katykinsdoescupcakes • 3 min**
> Respondendo a @celeste_shawcrossxox Tchauzinho, querida 😊 A internet não precisa dar dinheiro para mais racistas enrustidos do que já está dando #tchauvadia
>
> ↳ **Mads in the Wild @lifeofanomaddison • 1 min**
> Respondendo a @katykinsdoescupcakes Abertamente racista! Mal posso acreditar que ela teve a audácia de deixar isso acontecer e nenhum de nós se preocupou em verificar. Parabéns @thereal_amendoabrown por abrir nossos olhos para essa sacanagem dela

Com polegares rápidos e desajeitados procuro Celeste no seu canal no YouTube, meu estômago revirando de culpa quando a página carrega e vejo os números dela. Ela já perdeu quase 100 mil inscritos. E isso só no YouTube.

Meu celular vibra na minha mão com notificações de seguidores me marcando na análise que o Chá Para Dois fez do drama entre mim e Celeste. Ah, Deus, a última coisa que precisamos é a comunidade de comentários regurgitando conteúdo a respeito disso.

Caramba, e se isso se tornar conhecido e toda a plataforma *on-line* de Celeste for engolida pelo drama? Já aconteceu antes. Ela vai perder todos os patrocinadores, todas as fontes de renda, assim, num piscar de olhos. E se ela não conseguir pagar as contas? No começo de tudo isso, quando estávamos sentadas à mesa *chabudai* e Celeste fazia eu me sentir um nada, eu queria que ela pagasse, sim, mas acima de tudo eu só queria que ela aprendesse a ter um pouco de bondade, para entender como suas palavras me magoaram.

Você não pode combater o ódio com mais do maldito ódio.

Devo twittar sobre isso? Sem usar palavras ofensivas?

Não. Nada que eu digitar agora vai desfazer a tempestade que já se formou, enquanto Celeste é cancelada na internet na velocidade de uma infecção viral. Os sintomas incluem: falta de empatia, senso de justiça equivocado, vontade de digitar loucamente no teclado a ponto de causar artrite e cãibras nos dedos.

Eu largo o celular e derramo lágrimas de estresse no travesseiro. E se... Celeste fizer alguma coisa? Algo sério no mundo real. Immy devia ter se embriagado para esquecer algum tipo de trauma na outra noite. E se Celeste descontar toda essa reação negativa na filha?

OK, pare.

Respiro mais devagar, fecho os olhos para não ver a luz azul do celular e deixo minha mente vagar na escuridão em busca de calma. Respiro fundo, solto o ar e tento deixar meus pensamentos catastróficos passarem como nuvens, aceitando que são apenas isso, pensamentos. Não são coisas ruins que aconteceram ou necessariamente acontecerão. Apenas pensamentos.

Enquanto adormeço, o único fio de esperança ao qual me apego é o de que, se Celeste for expulsa da internet, talvez ela passe mais tempo *com* Immy, em vez de se concentrar no *espetáculo* da interação com ela. Talvez ela tenha mais tempo para dar amor em vez de buscar curtidas.

29

HORÁRIO	ATIVIDADE	HUMOR	REALIZAÇÃO
18:00	Pedalando para o apt. do meu pai a mil por hora	2/10	9/10
19:00	Chorando na frente da minha avó	6/10	10/10
20:00	Preparando curry com a minha avó e cantando (mal)	7/10	10/10
21:00	Comendo com meu pai e minha avó	8,5/10	6/10?
22:00	Caminhada no fim da noite com meu pai e Mel	9/10	9/10

HORÁRIO	ATIVIDADE	HUMOR	REALIZAÇÃO
23:00	Brigando com minha mãe e Spencer – sem conseguir dormir!	1/10	0/10
00:00	Dormindo... 🖤	10/10	10/10
07:00	(Pesadelo sobre o lançamento. Deixaram minha pele verde num anúncio usando o Photoshop.)	1/10	???
08:00	Não consigo voltar a dormir. Fiquei assistindo vídeos do TikTok na cama por muuuuuito tempo.	4/10	1/10
09:00	Meu pai acordou cedo! Levamos a Mel para passear no parque 😊	9/10	10/10
10:00	Café da manhã no Jemima's com meu pai e Mel. Torrada com abacate picante!	10/10	7/10
11:00	Eu e meu pai levamos minha avó na loja de comida importada para comprar carne de cabra :/	2/10	8/10

HORÁRIO	ATIVIDADE	HUMOR	REALIZAÇÃO
12:00	Me despedi do meu pai e da Mel. Postei no meu story (no Instagram). Voltei para casa de bicicleta	6/10	8/10
13:00	Segui um dos vídeos de hatha yoga da minha mãe no YouTube	7/10	8,5/10
14:00	FaceTime com minha mãe e Spencer para ver a programação desta noite	3/10	10/10 (Spencer estava me testando)
15:00	Me aprontando	2,5/10	9/10
16:00	Pedi Uber para a estação de trem		
17:00	Talvez chorar um pouco de ansiedade no trem?		
18:00	Hora do lançamento		

30

Atrasada, estressada e provavelmente malvestida, apoio meu celular sobre a cômoda e examino, nervosa, a minha imagem com a câmera frontal. O tom de discagem do **FaceTime** ecoa enquanto ligo para o grupo do Tranqs.

Olhando para a lente, espero que eles atendam, colocando as mãos logo acima dos quadris e fazendo beicinho, tentando diferentes poses para ver como as fotos desta noite podem sair. Mas estou forçando, como torcer os membros rígidos e plásticos de uma boneca Barbie para brincar de faz de conta.

O tom de conexão do **FaceTime** bipa sem resposta. Toco na tela para tentar conectar de novo, porque, mesmo quando acho que estou bonita, preciso de uma garantia, algum emoji de olhos de coração na vida real. Principalmente esta noite. Uma rajada de vento, remanescente da tempestade de verão de ontem, entra pela janela aberta, atingindo a parte de trás das minhas pernas, quente como um bafo ruim. Mas eu consigo sentir. Na minha pele nua.

Vamos, atendam, atendam.

Se Joss e Hev não atenderem desta vez, vou ter que ir sem o apoio deles; o Uber está marcado para as quatro e meia. Vou me afundar na minha insegurança durante todo o trajeto no banco de trás do Uber e no vagão de primeira classe do trem até Londres, imaginando se tomei a decisão certa, até chegar ao sexagésimo nono andar do THE SHARD, onde, como Anarchy disse, todos os olhos estarão em mim.

– Droga... – murmuro.

Meu vestido preto de couro sintético está todo amontoado na cintura, então eu desfaço o nó do cinto para amarrá-lo mais apertado, e é claro que esse é o momento exato em que Joss atende a ligação. Estou segurando os dois lados do vestido aberto como asas de morcego, quando minha boca se abre.

– Merda, desculpe – diz ele. – Eu não vi...

Há um atraso na conexão do **FaceTime** e a imagem de Joss congela com uma mão cobrindo o rosto, um olho ainda espiando entre os dedos. Eu fecho o vestido novamente, dando um nó apertado no cinto, um sorriso se escondendo nos lábios.

– Não vi nadaaa...

A imagem salta alguns quadros à frente, enquanto a chamada tenta manter a conexão, e nesse quadro congelado os olhos de Joss estão fechados, a boca esticada num sorriso bobo, como uma criança que teve permissão para ficar acordada até tarde para assistir a um filme com cenas de nudez.

– Descuuulpa. A internet está uma droga.

A voz dele sai em tons distorcidos, mas à medida que seu rosto pixelado se move pela tela e os sons fragmentados da sua risada enchem meu quarto, o ambiente fica um pouco mais quente, a voz de Joss afastando os ecos da casa vazia e as dúvidas de que não pareço bonita o suficiente. Enquanto a chamada tenta manter a conexão com ele, eu percebo que *essa* conexão humana genuína, poder ouvir o som das risadas dele, o cheiro de suas roupas ou a textura de sua pele no rosto por trás de um nome de usuário é o que eu precisava havia muito tempo, algo que as palavras gentis de estranhos sem rosto nas seções de comentários nunca poderiam me dar.

Conhecer Joss e Hev trouxe de volta ao meu corpo minha essência despedaçada; quando os conheci na terapia de grupo, tive que voltar a ser real.

A qualidade da chamada melhora um pouco e consigo ver que as bochechas de Joss estão vermelhas.

– Está tudo bem, você pode olhar agora. – Eu dou risada, mexendo no meu cinto, incapaz de sustentar o olhar. – Mas podemos não fazer disso um grande problema?

– Eu? Fazer um grande problema do fato de entrar no **FaceTime** e ver você quase nua? Nunca. – Joss sorri de forma provocante, rindo baixinho enquanto coloca as mãos atrás da cabeça. – Oi.

– Oi – eu digo. – Então, o que você acha?

– Garota, uaaaaau! – O rosto de Heather aparece num quadrado de vídeo quando ela entra na chamada. Só é possível ver peitos e queixo, porque o notebook está apoiado no estômago dela. – Você está poderosa, tipo uma garota de negócios.

– Oi, Hev – digo.

– Tudo bem? – Heather luta contra o monte de almofadas atrás dela enquanto se ajeita. – Então, continue, como você fez no final? Suas pernas estão fabulosas, tipo, eu nunca seria capaz de dizer.

Quando as últimas palavras saem dos seus lábios, ela arregala os olhos.

– Não que se você decidisse sair sem cobrir suas cicatrizes não estaria tudo bem. Não foi isso o que eu quis dizer – ela gagueja. – Você sabe o quanto te acho corajosa e linda...

– Hev, sério – eu a interrompo. – Eu *sei* o que você quis dizer.

Joss pigarreia, claramente apenas lembrando por que eu liguei para eles e que foram as mensagens de encorajamento deles que me deram coragem para sair com a pele nua esta noite.

– Caramba, sim. Você está ótima! – Ele engole em seco.

– Você não lembrou que hoje era sem meia-calça, né, Joss? – pergunta Hev.

– Bem, não, mas só porque eu sempre acho que ela está bonita. Você está sempre linda, Amêndoa.

– Obrigada – eu digo, me virando para esconder meu rosto e mostrar à câmera a parte de trás das minhas panturrilhas, o vestido afunilando com uma bainha elegante logo acima do joelho. – Eu tive que assistir a alguns tutoriais no YouTube. Sinceramente, era como se eu estivesse fazendo cabelo e maquiagem para um filme ou algo assim.

Chega. Eu não vou aborrecê-los com os detalhes sobre como eu espalhei o primer pelas pernas, passei corretivo de longa duração sobre as cicatrizes, apliquei uma base especial para o corpo (tive que procurar na internet para encontrar uma versão vegana) e depois as cobri com pó e *spray* fixador. Eu sei que não estou cem por cento natural, talvez nem setenta por cento, mas é assim que me sinto confortável no momento. Removendo uma camada de cobertura por vez. Hoje à noite é a meia-calça. Um dia, espero que minha prática de amor-próprio tenha se infiltrado em meus ossos o suficiente para eu mostrar cada centímetro da minha pele imperfeita sem uma máscara de cobertura cosmética, mas não esta noite. Ainda não cheguei lá.

Eu olho o resultado da minha "obra" e minha confiança vacila quando me imagino chegando ao lançamento. De longe, acho que as pessoas poderiam supor que eu tenho sardas fofas, uma pele como uma casca de ovo salpicada. Mas de perto dá para ver a pele seca e quebradiça, com camadas e camadas de maquiagem, como papel machê de pré-escola. As piores cicatrizes, as mais escuras e profundas que cicatrizaram mal, ainda parecem visíveis se a pessoa chegar perto o suficiente.

– Você realmente acha que dá para eu sair assim? – digo, lutando com a dúvida.

Quando me deparo com o silêncio, olho para cima e vejo a imagem congelada novamente, justo quando a voz de Heather irrompe com um:

– Garooooota... Você... está ótima! De um a dez, a sua nota é... onze! Pernas onze! – ela grita, o vídeo finalmente nítido o suficiente para que eu possa ver seu rosto radiante bem perto da câmera.

– Obrigada, Hev – eu digo, olhando para o teto para conter as lágrimas nos olhos, evitando que o rímel borre. – Joss, você ainda está congelado então estou imaginando que está dizendo "Vai, maravilhosa, arrase!", portanto, obrigada. Muito obrigada. E com isso – eu me inclino para a câmera, afastando a notificação dizendo que Aleksander chegou com seu Mercedes Benz –, preciso me despedir de vocês, meu Uber está aqui. – Prendo a respiração por entre os dentes. – Me desejem sorte, amo vocês.

Com Heather fazendo uma dancinha feliz e acenando antes de desligar, e a transmissão de vídeo de Joss ainda como uma tela preta, eu me preparo para encerrar a ligação. Mas antes que eu possa fazer isso, uma imagem estática do rosto sério de Joss preenche a tela, seu boné apertado nas mãos, os olhos tempestuosos intensamente fixos na lente.

A conexão captura o som, mas o vídeo fica para trás.

– Eles vão amar você, Avelã. Quem não amaria?

Eu olho nos olhos dele, meu dedo posicionado sobre o botão vermelho, e abro um daqueles sorrisos que faz você se sentir como se tivesse passado o dia inteiro sob o sol. Um calor percorre a minha espinha.

– Tchau – eu digo baixinho, desligando e guardando o celular na bolsa.

Dou uma última verificada rápida na bolsa – chaves, carteira, batom –, depois desligo as luzes e tranco a porta, entrando no banco de trás do carro de Aleksander.

– Amêndoa? – ele pergunta, piscando para mim pelo retrovisor.

– Sim. – Eu sorrio. – Sou eu.

31

— Que culpa eu tenho? Não era eu que estava dirigindo o trem para Londres, entendeu, Spencer? – digo no celular, encerrando a ligação enquanto saio do estacionamento escuro e me acomodo no banco de trás do carro dele, prestes a continuar a discussão cara a cara. Bato a porta, me isolando da agitação das pessoas, as buzinas e o barulho dos pneus na rua molhada de chuva. Eu me inclino entre os dois encostos de cabeça para poder dizer o resto na cara de Spencer. – Eu não posso fazer nada se uma pessoa se jogou nos trilhos em Chippenham, posso?

– Muito egoísmo... – ele resmunga, num tom de reprovação, dando seta para sair da área de embarque e desembarque. Eu nem acho que ele esteja se referindo a mim. – Cinto de segurança – ele diz, estalando os dedos e pressionando a têmpora, com uma careta ao ouvir o apito estridente do alarme de segurança do carro.

– Você parece estressado – digo, indiferente.

Eu tiro uma foto do para-brisa sombrio e molhado pela chuva, as linhas de preocupação na testa de Spencer visíveis mesmo de perfil, enquanto ele olha pela janela do passageiro, prestes a cortar a frente de um táxi preto. Eu envio a foto para o grupo do Tranqs.

> **Amêndoa**
> Acabei de chegar em Londres.
> Meu motorista é um babaca.

– Fazer o quê? Estou estressado – ele resmunga. – Só para eu lembrar, que grife você está vestindo mesmo?

– Ah... – Eu olho para o meu vestido de segunda mão que Callie escolheu para mim num bazar de caridade da Cruz Vermelha no ano passado. – É *vintage* – eu digo, as costuras bem gastas se ajustando confortavelmente ao meu corpo. Eu sabia que minhas suprarrenais já estariam fazendo hora extra hoje à noite, então não queria adicionar a pressão de um espartilho que mal me deixaria respirar ou a complicação de um sutiã adesivo.

Como estou usando minhas roupas significa mais para mim agora do que a marca que estou vestindo.

– Hum. Então você não deve estar vestindo nada que esteja na moda.

Ele está sendo completamente ignorado por isso. Do lado de fora, as pessoas se abrigam sob pontos de ônibus e andaimes, se protegendo daquele tipo de chuva que espirra e encharca. Spencer fala comigo de um jeito brusco e intermitente, parecido com o modo horrível como dirige. Enquanto eu só murmuro um "Hmm" e "Ah, entendi", fingindo prestar atenção em quem está na lista de convidados hoje à noite e qual jornalista devo bajular, eu olho pela janela para a multidão de Londres. É possível ver de tudo. *Hijabs*, cortes raspados, albinos, andróginos, melanina, afro, *steampunk*. Dois garotos se beijando. Um irmão preto e um branco, com a mãe cheia de tatuagens. Uma senhora idosa com um moicano. Um homem com um papagaio no ombro. Senhores de cabelos brancos compartilhando um jornal num banco. Rapazes com uniforme de time de futebol. Muitas mães e pais. Uma mulher linda e radiante com uma barriga grande de grávida, subindo a rampa de um ônibus. Pessoas apenas sendo pessoas, vivendo simplesmente. E eu sou uma delas, uma de nós.

Eu me abaixo e passo as mãos pelas minhas pernas, como se eu tivesse magia nos dedos, arrepios percorrendo os meus braços, enquanto uma ansiedade nervosa me atravessa. Estou prestes a ser eu mesma em público, no hiperpúblico que é o mundo dos influenciadores.

É verdade que minha mãe e Spencer não vão ficar felizes por eu ter escolhido a noite mais importante da carreira deles para me mostrar completamente, mas estou pronta para deixar as pessoas *me* conhecerem. Se as últimas semanas me ensinaram alguma coisa, é que mentir para viver é infinitamente pior do que ser você mesma e dar menos importância ao que as pessoas pensam. Eu faço uma entrevista imaginária na minha cabeça com uma das jornalistas que Spencer estava citando para mim um minuto atrás, Harper Atkins. Eu me imagino falando no pequeno gravador dela: *Sim, é verdade. Eu, Amêndoa Brown, também sou um pequeno ser humano que solta pum, tem falhas, é irritante e vil, assim como todos vocês.*

– Olá? – Spencer fala por cima do ombro, interrompendo minha entrevista exclusiva imaginária e me trazendo de volta para o carro abafado. – Chegamos.

Enquanto deslizo do banco de trás e piso no pátio em frente ao THE SHARD, Spencer deixa as chaves do carro na palma da mão do manobrista, que não parece feliz por estar vestido da cabeça aos pés com um terno de veludo da cor característica da VEGLOW. Amarelo-gema. Eu olho para o tapete amarelo combinando, com poucos fotógrafos e alguns fãs, e sinto minha postura se desfazer um pouco, à medida que a minha confiança diminui.

Para passar o tempo antes de ter que enfrentar todos, verifico meu celular.

> **Electra Lyons**
> Só queria te desejar boa sorte esta noite. Você consegue! Apenas sorria e acene, garota, sorria e acene. Sei que você vai tirar de letra toda essa bobagem 🥴🥴🥴🥴🥴🥴
>
> Vai lá e arrasa!

Sentindo meu brilho voltar na intensidade máxima, respondo rapidamente com uma sequência de emojis de coração, ciente de que as pessoas sabem que eu cheguei e Spencer não vai ficar distraído com a bajulação dos paparazzi por muito tempo. Faço uma *expressão de horror* para o manobrista e ele ri, jogando as chaves de Spencer para o alto no mesmo instante em que um grito gutural de "NÓS TE AMAMOS" me dá o maior susto, fazendo o manobrista rir ainda mais. Estou prestes a perguntar a Spencer onde diabos está a minha mãe, porque pensei que iriam querer nos fotografar chegando juntas e tal, mas ele já foi, desfilando pelo tapete amarelo.

OK, vamos lá. Modo robô ativado. Ando cruzando as pernas como uma modelo, meu rosto vazio porque, adivinhe, eu não quero estar aqui e eu não vou sorrir para nenhum desses sanguessugas, mesmo que tecnicamente eu esteja trabalhando para a VEGLOW agora. Essa é a melhor coisa sobre estar nesse negócio, é perfeitamente aceitável que você ande por aí com cara de bunda – até incentivado.

Alguns passos à minha frente, Spencer dá uma voltinha para mostrar seu traje lilás da Prada para a multidão diminuta. Sua expressão espelha a minha – lábios cerrados, apáticos, parecendo um pouco constipado. Devo ter perdido alguma comunicação silenciosa e sutil nesse giro, porque ele vira a cabeça por sobre o ombro, os olhos me fitando intensamente, e lança um olhar para um grupo de meninas apoiadas nas grades. *En-ga-ja-men-to*, percebo os olhos dele gritando para mim. Obediente, eu caminho até o bando de garotas e todas suspiram e riem quando ofereço para elas meu sorriso especial para superfãs.

Eu aceno.

– Oláááá! – Morta por dentro.

Tento engolir a amargura que sinto com relação à minha mãe, Spencer, a indústria de influenciadores e até mesmo a essas pessoas provavelmente adoráveis por me trazerem até aqui, tão exposta e escrutinada, quando na verdade eu só queria estar vestindo roupas confortáveis, encolhida diante da TV com Joss, na casa dele sem os pais.

Ah, meu Deus! Ela está aqui, é ela, é Amêndoa Brown, eu te amo, posso tirar uma selfie?

Nos minutos seguintes eu poso para *selfies*, piscando freneticamente, dentes sempre à mostra, me perguntando se a minha maquiagem corporal teria borrado quando saí do carro, mas sem querer olhar para baixo para não chamar a atenção para isso.

– Desculpe, meninos, meninas e garotada LGBTQIA+! – Com um sorriso forçado no rosto, Spencer se abaixa até a minha altura. – Vá para os tabloides – ele diz. Fazendo parecer brincadeira, ele me *empurra* em direção a um grupo de homens que parecem ou excessivamente animados por estarem aqui ou tão entediados que chegam a ser rudes. Sem meio-termo.

– E o *que* é isso espalhado nas suas pernas, é sujeira?

Meu coração se encolhe e cai no meu estômago. Depois de todas as camadas de maquiagem, incentivo, paciência e amor-próprio que apliquei em mim mesma hoje, Spencer Dorsey diz que pareço suja e instantaneamente me sinto um lixo.

– Eu te vejo lá em cima – ele sussurra.

Depois de posar para os fotógrafos e seguir atordoada, empurrada pelos seguranças rigorosos do THE SHARD, tive de fazer uma pausa para cantar "Parabéns" pelo **FaceTime** para o primo de um guarda de segurança.

Dou passos cautelosos pelo piso de mármore, me perguntando onde Spencer teria ido. Ali dentro está estranhamente silencioso, o vento ártico do ar-condicionado arrepiando a minha pele.

Eu me apoio contra uma grossa coluna de mármore e tiro o celular da bolsa, esperando ver uma mensagem dele me avisando que foi ao banheiro e que eu devo esperar na porta, mas ele também está ausente do mundo virtual. Pego uma taça de champanhe de uma bandeja oferecida por outro homem de terno cor de gema e pressiono duas vezes o botão do elevador, esperando que ele chegue antes que o garçom perceba que só *pareço* ter 18 anos.

– Há, senhorita – ele gagueja, no exato momento em que as portas se abrem com um som de *ping*. – Posso ver a sua ident...

– Tim-tim! – Eu sorrio, entrando no elevador e pressionando um botão no painel.

As portas se fecham com um *plonc* e eu me vejo cercada por todos os lados por um exército de infinitos reflexos de mim mesma no espelho. Levo a taça de champanhe aos lábios e a viro garganta abaixo de uma só vez, a efervescência se dissolvendo dentro de mim. No sexagésimo oitavo andar, saio do elevador e sigo uma trilha rústica de flores silvestres em direção ao som vazio de música eletrônica e o tagarelar vazio das influenciadoras fingindo que não se desprezam mutuamente.

– Por ali – me ordena uma mulher com um iPad, me conduzindo através de uma sequência de cenários fotográficos, que foram montados na entrada.

Primeiro sou fotografada diante de um fundo branco com o *slogan* da VEGLOW impresso nele numa fonte grossa e chamativa. "100% Vegano. 100% Livre de Plástico. 100% Radiante." Quando me viro, as palavras se fixaram na parte de trás das minhas pálpebras, impressas ali pelo *flash* ofuscante da câmera.

– OK, agora de perfil.

Preciso de mais champanhe.

Ao me virar para a esquerda, de modo que possam me fotografar de perfil, eu dou de cara com uma enorme versão de papelão de mim mesma. Eu encaro meus próprios olhos imóveis, vendo ali uma desconhecida retocada com um aerógrafo. Minha pele impecável está sem pigmento, para que eu quase possa "passar" por uma garota branca.

– Ótimo! Sombria, pensativa, eu gosto. Continue assim – diz um fotógrafo.

Meus olhos se voltam para o clone de papelão da minha mãe, posando com as mãos nos quadris ao lado da minha versão.

Aturdida com as nossas versões de papelão, eu tropeço e sorrio no caminho até a próxima sessão de fotos, me esforçando ao máximo para parecer confiante e influente, mas por dentro atordoada com a diferença mais gritante entre mim e o meu clone de papel: a nossa pele. A dela é impecável, a minha cheia de imperfeições e estranhamente coberta. De repente, estou perfeitamente consciente do *flash* iluminando até a menor das minhas cicatrizes ou qualquer leve discrepância na minha maquiagem corretiva.

– OK, já chega. Acho que já temos o necessário. – A mulher com o iPad se aproxima de mim, seu rosto pálido pairando na frente das luzes de estúdio, as pernas numa posição de V invertido, enquanto ela ergue o queixo e baixa o olhar, piscando reflexiva.

– Hmm – diz ela, examinando minhas pernas. Com um último olhar percorrendo meu corpo de cima a baixo, ela pega o celular e começa a digitar, olhando para mim com o rosto sério.

– A Paisley aprovou essa... roupa?

– Hum, não... – Eu cruzo uma perna sobre a outra, tentando em vão minimizar minha exposição. – Acho que não.

– Humm. As fotos serão enviadas ao seu empresário para aprovação dentro de vinte e quatro horas. Vamos precisar de você outra vez mais tarde para posar com Eva Fairchild.

– Você quer dizer minha mãe? – eu bufo. – Onde ela está, afinal?

Mas meu sarcasmo cai em ouvidos surdos e cravejados de ouro amarelo e branco enquanto ela gira nos calcanhares e se afasta sem responder. Rude.

Eu solto o ar que estava prendendo no meu estômago contraído, sentindo um fluxo de sangue pulsar nos ouvidos no ritmo da batida da música eletrônica ao fundo. Pego outra taça de champanhe de uma bandeja enquanto um garçom passa e me encolho num canto escuro perto de um guarda-volumes, observando a multidão de influenciadoras e tentando encontrar a minha mãe, a única constante em todo esse caos artificial. Ou mesmo Imogen. O que é uma bobagem, porque Celeste nunca deixaria a própria filha nos apoiar depois que a fizemos perder quase meio milhão de seguidores. Ingenuamente, eu meio que pensei que Immy talvez pudesse sair de casa furtivamente mesmo assim, apesar da mãe, só para mostrar que é minha amiga. Eu acho que nós duas estamos tentando ser amiga uma da outra. Mas, quando percorro as redes sociais e não vejo nenhum *story* de Immy, percebo que ela está em silêncio.

Eu me acomodo no meu canto discreto, olho ao redor, procurando minha mãe de novo, quando o celular vibra na minha mão.

Hev

Como estão indo as coisas por aí? Já cegou alguém?

(com a sua beleza, é claro. Não quero que seja acusada de nenhum delito grave)

Amêndoa

Não tão bem. Mas não tão terrível quanto imaginei. Sei que é só impressão, mas parece que todo mundo está olhando pra mim

Hev

> Se as pessoas estão olhando é porque é o seu evento!! E porque você é:

Ela envia um *print* da definição do dicionário para a palavra "bonito", destacando a lista de sinônimos, o que me arranca um sorriso.

Hev

> Tudo isso aí em cima.

> Aproveite, curta ao máximo. Esse pode ser o seu último grande evento antes de você sair desse La La Land do iPhone

> De qualquer maneira, como está sendo?

Amêndoa

> Sinceramente, estou meio constrangida aqui. Toda essa idiotice por causa de um corretivozinho de merda

> Não deixe minha mãe colocar meu número de seguidores na minha lápide se eu morrer de vergonha 😅

Hev

> Quer dizer que eles estão colocando cocô nesse corretivo?!

Amêndoa

> Meu Deus do céu, Hev, você entendeu!...

Quando por fim guardo o celular, avisto minha mãe de relance do outro lado da sala, no meio de uma multidão que finge não ser uma multidão. Ela está cercada por celebridades de baixo escalão, que conversam e fotografam na esperança de que minha mãe saia no canto da *selfie* ou ria de uma de suas piadas exageradas – como um morango estragado cercado de mosquitinhos, em seu vestido de seda rosa perolado.

Olhando por cima do ombro dela, Spencer chama minha atenção enquanto sorvo o calor brilhante e dourado da minha próxima taça de champanhe. Ele provavelmente está esperando que minha mãe termine de falar com uma mulher que está segurando um daqueles ditafones debaixo do nariz dela, para que possa sussurrar no seu ouvido.

Olhe para Amêndoa apenas parada ali, apenas respirando, sob uma iluminação péssima.

OK, minha mãe está apertando a mão da jornalista e, assim como eu previ, Spencer *imediatamente* chega tão perto dos seus brincos de brilhante que corre o risco de engoli-los. Seu olhar fulmina minhas pernas, enquanto sua boca se move, e é como se eu pudesse sentir sua intensidade queimando a minha pele. Meu palpite é que ele tenha ficado furioso ao ver as fotos da imprensa por causa das minhas cicatrizes e está prestes a mandar minha mãe vir aqui para expressar sua decepção, a expressão dela desmoronando com a gravidade do que ele está dizendo. Mas, em vez disso, ela se esforça para sorrir novamente, enquanto toca o ombro de um ex-membro do elenco de *Made in Chelsea* e é engolfada por um abraço de lantejoulas, acompanhado de um gritinho estridente.

Enquanto ela está distraída, Spencer marcha até mim, seus passos com a precisão de um acupunturista, e me leva para dentro do guarda-volumes. No silêncio acolchoado proporcionado pelas paredes de casacos, o tilintar das taças e o burburinho da festa desaparecem e eu me deparo com as narinas dilatadas de Spencer enquanto ele me olha de cima a baixo, a adrenalina perseguindo as bolhas de champanhe pelas minhas veias.

– O que. Você. Fez? – Spencer diz, seu rosto com o bronzeado de St. Tropez enrugado como uma casca de laranja seca. – Não parecia tão ruim lá fora, parecia algo que sairia no banho, mas meu *Deus*, sob as luzes... dê uma olhada em você. – Ele encosta a mão fechada na boca, balançando a cabeça.

Espere aí! Ele está realmente preocupado?

– Estou bem, não se preocupe. É o problema de pele que me levou a consultar o dr. Wallace. A coceira que eu...

– Não é isso – ele zomba. – Eu sei de tudo isso. Quem você acha que encontrou um psiquiatra com formação em dermatologia? *Hello*?... Quero dizer, o que deu em você para resolver "revelar" – ele faz aspas no ar – as suas pernas hoje à noite?! Justamente esta noite! Quando você está lançando um *creme para embelezar a pele*. Você está falando sério? Está falando sério comigo mesmo?

– Mas estou melhorando e só pensei...

– Calada! Não, não – ele ri, fingindo cerrar os lábios de raiva como um vilão de novela. Acho que ele realmente enlouqueceu. – Não estou nem aí para o que você pensou. Eu me importo é com a Harper Atkins da revista *Glam* esperando você para entrevistá-la há dez minutos, e todas as perguntas dela serão para saber se isso é algum tipo de efeito colateral do Serenity ou algo assim... E eu nem posso subornar a imprensa para pedir que apaguem as cicatrizes porque vai haver as fotos de fãs.

Spencer caminha de um lado para o outro, atravessa uma parede de peles artificiais e paletós, e agora conversa consigo si mesmo, enquanto fico ali de pé, suportando a vergonha infernal que está consumindo meu corpo. Meus dedos tremem dos lados do meu corpo.

– Vamos ter que seguir a rota do experimento social. Ser sinceros e dizer que você está lutando contra isso há algum tempo, mas que escondemos do público até hoje porque era tudo parte da campanha, tirar algumas fotos do tipo antes e depois falsas. OK, posso fazer isso dar certo.

– Mas ainda não há um *depois*... Ainda estão cicatrizando.

– Como se isso importasse! Você realmente acredita que a bunda da Kim Kardashian fica daquele jeito só com uma cinta modeladora? A realidade pode ser o que queremos que ela seja, querida.

E com isso, a sementinha de amor-próprio que essas últimas semanas plantaram dentro de mim é arrancada pela raiz e minha autoestima se deteriora e vira esterco. Tento cultivar um pouco do sol de Hev de antes, ou a maneira como Joss me faz me sentir desejada, mas enquanto Spencer lê em voz alta o rascunho que ele está digitando no aplicativo de notas para anunciar o meu suposto experimento social, tudo o que eu sinto é a noite mais negra. Eu tremo.

– Certo, vou finalizar um roteiro amanhã e rezar para que Paisley aprove. Me passa seu celular. Vou ter que preparar o terreno agora, publicar alguns *tweets* vagos que farão as pessoas falarem. E, de qualquer maneira, *alguém* tem que promover este produto. – Ele suspira, colocando um dedo na sua covinha no queixo, semelhante à fenda de uma bunda. – Sabe, é engraçado. Você não pensaria que uma pessoa que acabou de se tornar embaixadora da maior marca de beleza vegana do mundo estaria twittando sem parar sobre isso como se fosse o trabalho dela? Ah, mas espere, na verdade é o *seu* trabalho! Seu único trabalho, aliás. E mais uma vez sou forçado a intervir e salvar a sua pele ingrata. O que eu sempre digo? Engaja...

– ... mento – eu completo, entorpecida, enquanto uma lágrima desliza pela minha bochecha.

Eu penso na minha mãe e no quanto isso significa para ela, como ela trabalhou duro, enquanto as serpentes da culpa e da vergonha se contorcem no meu estômago.

– Você precisa que eu fale com alguém? Com essa Harper alguma coisa?

– Esse é o espírito! – rosna Spencer, meu celular batendo contra o dele quando ele o guarda no bolso da jaqueta. – Mas não. Prefiro quando você não fala nada. Vou enrolar Harper com a sua mãe, insinuar que ela está saindo com algum apresentador de jogos da ITV ou algo assim. Acho que já vimos mais do que o suficiente de você. – Os olhos dele percorrem descaradamente as minhas pernas, indo das coxas aos tornozelos e depois fazendo o caminho de volta. Ele dá um passo na minha direção, sua loção pós-barba ardendo no fundo da minha garganta.

– Então, parabéns, você está livre pelo resto da noite. Vai ter seu celular de volta quando eu terminar de fazer o seu trabalho por você, OK?

Sem dizer nada, eu afundo no chão, coberta por mangas de casaco e punhos de grife, enquanto Spencer gira nos calcanhares e me deixa em paz e com a pele em chamas. O pensamento de que estou a várias cidades de distância de Joss e da noite que eu poderia estar aproveitando ao lado ele, onde eu seria aceita, tocada e abraçada com amor, sem maquiagem, nua em todos os sentidos significativos, parece aproximar os casacos pendurados como fantasmas ao meu redor. Com um soluço, eu me debato, arranhando a mão nos casacos em busca de algo em que me agarrar. Minhas unhas batem contra algo escondido numa jaqueta, fazendo um barulho metálico. Esperando encontrar uma garrafa em miniatura, vasculho os bolsos de grife até ouvir o som metálico novamente e enfio a mão no forro de um paletó Armani. As palavras de Spencer rastejam em minha mente enquanto eu puxo uma garrafa de bolso cheia de um líquido amarelo... E... *ops*, lá vai seu beijo frio metálico em meus lábios. Eu bebo um gole. Faço uma careta. Caramba, o que é isso? Uísque?

Bebo um pouco mais, esperando sentir seu suave amortecimento.

32

Soluço.

– Então, o que você acha? Ainda estamos só na fase da conversa? Será que devemos ficar juntos? – pergunto, desesperada pela opinião de Nevaeh sobre mim e Joss, depois de eu ter praticamente dissecado meu coração diante dela, enquanto ela retocava a maquiagem no banheiro.

Ouço a descarga do banheiro e Nevaeh sai do cubículo, um dedo segurando uma narina fechada, enquanto ela inspira o ar com a outra, com a força de sucção de um aspirador de pó.

De pé ao meu lado na pia, ela tira o pó branco do seu arco do cupido e me pergunta:

– Quantos anos você tem mesmo?

O cotovelo que me apoia desliza para dentro da cuba da pia e é como se eu estivesse vendo a mim mesma numa superampliação em câmera lenta batendo o rosto contra o espelho. Meu reflexo está sonolento e sem vida. Pura tristeza.

– Estou bem, tá? – eu zombo, fingindo rir para que ela não pense que realmente doeu pra caramba. – Quantos anos você acha que eu tenho?

Eu limpo a garganta, envergonhada com a minha fala arrastada, embora não consiga evitar que a minha a língua misture as palavras na boca como se fossem um ensopado grosso e fibroso.

Nevaeh me observa no espelho por um longo tempo enquanto passa um gloss dourado nos lábios.

– Muito novinha para estar aqui, metida nessa merda – diz ela após uma pausa dramática, com um estalo de satisfação nos lábios. Deus, ela é *sexy*. E descolada. Parece que influenciar e ganhar dinheiro são exatamente as coisas em que ela deveria estar envolvida. Ela é como a Naomi Campbell dos anos 1990, exceto que é da geração do milênio e de tamanho médio.

– Então, o que você acha? Estou sendo muito ingênua? Eu realmente gosto dele, muito mesmo.

– Eu não sei, querida. Mas, olha, estou indo para outro lugar agora, então você terá que arranjar uma nova amiga de banheiro. – Outra? Nevaeh já é a minha segunda.

A garota anterior era uma ouvinte melhor.

Ah, meu Deus, acabei de dizer isso em voz alta?!

Com os olhos se desviando do celular, ela olha para mim com um ar maternal afetado, polegares ainda digitando uma mensagem como se estivessem possuídos. Ela suspira.

– OK, você e esse tal de Josh. Sinceramente, eu só acho que as pessoas agem como idiotas quando estão dominadas pelos sentimentos. Assim como você. E esse garoto também... Ele provavelmente está tão confuso e assustado quanto você diante da ideia de se envolver com alguém como você.

– Alguém como eu?

– Alguém famoso. Alguém que é um pouco de todo mundo. Confie em mim, esta vida realmente mostra quem está nela de verdade e quem está apenas buscando fama, entendeu? Encostando a bochecha na minha, ela estala os lábios sem alma na minha orelha. – Beijinho. Já vou agora. Foi um prazer te conhecer, querida.

– Tchau, Nevaeh, tchau. Obrigada por tudo... querida? – O que resta da garrafa de bolso tilinta contra o metal enquanto eu aceno para ela, saindo do banheiro. – Espera, nós já nos conhecíamos? – murmuro enquanto ela desaparece pela porta de vaivém.

Eu dou de ombros, fazendo uma careta enquanto bebo as últimas gotas ardentes de uísque.

E agora?

Sem celular e sem um pingo de álcool. Ando com passos pesados até um cubículo, fecho a tampa do vaso sanitário e me sento nela, apoiando o queixo nas mãos. Bem, isso é entediante. Quanto tempo eu fiquei conversando com Nevaeh? E qual era o nome daquela garota antes dela? Hannah? Hayley? Não, *Harper*. Ela era legal, ouviu atentamente tudo o que eu dizia. Eu bato as unhas contra as laterais do cubículo, percebendo que não tenho a menor ideia de que horas são agora. Espera, Nevaeh não disse que ela estava saindo para uma *after-party*? Tipo, indo embora? Quanto tempo faz que estou desaparecida, bebendo escondida no banheiro de uma garrafa roubada na minha própria festa de lançamento? Meu Deus...

Eu saio cambaleando do cubículo e tateio meu caminho ao longo dos azulejos frios até a porta de vaivém, meus dedos roçando na porta quando alguém a empurra do outro lado.

– Ah, droga, desculpa. Oi? – O rosto da minha mãe aparece no vão entre a porta e a parede. – Jesus, Amêndoa! – ela sussurra, deixando sua voz leve de fada etérea, que usa em entrevistas, flutuar pela janela quando percebe que sou eu. – Estava te procurando em todos os lugares.

– Os banheiros são o último lugar que você procura?

– Bem, eu não esperava que você estivesse se escondendo aqui... – Ela para, se abanando, desconcertada. Seus olhos se estreitam para mim sobre as unhas. – Você está um pouco bêbada, querida?

– Vou ser sincera com você, mãe – digo, cambaleando na direção dela. – Estou muito bêbada.

– OK, vamos embora daqui – ela murmura, enganchando seu braço no meu enquanto confirma o ponto de encontro do Uber no seu celular. Percebo o contato físico espontâneo, como ela nem mesmo se afasta quando meu queixo quase borra a maquiagem em seu blazer branco, sua barriga desinflada, e estreito os olhos de volta para ela.

– Mãe? *Você* está um pouquinho bêbada?

Ela levanta a mão para juntar o polegar e o indicador e percebo novamente aquela faixa branca de pele onde a aliança de casamento costumava ficar, enquanto ela sussurra no meu ouvido:

– Só um pouquinho assim.

Nós rimos, saindo pela porta de vaivém e atravessando o espaço mal iluminado e quase vazio do evento. Vejo apenas algumas pessoas: convidados se despedindo em voz alta, trocando informações: "Meu pessoal vai ligar para o seu!", e funcionários, vestidos com aqueles pavorosos ternos amarelos, limpando o lugar.

– Então, como foi a festa? – sussurro. – Um pouco cedo para acabar, não é?

Minha mãe suspira.

– Um sucesso entediante, eu acho. – A ponta da sua unha de acrílico em forma de caixão aperta o botão do elevador. – Paisley nem deu o ar da sua graça, mas o produto vai vender, isso é o que importa. E o que é essa história toda de você fazer algum tipo de experimento social? Achei que tínhamos deixado esse tipo de conteúdo nos anos 2010.

– Foi ideia do Spencer – eu digo, tremendo de constrangimento outra vez, grata pela minha mãe estar mais bêbada do que "só um pouquinho assim", bêbada demais para perceber a extensão devastadora das minhas feridas, a maquiagem mal encobrindo alguma coisa agora. Ela provavelmente ainda acha que minhas pernas se parecem com as fotos de referência que enviamos ao dr. Wallace meses atrás, quando meus problemas só se manifestavam como uma erupção cutânea avermelhada na parte de trás dos joelhos, um simples arranhão na canela.

– Afinal, onde Spencer está? – pergunto, ficando na ponta dos pés para olhar sobre a cabeça da minha mãe. – Por favor, me diga que eu não tenho que aguentar duas horas de viagem de trem com aquele idiota com roupa cor de hematoma.

– Ele estava horrível, não é? – Minha mãe ri, o elevador fazendo "*ding*" quando as portas se abrem. Elas se fecham e somos só eu e ela e as milhões de versões espelhadas de nós presas no elevador. – Mas não, Spence está num encontro com uma garota com quem deu *match* no **tinder**, num bar em Shoreditch, então somos só eu e você viajando na primeira classe, querida.

– Legal – eu digo, evitando contato visual e me encolhendo no canto do elevador enquanto minha mãe olha os vídeos que as pessoas postaram dessa noite. De repente, me lembrando da reação de Spencer, minha mente exagera a cena dos dedos apontando e das gargalhadas estrondosas e não tenho certeza se estou pronta para que minha mãe veja as minhas cicatrizes. Mas *estou* pronta para expor aquele sanguessuga de língua maldosa como o falso amigo que eu sempre soube que era.

– Mãe, sobre o Spencer...

Na parte de trás do Uber, eu relato o confronto no guarda-volumes e acabo tendo que convencer minha mãe a não demitir nosso suposto empresário pelo telefone hoje, depois de ter tomado quatro martínis.

– Que reação mais exagerada a dele! Sinto muito por não estar lá – minha mãe está dizendo, deletando o parágrafo que acabei de impedir que ela digitasse para Spencer. – As fotos teriam ficado boas. Você já se consultou com o dr. Wallace por três meses agora e suas cicatrizes nem estavam tão ruins, querida. Me deixe ver.

Eu fecho os joelhos com força quando minha mãe segura a lanterna do celular sobre as minhas canelas.

– Ai, Amêndoa! – Minha mãe se recosta, o rosto contraído de aflição e, por um segundo, eu espero que isso se transforme em nojo, assim como aconteceu com Spencer, mas ela apenas balança a cabeça, estendendo a mão para pegar a minha. – Por que você não me contou?

– Eu não consegui. Não queria preocupar você, pois estava tão ocupada com a campanha e ela é tão importante para você... Eu só... eu continuei pensando que me sentiria melhor em breve, o que de fato aconteceu, e que iria sarar e ninguém iria reparar.

– Ah, meu Deus... – suspira minha mãe, baixinho. – E eu nem percebi... – Ela desafivela o cinto de segurança e passa para o assento do meio, acomodando minha cabeça em seu ombro. – Você deve ter sentido muita dor – ela diz, mais para si mesma.

– Está tudo bem, mãe. Estou bem agora. Sério, estou melhorando. As sessões do *Tranquilidade* realmente estão ajudando – eu digo, pensando principalmente em Joss e Heather.

– OK, vou ver se consigo marcar mais alguns tratamentos dermatológicos com o dr. Wallace.

Eu concordo. Embalada pelo movimento de subir e descer do peito da minha mãe, meus olhos começam a pesar e caio no sono enquanto as luzes de Londres piscam na janela, a caminho de Paddington. Agradecemos ao motorista ao chegar e caminhamos com confiança pela estação, vestindo nossas roupas glamourosas de noite de lançamento – um pouco amarrotadas, mas mesmo assim elegantes. No caminho, compramos sanduíches de abacate numa máquina de venda automática. Quando o trem chega na estação, em meio a uma rajada de fumaça negra e oleosa, corremos para a outra extremidade da plataforma, onde fica o vagão da primeira classe, e desabamos em nossos assentos, sem fôlego.

– Aqui está o seu celular, aliás – diz minha mãe, colocando-o sobre uma pequena bandeja dobrável onde abri um pacote de batatas fritas.

– Obrigada. – Eu tento desbloquear o aparelho, mas a tela continua preta; a bateria está descarregada. – Valeu, então, Spence... – digo, olhando de lado para a minha mãe, esparramada no assento junto à janela, enquanto eu mordo os lábios de nervoso, me preparando para dizer o que *preciso*, antes que toda a coragem que a bebida me deu esta noite se esvaia. Nas últimas semanas, vi vislumbres da minha mãe, antes de 2019, antes que a cultura do esforço a levasse, e antes de 2020, quando todos ficamos trancafiados dentro de casa e hiperfocados em como o mundo exterior nos percebe. Eu sei que o jeito como me sinto sobre todo esse caos que é ser uma figura influente ecoa dentro dela também.

– Mãe?

– Mmm?

– Posso te perguntar uma coisa?

– Pode – minha mãe diz, seu próprio reflexo brilhando em suas pupilas quando ela se vê num bumerangue na tela do celular. Pela primeira vez estou feliz que ela não esteja olhando para mim.

– Por que você começou isso? – me pego sussurrando. – Sabe, todas essas coisas nas redes sociais. Por que você começou?

Travando o celular, ela enfia o último pedaço do sanduíche na boca, mastiga devagar e amassa o invólucro numa bola de plástico. Eu espero, observando-a pelo reflexo da janela, uma coceira formigando nas minhas costas. Depois de um minuto, ela respira fundo pelo nariz e se vira para mim, enquanto uma escura fileira de árvores passa rapidamente do lado de fora.

– Eu já te contei o que eu queria ser quando crescesse? – ela pergunta, cruzando os braços, como se já tivesse tomado uma Grande Decisão na sua cabeça.

– Nunca, o quê?

– Parteira.

– Você?! – Eu enfio um punhado de batatas fritas na boca, rindo. – Como pode? Você não consegue nem assistir a um episódio de *Grey's Anatomy* sem ficar enjoada.

– Ah, não exagera. Eu até concluí o primeiro ano de faculdade, sabia? Com distinção. – Ela projeta o lábio inferior para fora e puxa o colarinho do *blazer*, tentando parecer convencida. Eu dou risada, mas na verdade estou meio chocada. Até orgulhosa.

– Então o que aconteceu? Por que você está entregando descontos de lojas agora, em vez de bebês?

Minha mãe sorri com tristeza, fica em silêncio por um minuto e tudo o que posso ouvir é o ranger dos trilhos e o som metálico da música vinda dos fones de ouvido de um cara algumas fileiras à frente.

– Minha mãe teve câncer – ela diz por fim. – Sua avó. Hazel.

Hazel? Minha mãe nunca menciona essa avó que eu nunca tive a chance de conhecer. Eu só a conheço como a mãe da minha mãe e que o nome dela é o meu nome do meio, mas é só. Ela morreu antes de eu nascer e minha mãe nunca fala sobre ela. Talvez eu esteja prestes a descobrir o motivo.

– Por isso você abandonou a faculdade? – pergunto, erguendo uma sobrancelha.

– Eu fui obrigada, não havia mais ninguém para cuidar dela. Meu pai morreu quando eu tinha 3 anos e sou filha única, assim como você. E seu pai.

Os dedos dela acariciam levemente sua clavícula enquanto ela olha pela janela novamente, e posso ver em seu reflexo que ela está perdida em pensamentos.

– Eu e seu pai, nós nos conhecemos não muito tempo depois disso e nos tornamos a nossa própria família. Eu tinha 19 anos, sua avó estava em remissão, e seu pai e eu tínhamos acabado de comprar nosso primeiro apartamento. Deus, era uma caixinha de fósforo em Easton. Mas eu estava feliz, querida, livre. E depois de tudo o que aconteceu com minha mãe da primeira vez, todas as internações, as horas intermináveis de quimioterapia, até aquele *cheiro* de alvejante de hospital, eu não quis mais voltar à obstetrícia.

— Eu não te culpo — murmuro, absorta na história. Eu me sento sobre as duas pernas, me aconchegando ao lado dela.

— Mudar para o apartamento em Easton foi solitário, no entanto — diz minha mãe, mastigando uma batata frita. — Seu pai estava fazendo um curso de carpintaria e eu ficava presa em casa, olhando o jornal em busca de anúncios de emprego todos os dias. Na verdade, meu primeiro vídeo foi uma espécie de currículo virtual engraçado e sarcástico que coloquei no Myspace. — Minha mãe faz uma careta, apertando os olhos e franzindo a testa. — Não está mais *on-line* agora, é claro.

— Era tão ruim que tiraram da rede? Você vai ter que me mostrar.

— Ah, provavelmente ainda está por aí em algum lugar. Depois que algo vai parar na internet, não pertence mais a você, não é? — Seu olhar, repleto de nostalgia, me envolve, e ela engole em seco, falando mais baixo agora. — Eu não sei como nem por quê, mas esse vídeo simplesmente explodiu. E isso foi antes de vermos algo viralizando todos os dias. E então comecei a receber mensagens de pessoas pedindo atualizações e vídeos de conselhos, e quanto mais solicitações e visualizações eu recebia, mais eu assistia a vídeos de outras pessoas e fazia comentários. Foi terapêutico, querida. Eu tinha uma comunidade onde ninguém me conhecia, ninguém queria me perguntar como minha mãe estava ou como eu estava "lidando" com a doença dela. — Ela estremece. — Odeio essa palavra... Na internet, eu podia ser apenas a garota engraçada que fez aquele vídeo de um currículo. Mas eu fiz mais alguns, apenas perguntas e respostas e outros tipos de vídeos populares no início, mas dei tudo de mim neles e as pessoas gostaram. Conforme fui ganhando mais seguidores, comecei a fazer blogs, depois vlogs. — Ela abaixa a cabeça e uma cortina de cabelos loiros escondem seu rosto. — Você sabe o resto.

– Sim. Eu nunca soube que foi por causa de Hazel, quero dizer da vovó, que ficou doente. – Balanço a cabeça lentamente. – E, tudo bem, parece que estou começando uma briga, mas não estou. Eu só preciso saber... por que eu tive que fazer parte disso? Se você gostou tanto de fazer isso por você, como eu me encaixo nisso? Por que... – *Ah, pelo amor de Deus, apenas me diga!* – Por que você quis isso para mim?

– Eu... ah, Amêndoa. – Minha mãe chora, beliscando o nariz para segurar um soluço. – Me dê um minuto.

Ao ver minha mãe fungar e vasculhar a bolsa em busca de lenços de papel, eu queria poder enfiar a pergunta de volta na minha boca. Eu tinha que estragar tudo, não tinha? Justo quando estávamos nos dando bem, sendo amigas.

Quando ela abre a boca para falar, um anúncio é feito pelo sistema de som.

– Sabe de uma coisa?... – eu digo, interrompendo enquanto a respiração dela ainda está alterada. – Não temos que falar sobre isso. Podemos apenas fingir que eu nunca disse nada e...

Minha mãe balança a cabeça, passa o polegar nos nós dos meus dedos e eu sei que ela tem que dizer isso agora, antes que o momento passe.

– Há uma razão para não haver nenhuma foto de minha mãe na nossa casa e eu não visitar o túmulo dela com frequência. – Os olhos dela se voltam para o teto do vagão, para impedir que as lágrimas caiam. – Eu nunca passei fome, nunca senti frio. E ela me amava. Era uma boa mãe. – Ela faz uma pausa, seus olhos procurando o teto como se ela estivesse escolhendo palavras com muito cuidado. – Mas ela era antiquada. Conservadora e presa a seu modo de ver as coisas.

Enfiando os calcanhares no assento, eu abraço os joelhos, querendo me enterrar, abafar o que minha mãe está prestes a dizer, porque já posso adivinhar o que está por vir.

– Ela me expulsou de casa – sussurra minha mãe. – Colocou sua única filha na rua por se apaixonar.

Ela olha para baixo, não quer dizer o resto. Então eu digo por ela.

– Porque meu pai era negro.

Assentindo, minha mãe assoa o nariz num guardanapo biodegradável da VEGLOW.

– Ela dizia que não tinha nenhum problema com "pessoas de cor"... Não lembro se foi assim que ela se expressou na época, mas não vamos entrar em detalhes. Mas ela não queria que eu me envolvesse com "uma delas". – Minha mãe faz aspas no ar como se eu não fosse saber que *ela mesma* não usa esse tipo de vocabulário ultrapassado. Enquanto ela faz as aspas, eu pego na mão dela e entrelaço seus dedos nos meus. Entre soluços silenciosos, ela tenta continuar seu relato. – Porque ela disse... ela disse que não seria justo com os filhos que poderíamos ter. *Mestiços*. Ela achava cruel trazer ao mundo crianças birraciais, porque elas não seriam tratadas da mesma maneira que crianças brancas e não teriam as mesmas oportunidades, seriam... feias. – Minha mãe abaixa a cabeça e faz algumas respirações longas e trêmulas. – É como se ela já tivesse decidido que a vida delas não valeria a pena antes mesmo de terem uma chance de vivê-la.

O trem segue ruidoso em direção à nossa cidade enquanto a história de como a minha mãe, *esta* mãe, se tornou a minha mãe se desenrola na minha cabeça. Minha mente evoca uma imagem da minha avó Hazel com base na pequena foto do passaporte que encontrei anos atrás, na gaveta da mesinha de cabeceira da minha mãe, seu olhar severo e sobrancelhas unidas, quase ocultas sob uma franja reta, seu cabelo fino e ruivo como o natural da minha mãe. Lábios finos e nariz afilado, íris da cor das folhas de lírio. Eu sempre a achei incrivelmente bonita e que gostaria de tê-la conhecido.

Agora imagino essa mulher chamando meu pai por termos racistas e forçando minha mãe a sair de casa, sozinha, sem família. Não é à toa que ela tenha se deixado adotar por estranhos na internet.

— Minha vida vale a pena – eu digo por fim, levantando o queixo, porque a verdade da minha mãe não me diminui nem me envergonha. Ela me enche de orgulho. Porque estou aqui, porque estou me saindo bem, porque sou *eu* em toda a gloriosa magia da minha mistura de raças. E não importa quantas contas apareçam imitando therealamendoabrown ou amendoahazelbrownoficial, ou quantas vezes alguém use a minha foto em aplicativos de relacionamento, ou compartilhe, baixe, reenvie meu rosto para ganhar curtidas ou tenha uma pasta estranha de *prints* meus no celular, sempre serei eu, existindo em meu próprio quadrado de vida.

Minha mãe balança a cabeça, como se pudesse ouvir meus pensamentos.

— Exatamente. Se ao menos ela tivesse visto a filha linda, ousada e radiante que eu iria ter... E acho que eu só queria que o resto do mundo visse também. – Ela passa a mão na minha testa, enrolando um dos meus cachos no dedo e colocando-o atrás da orelha. – Você sabe por que eu coloquei o nome dela como seu segundo nome? Porque assim uma pequena parte dela sempre estará com você, testemunhando todos os seus sucessos, todas as suas vitórias. Para que você possa provar que ela estava errada, apenas sendo você mesma.

— Te amo, mãe – eu digo, me aninhando nos braços dela. Enterro o rosto em seu ombro e ofego, lembrando que ela está usando um *blazer branco*.

— O que foi? – ela pergunta, enquanto segue meu olhar horrorizado para a ombreira agora coberta com a mancha napolitana formada pela minha base, *blush* e iluminador. – Ah, droga. Deixa para lá, vou mandar lavar a seco. Eu também te amo, querida.

E ela me abraça com a mesma intensidade.

Com olhos vermelhos e inchados, passamos o restante da viagem juntas, percorrendo a *hashtag* VEGLowXEvaAmendoa, ampliando acidentalmente *photobombs* acidentais e lendo legendas constrangedoras do *Instagram* uma para a outra. Nunca mais tínhamos feito isso, sentar e conversar como amigas. Minha mãe geralmente digita silenciosamente em seu celular, microgerenciando, compartimentalizando, sem estar realmente presente. Isso que estamos fazendo é melhor. Infinitamente melhor.

Ela lê outra legenda, rindo com a boca encostada no meu cabelo:

– "Enviando esta foto para a Nasa, porque sou uma verdadeira estrela!"

Eu sei, e provavelmente sempre soube nos cantinhos mais ocultos do meu coração, que eu nunca teria de volta a minha mãe antiga, por quem eu ansiava ao assistir várias e várias vezes a vlogs anteriores da mulher com cabelos frisados e ensolarados, que comprava apenas em lojas de rua e compartilhava suas descobertas de pechinchas na internet, que não sabia dizer a diferença entre a postura do cachorro olhando para baixo e do cachorro olhando para cima, no yoga. Ela não existe mais e tudo bem. As pessoas mudam. Novo não significa ruim. Tudo bem com essa minha nova mãe. Ela não é perfeita, mas existe alguém que pareça ser? Se existe, essa pessoa está fingindo. Eu tenho que aceitar que é assim que ela é agora e que está simplesmente sendo ela mesma e eu a amo como é – mesmo com a mania de dizer que conhece pessoas importantes, de colocar botox na testa e de queimar incenso.

– Ei, não tem nenhuma foto nossa nessa *hashtag*, querida, e foi o *nosso* evento. – Minha mãe estende o braço sobre o assento com o celular na mão, enquanto sorrimos para o teto. – Diga "show de merda".

O riso explode na minha boca e projeta saliva quando o *flash* dispara.

– Desculpe – murmuro, compondo meu rosto, pronta para tirar outra foto. Mas o braço de minha mãe já está abaixado, sem fazer menção de deletar, ampliar ou filtrar a foto.

– Eu gosto desta – diz ela.

Na foto, minha mãe está olhando de lado para mim e rindo, com ruguinhas nos cantos dos olhos, apesar dos esforços do botox. Sua pele está manchada de rímel por causa das lágrimas e ela está sorrindo de boca aberta, sem fazer beicinho. Meus olhos estão semicerrados de tanto rir, com o batom marcando o queixo e a sombra borrada por toda a pálpebra.

    No piloto automático, digo:

    – Meu Deus, estou horrível! Você não quer tirar outra?

    – De jeito nenhum. Você parece feliz, querida! – minha mãe diz, sorrindo. – Sabe de uma coisa? Acho que vou guardar essa só para mim.

33

Querida,

Estou indo para a aula de hot yoga, preciso recuperar minhas energias. O álcool sempre diminui minha frequência. Vou passar pela feirinha de orgânicos a caminho de casa e levar frutas frescas para o brunch. Deixei um pouco de água de pepino e analgésicos em sua mesinha de cabeceira, caso você tenha dor de cabeça pela manhã. Não volte a dormir após ler isto!! Você vai se sentir pior depois. Experimente uma saudação ao sol.

Com amor, mamãe.

Beijos!

34

Tomando o copo d'água que minha mãe deixou na minha mesinha de cabeceira, eu leio o bilhete dela novamente, meus olhos percorrendo os traços delicados da sua caligrafia. Acho que nem me lembro da última vez que vi qualquer coisa escrita à mão pela minha mãe, além da assinatura dela. Até seus cartões de Natal são encomendados pela internet e impressos por computador.

Eu volto a afundar nos travesseiros, o sol do fim da manhã se derramando pela janela, e me espreguiço, estendendo as pontas dos dedos dos pés e jogando os braços acima da cabeça, meus músculos bocejando com uma satisfação cansada. Protegendo os olhos do sol, eu rio alto quando me dou conta: estou livre! Posso parar de ser thereal_amendoabrown. Ainda não contei isso a ninguém, mas agora sei que posso. Depois da nossa conversa de ontem à noite, eu realmente acho que minha mãe vai me deixar rescindir o contrato com Spencer e desistir da profissão de influenciadora sem nenhum ressentimento, talvez até com um pouco de incentivo. Essa percepção é como beber um suco de laranja gelado, fresco, estimulante; um mergulho numa piscina num dia quente.

Sorrindo, pego o celular para mandar uma mensagem para Joss, dizendo que estou acordada e vou estar na casa dele dali uma hora, mas eu me deparo com uma tela preta sem resposta. Devo ter esquecido de carregá-lo depois que chegamos em casa ontem à noite. Eu tateio a pilha de roupas no chão, à procura do meu carregador, pensando no conselho da minha mãe sobre o yoga matinal. Animada com essas gloriosas vibrações de domingo, eu me levanto e abro um espaço no chão. Minha mãe sempre começa suas rotinas de yoga com a postura da montanha, então eu me levanto e relaxo nessa postura, me concentrando na respiração e depois juntando as palmas das mãos sobre o Terceiro Olho, antes de curvar a cabeça para baixo, dobrar o corpo para a frente e passar os braços atrás das panturrilhas. A sensação é a de mergulhar numa piscina de tinta branca. Uma calma tranquila e reconfortante.

Depois de praticar minha própria versão de saudação ao sol, eu me jogo na cama outra vez e pego o celular quando ele volta a ligar, polegares tocando a tela impacientemente, enquanto espero que ele peça a minha senha. Imediatamente o aparelho estremece com notificações, meu cobertor de calma sendo arrancado de baixo de mim, enquanto vejo aquele familiar nome de usuário várias e várias vezes.

> **anRkey_InCel51**
> Surpresa, vadia? Aposto que achou que não ia me ver mais, não é mesmo???

Eu jogo o celular sobre o travesseiro, sem me mover, sem respirar, enquanto observo mensagem após mensagem de Anarchy se acumulando na tela. Elas tinham sido enviadas durante toda a noite até as primeiras horas da manhã, e eu aguardo até que a vibração incessante pare antes de rolar a tela até o topo da conversa unilateral de Anarchy.

Como posso ter sido tão ingênua? Achando que ele ia ficar satisfeito com apenas aquele pagamento único e depois se esqueceria de mim, passando a intimidar sua próxima vítima para extorquir mais dinheiro.

> **anRkey_InCel51**
>
> Não pense que fiquei aqui, só de papo para o ar. Estive observando você.
>
> Sempre a ingrata caçadora de fama... Você tem mais de três milhões de seguidores e mal posta nada?! Tão mimada e arrogante...
>
> Em sinal da minha ingratidão, tenho planejado uma surpresinha para a sua noite de lançamento.
>
> Aqui vai uma prévia exclusiva

Começo a suar frio sob o edredom e paro de rolar a tela ao chegar na próxima mensagem de Anarchy, olhando fixamente para o arquivo de vídeo.

Meu cérebro insistentemente empurra aquela imagem adulterada com a qual Anarchy já me chantageou para o centro da mente e entro em pânico com a perspectiva de um vídeo pornô forjado. Não, não, *não*. *Como* assim? Qual software ou aplicativo de edição permitiria isso? Eu encaro o celular com horror. O vídeo não tem miniatura ou título, não há como me preparar para o que estou prestes a ver.

Então, eu aperto o play.

A cena leva a um óbvio quarto de hotel (carpete com arabescos, paredes nuas), com um homem de certa idade nu e com o pênis ereto sentado na beira de uma grande cama de casal, os pelos do peito grisalhos, os cabelos negros.

Ele dá um tapinha na cama entre as coxas, o que me faz cruzar as minhas e apertar forte, meu corpo reagindo como se houvesse uma ameaça física, mesmo eu estando sozinha em meu quarto.

Na tela, a atriz desfila, colocando uma perna na frente da câmera, depois a outra, a pele depilada e untada com óleo, sem marcas, sem cicatrizes ou imperfeições, o que me faz sentir um alívio imenso, pois não sou eu, o que é um pensamento ridículo, porque claro que não sou eu! Porém, à medida que a garota anda um pouco mais, revelando a parte superior das suas coxas, depois o bumbum, a curva da lombar, por fim as pontas dos longos cabelos cacheados cor de chocolate como os meus, sinto a realidade escapando da minha mente.

Ela não pode ser eu.

A câmera sobe pelos *meus* cabelos espiralados nas costas da garota e, quando o sujeito que parece ter idade para ser seu avô, diz: "Dá uma voltinha", um medo nauseante e paralisante me atinge no estômago. Porque é o meu rosto que olha por cima do ombro da garota quando ela fita a câmera de um jeito provocante. São *meus* lábios que mandam um beijo para a lente. Eu perco o ar.

As formas do corpo dela são parecidas com as do meu, mas não são idênticas – os mamilos dela são um pouco menores, mais altos, sua barriga mais firme – não que isso importe, porque ninguém nunca me viu nua, de qualquer maneira.

Como alguém vai saber que não são as minhas partes íntimas? A garota cruza a distância que a separa da cama e monta em seu parceiro de cena, movendo os quadris lentamente.

> **anRkey_InCel51**
> Agora todo mundo vai ver você como eu vejo: uma mera escrava sexual em ascensão, desesperada, que vende o próprio corpo.

Não consigo assistir ao resto. Com os olhos fechados, uma lágrima escorre pela minha bochecha, enquanto os gemidos ofegantes da garota aumentam com o rangido das molas da cama.

Um grito feroz e selvagem rasga minha garganta enquanto eu arremesso o celular do outro lado do quarto. Com a bochecha pressionada contra o colchão, eu puxo os joelhos até o peito e choro, soluços arrastados de dentro desse buraco profundo e ecoante que percebo que sempre esteve dentro em mim. Uma caverna vasta e escura que permanece oca, não importa quanto dinheiro, curtidas ou *coisas* são jogadas dentro dele. Vencida, eu paro de tentar me libertar desse vazio e, em vez disso, deixo que ele me engula.

Não sei quanto tempo fico deitada ali, mas quando me arrasto para fora da cama, o lençol está manchado de sangue, minhas unhas rasgaram a pele em fatias de meia-lua. Eu não sinto nada, embora saiba que deveria estar doendo. Eu me levanto, pego o celular, uma rachadura atravessando a tela, e me forço a ler o resto dos delírios insanos de Anarchy.

anRkey_InCel51

Espero que tenha gostado da sua estreia em filmes de sexo explícito. Você é uma profissional, uma atriz pornô nata. É como se tivesse nascido para se vender, não acha?

anRkey_InCel51

OLÁ???!!!!11!?!?!?!?1

Aposto que você está se perguntando o que eu ganhei fazendo a minha pequena obra-prima. Além da alegria de te humilhar, é claro.

NÃO me ignore

Eu passo por umas cento e cinquenta mensagens, algumas compostas de apenas uma palavra ou uma sequência de pontos de exclamação.

anRkey_InCel51

É evidente que você ESTÁ MUITO OCUPADA E É MUITO IMPORTANTE para falar comigo agora!!! Então vou deixar as minhas exigências aqui, para quando você decidir voltar a fazer o seu "TRABALHO"

Primeiro, eu quero que você delete a sua conta. TUDO. Para não sobrar nada de @amendoahazel e tal

Eu dou uma olhada rápida nas mensagens e solto um gemido estrangulado.

anRkey_InCel51

E preciso de mais dinheiro. 12.800 libras. Use o mesmo endereço de e-mail. anarchyanderson@protonmail.com

Você tem até o meio-dia de amanhã. É quando está programado o lançamento da *Estreia Anal Amadora da Amêndoa*.

Não brinque comigo. Eu vou saber se você for à polícia.

Meio-dia?! *Droga*, já são 11h48. Eu abro o meu aplicativo do banco e sinto um gelo na barriga quando vejo que ainda não há nenhum "adiantamento" da VEGLOW, rendendo juros. Só o que sobrou da mesada que minha mãe me paga com o dinheiro do AdSense: 139,68 libras.

Ah, meu Deus, *mãe*. Talvez eu pudesse perguntar a ela. Digo a ela que é para uma bolsa nova? VALENTINO? D&G?

Não, ela nunca acreditaria que eu quero gastar tanto dinheiro em algo de grife. Para que posso dizer que serve? Com os olhos inchados, eu olho ao redor do quarto, procurando algo caro e necessário o suficiente para que eu possa quebrar e perguntar a ela se posso substituir imediatamente. Mas não *tenho* nada que seja tão importante a ponto de precisar ser substituído com urgência.

Fecho os olhos e respiro fundo, tentando pensar e, quando os abro novamente, estou encarando diretamente a minha resposta. Kent. Oxford Brooks. Bath Spa. As lombadas de todos os prospectos de universidades que eu estava fingindo considerar, empilhados na minha mesa.

Vou dizer a ela que o dinheiro é para um curso universitário. Minha mãe não pode dizer não a isso. Rapidamente, dou uma olhada no folheto que está no topo da pilha, caso ela me pergunte sobre esse curso imaginário pelo qual estou prestes a ficar superanimada. Droga, são 11h51, não tenho tempo para isso.

Um curso de radiodifusão, isso vai servir.

LIGANDO PARA MÃE...

Ou talvez eu deva fazer o que deveria ter feito há muito tempo e simplesmente *contar a ela* sobre Anarchy, porque não consigo mais lidar com isso sozinha. Ela atende no primeiro toque, a ligação se conectando em silêncio.

– Alô? – Afasto o telefone do ouvido, verificando se ela não desligou, se o sinal está bom, e está, mas ainda ouço apenas a respiração entrecortada da minha mãe do outro lado. Quem atende ao telefone sem dizer alô? Por que ela não está dizendo nada?

– Mãe? – Nada. – Alô? Você está me ouvindo?

Ouço o brilho labial estalando quando seus lábios se separam.

– Você não verificou o **twitter**, então?

Um medo avassalador toma conta do meu corpo, subindo pelos meus nervos e se instalando como lodo no meu estômago, um gosto de bile na garganta. Desta vez sou eu que não fala.

Minha mãe limpa a garganta delicadamente.

– "Tudo isso é uma maldita hipocrisia, na verdade." – Oh, não. Acho que fui eu que disse isso. A lembrança está distorcida como se tivesse debaixo d'água, mas sei que minha mãe está citando palavras minhas. – "Tipo, sim, eles colocaram a palavra 'vegano' e há uma foto fofa de um coelhinho na embalagem, então é claro que você sabe que é cem por cento garantido que nem um único animal foi machucado no processo... Hmm, OK, então, mas ainda assim é feito de plástico, ainda é uma merda elitista superfaturada que só as mães gostosonas e idiotas vão comprar."

Oh, meu Deus. Eu pego o celular com as duas mãos, me contorcendo contra a língua negra e pegajosa de ansiedade que está entrando e saindo do meu ouvido enquanto sussurra o que eu já sei: *você fez algo ruim*.

– Essa é minha parte favorita – minha mãe diz, num tom inexpressivo. – "Vai vender porque tem o nosso nome, claro, mas a VEGLOW sabe que vai ter que mamar na teta das influenciadoras até a última gota."

Eu aperto a garganta, incapaz de respirar. Não consigo falar, não que qualquer coisa que eu possa dizer agora vá consertar o estrago. Uma lembrança bate na parte de trás do meu cérebro, numa colisão de culpa e vergonha. Ontem à noite, a amiga do banheiro que conheci antes de Nevaeh, devia ser...

– Harper Atkins, página seis da revista *Glamour* de hoje. Isso a faz se lembrar de alguma coisa?

– Mãe – eu engasgo, lágrimas pingando na minha boca. – Me desculpe. Eu...

– Não quero ouvir, Amêndoa. Quero dizer, sério, você me odeia tanto assim? Você se ressente tanto de mim por tê-la colocado na internet quando era pequena que está determinada a me arruinar completamente, é isso?

– Não era eu... falando – eu ofego, tentando puxar o ar para os pulmões.

– Ah, então é tudo mentira, é isso? – ela me interrompe. – Você não disse nada disso para Harper, então? É tudo um erro de impressão?

– Não, quero dizer, eu não sabia o que estava dizendo, eu estava...

– Ah, eu sei o que você estava. Você estava bêbada.

– Você também estava! – eu soluço, zangada e confusa, me sentindo traída ao me lembrar da nossa viagem de trem embriagadas para casa na noite anterior e me sentindo ingênua por pensar que as coisas poderiam estar melhores agora.

– Tenho 40 anos, pelo amor de Deus! E desde quando você começou a se colocar num estado desse? Ah, eu sei. Desde que começou a passar todo fim de semana na casa do seu pai.

– Não é culpa dele – eu engasgo.

– Você tem 17 anos, Amêndoa. *Dezessete*. É hora de você agir como alguém da sua idade.

– Bem que eu gostaria! – eu grito. – Se você pelo menos me deixasse!

Do outro lado do telefone, a respiração da minha mãe está ruidosa, o barulho de buzinas de carros e o silvo de escapamentos de ônibus ao fundo.

– Onde você está? – sussurro.

– Estou indo para a casa do Spencer. – Ela suspira, toda a vontade de brigar se esvaindo dela, deixando apenas o ar viciado da decepção. – Não se preocupe, ele ainda está demitido, ou será, mas a Paisley convocou uma reunião pelo Zoom, embora eu não saiba por que ela a convocou, obviamente é uma demissão. O produto será retirado das prateleiras, os cartazes arrancados. Tudo cancelado. Nove meses de trabalho jogados no lixo... – A voz dela falha e ela funga, o zumbido do trânsito ficando mais fraco.

Ela já deve estar no prédio de apartamentos do Spencer. Eu tenho que perguntar agora.

– Sin-sinto muito, mãe. Mas preciso te perguntar uma coisa. Tem uma pessoa... Eu não sei o que fazer, preciso... – Minha garganta está se fechando, prendendo as palavras.

– O quê? – Minha mãe suspira. – Amêndoa, calma. Olha, não chore assim, querida.

– N-não seja gentil comigo. Eu não mereço.

– Apenas respire, inspire contando até cinco, expire contando até cinco outra vez. Diga o que você está tentando dizer. Mas seja rápida, porque estou prestes a subir para a cobertura. Preciso pelo menos *tentar* salvar algum relacionamento profissional com a VEGLOW.

– Você não pode simplesmente voltar para casa? – imploro.

– O que você disse? – Sua voz falha. – Estou no elevador, o sinal não é bom...

A ligação cai e, quando eu jogo o celular na cama, as horas me encaram friamente, sozinhas no centro da tela: 11:59.

35

"**O**i, aqui é a Hev, deixe uma mensagem... ou não. Provavelmente não vou ouvir mesmo... quem é que ainda telefona para alguém nos dias de hoje?"

Pai

"Querida, estou no trabalho. Não posso atender agora. Estou trabalhando no domingo para ganhar algumas folgas extras para podermos viajar este ano. Vou desligar o celular agora, porque o chefe acabou de me pegar. Falo com você em breve 😥😥😥"

"A pessoa para quem você está ligando – Joss – está indisponível no momento. Por favor, deixe uma mensagem ou tente novamente mais tarde."

Callie

Mensagem não enviada ✕
Esta pessoa não está recebendo mensagens no momento.

"Oh, desculpe, aqui é a Nina, sua ligação caiu na recepção porque a sua avó não está no quarto dela agora. É domingo, temos atividades no salão de convivência a partir do meio-dia. Posso anotar sua mensagem?"

36

Estou no noticiário *News at One*, da BBC.

A mulher com mechas cor de mel e um terninho rosa-peônia pressiona as palmas das mãos na mesa. Ela balança a cabeça solenemente ao lado de uma imagem minha, numa tela verde, cortada dos ombros para cima, tirada do vídeo da *Estreia Anal Amadora da Amêndoa*. Meu rosto, substituindo o de uma estrela pornô, está congelado num "Ó" bocejante de prazer. Eles transformaram a história num vídeo de advertência sobre como a postagem de conteúdo provocativo pode atrair a atenção de manipuladores da indústria pornográfica que vasculham as redes sociais em busca de meninas, impressionáveis e sedentas de fama, para explorar.

— Alguém roubou o meu rosto! — eu grito para a TV, meu pulso acelerado pela adrenalina que reverbera em meus ossos. Meu corpo todo está tremendo e me sinto incapaz de lidar com a constatação de que essa imagem está sendo transmitida para milhões de pessoas em suas residências. Em suas salas de estar, em TVs de até 85 polegadas, não só na tela de celulares.

Honey Highlights termina sua abordagem sensacionalista sobre o assunto.

"A lição importante, que espero que nossos telespectadores mais jovens aprendam com esse infeliz incidente é que, depois que você posta algo na internet, isso não lhe pertence mais. Você pertence à rede mundial de computadores."

Enquanto meus olhos se enchem de lágrimas, ela entrelaça os dedos, a *imagem* absoluta do julgamento.

Eu brindo à TV e rompo o selo de uma garrafa de vodca que sei que custou quase cem libras, observando os flocos de ouro de 23 quilates girando dentro da garrafa enquanto bebo, engolindo e babando um pouco do líquido de gosto horrível que escorre pelo meu queixo. Depois enxugo a boca no meu edredom, lasquinhas de ouro se espalhando pelos meus lençóis manchados de sangue.

– Saúde! – Tomo outro gole, provavelmente no valor de dez libras.

Fico imaginando quantas garrafas disso seriam necessárias para pagar Anarchy.

"Agora, a nossa próxima reportagem. Como você pode usar seu smartphone para evitar filas de supermercado..."

Eu tiro o som da TV, pegando instintivamente o celular, a tela quebrada e a parte de trás amassada desde quando o joguei contra a parede. Corro o dedo pelo ziguezague da tela quebrada, um caco preto perfurando a ponta do meu dedo. Uma bolha de sangue. Através da rachadura, percebo que a bateria está com dez por cento e tenho quatro ligações perdidas de Joss. Estou semicerrando os olhos para conseguir ler as mensagens quando recebo uma nova chamada dele.

– Alô?

– Amêndoa, oi! O que aconteceu? – Seu tom de voz é denso como concreto, o que faz eu me contorcer de constrangimento ao pensar que ele viu o vídeo de Anarchy. – Você está bem? Alô?

A vodca desce queimando pela minha garganta, anestesiando o que suspeito que seja esse telefonema: Joss me dizendo que não quer mais nada comigo. Porque mesmo que ele não acredite no vídeo, graças ao seu viés desconfiado em relação a notícias falsas, tudo isso será demais para ele. Minha vida é muito exposta e pública para que ele faça parte dela.

– Na verdade não estou, não. O vídeo... é totalmente falso, não sou eu...

– Eu sei que não é... – diz ele, firme, se defendendo, como se estivesse ofendido por eu achar que ele pensaria o contrário. – Mesmo se eu não tivesse te conhecido e não soubesse quem você é e...

Eu fico tensa, seguro o celular com as duas mãos, desesperada para saber o que ele se arrependeu de dizer.

– O quê?

– Nada. Eu apenas saberia que não era você, pela quantidade imensa de coisas *suas* que já existe na internet. – Uma risada, desajeitada e diferente de sua risada habitual, se transforma num suspiro. – Obviamente é falso, mas...

– Mas o quê? O que quer dizer? – A vodca vomita suposições pela minha boca, aquelas que estavam fermentando na boca do estômago desde que o vídeo vazou e o mundo inteiro decidiu que precisava expressar sua opinião sobre mim. – Que todo o tempo eu estava pedindo por algo assim? Porque posei de biquíni e usei muita maquiagem? – Agora minhas palavras saem numa rajada e em meio a soluços. – Não é justo. Por que alguém fez isso?

– Não foi nada disso que eu quis dizer – ele diz baixinho. – E eu não sei quem *diabos* faria isso. – Ele respira fundo e eu ouço um baque distante do outro lado da linha. – Qual o seu endereço? Estou indo...

– Joss?

Meu celular cai da orelha, um peso morto com a tela preta avisando que eu preciso carregar a bateria. *Merda*.

Meus olhos se deviam para o notebook, fechado no pé da cama. Eu o abro e viro a tela para mim, me sentindo desorientada sem o celular, percebendo, quando olho para a barra de pesquisa do **facebook**, que Joss não tem presença nas redes sociais, por isso não há como eu contatá-lo. Outra golada abrasadora de vodca. Meu mouse vai para a próxima aba, o número de notificações aumentando num ritmo frenético. Puxando o edredom sobre a cabeça como um capuz, eu entro no **twitter**, onde o meu ânus é um tópico em alta.

> Assunto do momento
> **#AnalAmendoa**
> 13.900 *tweets*
>
> ---
>
> **Imogen Shawcross @immy_sc2004 • 1m** Oi, meus amores. Estou compartilhando isso para destacar que Amêndoa Brown não é a garota que todos pensávamos que era, e espero que isso faça as pessoas reconsiderarem as acusações que ela fez contra a minha mãe @celeste_shawcrossxox. Embora eu seja totalmente a favor da positividade sexual, não acho que esse conteúdo seja apropriado [1/2]
>
> ---
>
> **Imogen Shawcross @immy_sc2004 • 35s** para o público-alvo de Amêndoa. Também acho que essa mudança para conteúdo sexual explícito não beneficia em nada as criadoras de conteúdo, que já são sexualizadas diariamente e lutam contra as expectativas da sociedade sobre nós. Amêndoa, eu te desejo tudo de bom, mas, sinceramente, não acho que seja por aí... 🥺🥺🥺🥺 [2/2]

Eu enxugo as lágrimas de raiva, observando as curtidas de Imogen dispararem para centenas em segundos. Não posso acreditar que ela pense que eu acho que pornografia explícita é adequada para meu público com idade média de 14 anos. Por que ela postaria isso na internet sem nem mesmo pensar em me enviar uma mensagem antes e me perguntar sobre os fatos? Ao contrário de todas as outras pessoas que estão gritando suas opiniões no vazio anônimo – sem pensar nas consequências das suas palavras, se eu vou lê-las e como elas podem fazer eu me sentir –, Imogen tem meu número de telefone, ela esteve na minha casa! E a posição política desses *tweets* vão estimular centenas de respostas e debates, arrastando isso por mais tempo ainda.

Eu pensei que ela fosse minha amiga. Uma amiga precária e inexperiente, que só me seguia no *Instagram*, é verdade. Mas uma amiga que não faria isso comigo.

Perco meia hora, talvez mais, lendo a *hashtag*, precisando saber o que as pessoas estão dizendo sobre mim e afogando a dor com mais goles de vodca.

> **Stephanieee @steph-sophia-halls · 1m** Conheço #AnalAmendoa desde a escola secundária. Todos nós já prevíamos isso!!! Como ALGUÉM pode estar chocado se ela já depilava a virilha aos 12 anos de idade?! É uma putinha adolescente diplomaaaaada!

Eu nem fiquei chocada. Steph estava *esperando* por essa oportunidade.

> **Letitia @bacon_letishtomato · 2m** Outra piriguete digital lucrando com o corpo. Pqp!!! #AnalAmendoa.

> **Milk Two Sugars @milk2sugarteachannel · 2m** Nossa sala de edição está pegando fogo agora, pessoal! Estamos trabalhando numa série composta de três partes para desvendar o escândalo #AnalAmendoa e todas as brigas que ocorreram com @celeste_shawcrossxox

Karen L. Grosvenor @karenlouise_grosvenor · 10m Não é de surpreender que as jovens não tenham mais respeito pelo seu corpo quando ESTAS são as referências que elas têm #fimdofeminismo #AnalAmendoa

Miss Mary M @magdalenequeen · 11m ARRASOU, GAROTA!!! #AnalAmendoa está viva! Fim do estigma do trabalho sexual, gente! 😈

T @Treyvon_B_Michaels · 13m Por que vc deixou um velho branco te destruir assim, #AnalAmendoa????? Tá com o fiofó prejudicado agora 😕

Lucy Lou @lilLucyLouise · 19m @eva-s-fairchild Vc deveria ter vergonha de si mesma. Esse é o resultado de você expor sua filha às redes sociais desde tão jovem, sem o consentimento dela. Era inevitável que ela seguisse esse caminho. #filhaevafaircancelada #AnalAmendoa [1/13]

Big B @robert6969bradford · 25m 👀 Espere até o papai dela ver isso #AnalAmendoa

I'm Ava! @ava_arianafan2010 · 26m AMAMOS VOCÊ, AMÊNDOA! Não dê ouvidos aos *haters*, sempre serei sua fã número 1, não importa o que aconteça 🫶 #AnalAmendoa Só estou usando essa hastag nojenta para que os *haters* vejam 🖕 🖕 🖕

> **Kyle @fukwitmyglock · 33m** A vagabunda cor de jambo pediu por isso. A cadelinha prestes a ser arregaçada #AnalAmendoa

Eu faço uma careta quando levanto a garrafa de vodca; só resta um quarto do conteúdo, os fragmentos dourados dançando dentro da garrafa como estrelas cadentes em direção aos meus lábios. Eu tomo um gole, minha mente confusa afastando aquele último *tweet*, aquelas palavras terríveis que doem mais que um corte profundo na minha pele.

Ele não pode me pegar aqui. O mundo não pode me pegar aqui. Dentro desta garrafa.

O brilho da tela do notebook ofusca meus olhos.

Próxima aba, **YouTube**. O mouse gira, gira, gira enquanto eu atualizo a página.

Ah, sou eu! Estou em destaque na página inicial. O Chá para Dois é o primeiro canal a comentar sobre o *deepfake*, embora não o chamem assim na sua nova miniatura, com um *print* mal pixelado do vídeo de Anarchy. Eu passo por ela rapidamente, pressionando a seta para a direita do teclado, tentando decidir se essas pessoas realmente acreditam que isso é real ou se estão sendo intencionalmente ignorantes para ganhar mais visualizações. É claro que a equipe do canal fez algumas investigações; suas fontes conseguiram até confirmar a identidade do homem no vídeo. O ator pornô veterano Björn Hammer se recusou a comentar sobre o caso. Provavelmente porque, como eu, ele sabe que isso nunca aconteceu, sabe que não haverá repercussões negativas, apenas publicidade gratuita e notoriedade depois que provarem que tudo isso é uma farsa.

Eu copio e colo o nome dele, e passo alguns minutos pesquisando sobre ele no **Google**.

Björn Hammer wiki
Björn Hammer jovem
Björn Hammer esposa

Eu dou um tapa no notebook e ele cai no chão. O peso da embriaguez me pressiona a voltar para a cama, piscando para o teto que gira enquanto *tweets*, comentários, tópicos e corações sobem pelas paredes do quarto, caindo sobre mim como o ouro da vodca. Só que eles não aquecem minhas entranhas, eles me transpassam e esmagam meus ossos.

Mais lágrimas escorrem pelo meu rosto. Meu cérebro gira atrás dos meus olhos, tonto e entorpecido, pesado e leve ao mesmo tempo. Mas, ainda assim, não é suficiente. Eu quero a escuridão muda e entorpecente.

Eu não quero morrer.

Acho que não.

Eu só quero dormir por muito tempo e acordar quando o mundo já tiver se esquecido completamente de mim.

Minha cabeça tomba para o lado, a bochecha grudando em algo frio e pegajoso. Uma poça de vômito no meu travesseiro. Eu vomitei? Quando eu vomitei? Meus olhos vagam preguiçosos pela trilha salpicada até a minha mesinha de cabeceira, o vômito sobre meus remédios.

Canetas e comprimidos e tampas de batom caem no chão quando eu me atrapalho ao tentar pegar o medicamento.

"Efeitos 'colaterais' incluem náuseas, sonolência e cansaço excessivo", li na lateral da embalagem da Sertralina.

– Ah.

O papelão amassa porque minhas mãos estão grandes demais quando eu luto para tirar o comprimido da cartela. Sonolência. Cansaço. Isso é tudo o que eu quero. Dormir e esquecer a sala que gira e o ódio se espalhando pelas paredes, vindos de fora. Os segmentos de notícias, as colunas de opinião, as menções no *Instagram*, as opiniões, as acusações. Eu vou apenas dormir e tudo isso vai passar. Quando eu acordar, eles já terão começado a falar de outra coisa. Tudo terá desaparecido. Sob o brilho fraco do meu notebook, eu tiro dois comprimidos, três comprimidos da cartela, o alumínio cuspindo-os na palma da minha mão, um aglomerado de luas minúsculas e pulverulentas.

Eu olho para eles, contando as respirações até cinco, minha mão se aproximando dos meus lábios.

Um, dois, três, quatro, cinco. Um-dois-três-quatro-cinco. Umdoistrêsquatrocinco...

*

E então o som suave de uma chamada de vídeo ecoa dos alto-falantes do meu notebook.

Sentindo os membros rígidos e pesados, eu arrasto o notebook de volta para a cama e aceito a chamada.

– Amêndoa? Ah, meu Deus, até que enfim consegui falar com você! – Heather, seu breve sorriso sufocado de preocupação. Eu derrubo os comprimidos, deixando-os rolar soltos sobre os lençóis. Atrás de Hev, o fundo balança e oscila, cercas, arbustos, concreto e céu. – Amêndoa? Ei, tudo bem, eu estou indo, está tudo bem. – Ela está sem fôlego, correndo, os saltos de suas botas batem no concreto no mesmo ritmo da pulsação nos meus ouvidos.

– Hev? – pergunto, embora saiba que é ela. Meus pensamentos não estão acompanhando. Ao vê-la, sei que deveria me sentir aliviada, a salvo, mas Heather é apenas um rosto amoroso entre milhares de vozes sem rosto que me odeiam, que me acham repugnante. De repente, minha mente fica turva, lenta, meu corpo acelera e pulsa. Minhas mãos tateiam algodão e algo fofo, procurando os comprimidos perdidos para que eu possa continuar a esquecer.

— Sim, me escute. Eu estou a caminho e tudo vai ficar bem, OK? Joss me ligou, vou passar na casa dele agora e vamos para a sua. Ei, olhe para mim, o que você está fazendo? – Estou mexendo nos travesseiros, levantando cobertores, procurando os comprimidos. Meus olhos se desviam para a tela e o rosto de Heather se aproxima quando ela para, a câmera mergulhando enquanto ela descansa as mãos nos joelhos.

— Eu pensei... Eu não sei o que pensei. Eu estava mandando mensagens para você e você não estava respondendo e... merda. – Ela respira fundo, a voz falhando. – Ei.

— Ei – digo, distraída. Eu encontro um. Um comprimido. Deixo-o cair dentro da garrafa de vodca.

— Fale comigo. O que... O que você está fazendo?

Outro. Fazendo a vodca espirrar, como moedas de um centavo num poço dos desejos. Depois mais um. Para silenciar as vozes, cortar seu poder.

— Amêndoa, pare. O que são essas coisas? – Hev está correndo de novo, a testa úmida, as bochechas vermelhas.

Eu penso em alguns dos meus desejos.

Eu gostaria que Anarchy fosse uma pessoa feliz, que sentisse que não precisa fazer aquele vídeo.

Eu gostaria que Callie ainda fosse minha amiga.

Eu pego com o polegar e o indicador o pó de um comprimido esmagado e o jogo no gargalo da garrafa. Encontro outro.

Eu gostaria de ter beijado Joss no momento em que o conheci.

— Oh, meu Deus. Pare com isso, OK? Olhe para mim.

Eu gostaria que Mel estivesse comigo agora.

— Você pode me ouvir?

Eu gostaria de ter conhecido Heather anos atrás.

Na verdade, eu gostaria que meus pais nunca tivessem se conhecido.

— Amêndoa, não beba isso!

Eu gostaria que o thereal_amendoabrown nunca tivesse existido.

Levanto a garrafa, observando o sedimento de moedas brancas e os flocos flutuantes de ouro girando e se inclinando, se inclinando. O oceano no fundo de um poço dos desejos. E eu sou um navio numa tempestade que quer se lançar contra as rochas, se estraçalhar e depois tirar fotos dos destroços. Eu vou encontrar meu tesouro silencioso, cintilando lá nas profundezas do oceano. Eu tento, mas é muito pesado. Inclinando, tombando, o oceano derramando. Encharcando.

– Amêndoa!

Afundando, descendo rumo à escuridão.

Olhos fechados, corpo imóvel. Como se eu estivesse presa numa poça de melaço. Sinto uma mão segurando a parte carnuda do meu braço, sustentando o meu corpo para me manter de pé. Sinto cheiro de xampu de almíscar e baunilha e os aromas conhecidos de uma casa familiar onde já dormi, comi, voltei da escola e sei que estou segura.

Colocam meu corpo no chão. Roupas são tiradas e outras, limpas e confortáveis, são vestidas no meu corpo por mãos gentis. Uma brisa sopra de uma janela aberta.

Com algum esforço, eu me afasto para a parte mais distante da minha mente, procurando algum tipo de coisa para lembrar. Por trás das pálpebras, navego por imagens desesperadas e borradas. Quilates de ouro nadando em licor; três quartos eu bebi. A Sertralina e seu efeito colateral desejado. Mais do que cansaço. Escuridão negra. Eu só queria dormir. E dormir.

Ou havia algo mais? Eu realmente queria...

Não. Eu só queria fazer tudo desaparecer por um tempo.

Os passos se afastam, enquanto eu rodo sem parar na cama, tentando continuar com os olhos abertos e manter o teto no lugar. E então o aroma amendoado e terroso de café forte flutua na minha direção. Um polegar acaricia minha bochecha.

– Amêndoa? Você consegue falar comigo?

Callie.

Tudo suspira, a viscosidade moldada derretendo meus músculos enquanto ela me desperta da semiconsciência, sua voz fazendo com que meu quarto não pareça tanto um buraco ressonante de onde não consigo escapar.

– Você está aqui? – murmuro, seu rosto aflito circulando na minha visão.

– Estou aqui. – Sua voz fica tensa, esganiçada com o esforço para não chorar. – De onde eu nunca deveria ter saído. Ah, meu Deus.

As pulseiras dela tilintam quando ela enterra o rosto nas mãos, os toques delicados provocando sinais de dor nas minhas têmporas.

– Eu vim assim que me dei conta do que estava acontecendo na internet. Tipo, que merda é essa? Nem posso acreditar, sinto muito. Tome, beba isso. – Callie me entrega uma caneca fumegante de café preto e coloca uma garrafa enorme cheia de água gelada no meu colo. – E muito disso.

– Eu... Estou enjoada.

– Eu sei. E você vai vomitar em algum momento, sinto muito, mas vou estar aqui, estou com você. – As mãos dela envolvem as minhas enquanto ela ajuda a guiar a caneca de café até meus lábios, o calor amargo me tirando do meu torpor.

– Hãã... – Recomeço, desejando que minhas palavras caminhem em linha reta. – Como você entrou?

– Subi pela cerca dos fundos. E não me diga que você esqueceu quantas vezes tivemos que quebrar aquela pedra falsa para pegar sua chave reserva.

Eu tento rir, mas meu estômago revira e eu me lanço na direção da bacia de plástico que Callie colocou aos meus pés. Enquanto ela esfrega minhas costas, meus cachos presos na mão dela, a campainha toca, depois toca outra vez, e mais uma vez, fazendo minha cabeça latejar.

Mordendo os lábios e olhando de mim para a porta, ela diz:

– Volto já. Não se mexa, apenas beba um pouco d'água, se conseguir. Dois segundos, OK?

Eu pego a garrafa com água e tento beber um gole, mas erro a boca e deixo cair metade do líquido no meu peito. Minha cabeça pende para trás, as pálpebras pesadas, e de repente um barulho de passos na escada. Vozes parecendo em pânico. Meu nome e alguém chorando. Eu pisco e ouço Callie tentando acalmar Joss e Heather na porta do quarto. Joss, com a camiseta grudada no peito, ofegante. Vejo seus lábios pronunciando as palavras "Graças a Deus!" quando nossos olhos se encontram e Heather vem na minha direção, o rímel manchando as bochechas com rastros oleosos.

– Você não tomou nada daquilo, não é? – Heather soluça, estendendo a mão por cima da minha cabeça e encontrando a garrafa de vodca derramada. Ela se agacha para ficar na minha linha de visão. – Amêndoa, sério. Precisamos saber se você bebeu.

Com o pescoço mole, eu balanço a cabeça, tentando com todas as minhas forças ficar presente ali e dizer a eles que estou bem. Estendo a mão para limpar as trilhas de lágrimas de Heather, mas minha mão cai frouxa ao meu lado.

– O que é isso? – A unha acrílica de Callie bate no fundo da garrafa, onde os comprimidos quase se dissolveram em partículas brancas de poeira lunar, flutuando entre os flocos de ouro.

– São os antidepressivos dela – Joss fala, se aproximando. Ele pega a cartela ao lado da cama, conta os espaços vazios, depois pega a minha mão. – Ela ainda está consciente. Eu não acho que tenha realmente tomado algum.

– Derramei – consigo dizer.

Ele concorda com a cabeça.

– Mas acho melhor levá-la a um hospital de qualquer maneira.

De repente o quarto está repleto de pessoas me levantando, enfiando roupas numa bolsa, encontrando chaves e celulares, e perguntando se é melhor chamar um Uber ou uma ambulância. Em seguida, estou nos braços de Joss, as mãos dele me segurando, enquanto sou carregada escada abaixo. Longe da dissecação da internet sobre mim, suas palavras como bisturis, fatiando tiras da minha pele até que eu não seja nada, longe de...

– Anarchy – eu murmuro.

– O que você disse? – Callie corre para ficar ao meu lado, enquanto Heather digita no celular. – Repita o que você disse.

– Meu celular. Anarchy.

– OK, está tudo um caos de fato. Mas nada disso importa agora...

– Uma pessoa...

Callie balança a cabeça devagar, como se ainda não tivesse entendido.

– Uma pessoa *chamada* Anarchy? Foi ela que fez isso? – ela arregala os olhos ao tocar na tela do meu celular. – Você sabe de onde veio esse vídeo...

Tudo vai escurecendo. Com a cabeça encostada no peito de Joss, eu ouço seu batimento cardíaco aumentar e pulsar, ecoando como um sussurro distante, como se eu estivesse ouvindo através de uma concha no meu ouvido. Enquanto meus olhos se fecham e as vozes dos meus amigos se distanciam, eu deixo o vazio me embalar em sua escuridão quente e aveludada. O mundo desaparece.

Adormeço.

37

O sol banha meu rosto – um sol profundo, que dura o dia inteiro até à noite –, fazendo com que eu nem precise pensar em abrir os olhos, eles simplesmente se abrem, tremulando como nos filmes.

Não consigo ver pela janela direito, por isso ainda não sei onde estou, em que hospital estou, mas posso ver o céu. É lindo, como se tivesse sido passado a ferro, sem nuvens, aviões, nada. Apenas azul. O quarto parece particular, absurdamente luxuoso, com pinturas a óleo nas paredes, o zumbido de um frigobar e três poltronas confortáveis ao redor da cama, numa das quais está meu pai adormecido, roncando baixinho.

– Pai – sussurro. Ele não se mexe. – Pa... – eu me interrompo. *O que estou fazendo?* Acordá-lo quando não tenho a menor ideia de como vou explicar tudo isso a ele? Mas em vez de deixar meus pensamentos se perderem em conjecturas sobre o que vai acontecer, eu me afundo ainda mais na espuma do colchão e conduzo minha mente de volta ao presente, às pequenas coisas que posso controlar.

Fico ali deitada, ouvindo o chiado rouco da respiração profunda do meu pai, contando os pontos do bordado de marfim no canto do lençol, grata pela quietude, por poder ver o céu, o quarto branco iluminado pela luz do sol. Callie, Joss e Heather. Grata aos meus amigos, que conseguiram me encontrar e me ajudar. Em paz, apenas com o som da nossa respiração.

Uma porta se fecha no final do corredor, ouço um agradecimento educado e em seguida o barulho familiar dos sapatos Chloé da minha mãe se aproximando. Não sei por que, mas fecho bem os olhos, puxando as cobertas até embaixo do nariz.

Rangido de sapatos. Ela para de repente. Eu entreabro um olho e, através dos cílios, vejo minha mãe, as bochechas coradas, a maquiagem desbotada onde ela provavelmente limpou as manchas de rímel. Hesitante, eu abro os olhos completamente e nos vemos uma à outra.

O monitor cardíaco apita. Pássaros chilreiam do lado de fora da janela.

– Desculpe – eu digo, a voz como a de uma criança.

– *Você está se desculpando?* – O rosto da minha mãe se contrai em descrença, o lábio trêmulo enquanto se aproxima de mim. – Você não tem nada pelo que se desculpar – ela suspira. – *Eu é que tenho*. Eu é que sinto muito, muito mesmo, querida – diz ela, com as mãos cruzadas no peito. Vejo seus olhos se encherem de lágrimas. – Eu não... – Sua voz estremece até silenciar.

Enquanto ela derrama uma vida inteira de desculpas entre lágrimas, pego as mãos dela nas minhas. Meu pai está acordado e sentado na cama agora, uma mão no ombro dela, os próprios olhos lacrimejantes. A visão dos dois desmoronando me faz chorar também, e eu choro e choro, agarrada às mãos da minha mãe.

– Não era eu... – finalmente recupero o fôlego o suficiente para dizer. – O vídeo que vazou. O... pornô. Eu nem mesmo... Nunca fiz nada daquilo.

– Eu sei. Nós sabemos – diz minha mãe, com um suspiro rouco.

– Claro que sabemos – diz meu pai, com um ar solene. – Você achou que não íamos acreditar em você, meu amor?

Eu balanço a cabeça devagar, encolho os ombros.

– Eu deveria ter contado a vocês assim que... assim que Anarchy começou a pedir dinheiro. – Fecho os olhos e sinto uma nova onda de lágrimas atrás das pálpebras. – O nome de usuário é **anarchyunderscore-incel-cinquenta e um**. Ele me chantageou.

– Oh, querida, nós sabemos. Callie nos mostrou as mensagens. – Eu volto à lembrança de casa, minha confissão sussurrada quando Callie desbloqueou meu celular. Minha mãe agarra um punhado do próprio cabelo e o afasta do rosto com força. – Que coisa mais vil, cruel e sádica de se fazer. – Ela suspira, a voz se transformando num rosnado frustrado no final. – Eu queria que você tivesse se sentido segura para nos contar, querida. Eu faria qualquer coisa para voltar atrás e não ter entrado naquele elevador, ter ficado no telefone com você. Eu estava tão obcecada com aquela *maldita* campanha!

– Pare de se martirizar – murmuro. – Está tudo bem.

Mas será que está tudo bem com a minha mãe? Eu penso na última conversa que tivemos pelo telefone, como naquele instante cuidar da marca ainda parecia mais importante do que cuidar de mim. Mas se eu tivesse dito a ela a verdade do que estava acontecendo, será que ela teria voltado para casa? Claro! Eu sei que ela teria voltado. Então, talvez as coisas não estejam totalmente bem ainda, mas vão ficar. Nós duas temos algumas coisas que precisamos trabalhar em nosso relacionamento. Comunicação, por exemplo. Sinceridade. Confiança.

Meu pai massageia a nuca.

– Essa coisa toda não está certa. Quem quer que seja esse tal de Anarchy... – Ele inspira o ar através dos dentes, levanta da cama com os pés batendo no chão e soca a palma da mão. – Eu digo a vocês, eu vou matá-lo. Você precisa me contar essas coisas, querida. Eu entendo por que não contou. – Por uma fração de segundo, seus olhos se voltam para a minha mãe. – Eu entendo, sim, mas se soubéssemos, poderíamos ter ajudado você antes.

Eu olho para os meus pais enquanto escolho as palavras com cuidado, sem querer magoar nenhum dos dois com o que estou prestes a dizer.

– Pai, se eu contasse sobre cada comentário de ódio ou mensagem assustadora que recebo, você não ia conseguir mais dormir à noite. Eles não terminam nunca...

Os dedos trêmulos da minha mãe roçam sua clavícula e seu olhar se demora no monitor do ECG, no tubo nas costas da minha mão, que alimenta as minhas veias, os olhos arregalados como se ela tivesse levado todo esse tempo para perceber que na verdade sou *eu*, a filha dela, naquelas fotos falsas em suas redes sociais, nos fóruns de fofocas que destroem cada uma das minhas decisões, nos comentários públicos de homens com o dobro da minha idade descrevendo explicitamente o que fariam comigo se tivessem uma chance. As ameaças de estupro, as ameaças de morte, as fotos por baixo da saia, as contas de trolls, *vagabunda, piranha*...

– Respire – diz minha mãe, fazendo-me perceber o tremor em meus ossos. Ela respira fundo comigo, balançando a cabeça enquanto desce a mão pelo meu corpo, me lembrando de respirar com o diafragma. – Joe, talvez você devesse se sentar. Não há nada que nós possamos fazer para encontrar essa pessoa agora, certo? – Minha mãe deixa escapar um suspiro profundo, como se estivesse reprimindo tudo para não começar a se revoltar como ele. – Amanhã cedo, vamos à polícia.

– À polícia? – Eu esqueço por um segundo que o pior já aconteceu, que não há mais nada que Anarchy possa fazer para me chantagear.

– Sim. Temos que fazer uma denúncia – diz minha mãe. – Ao menos para impedir que isso aconteça com outra pessoa.

– Eu sei. É só que... e se eles não acreditarem que o vídeo é falso?

– Amêndoa, eles vão acreditar. São agentes da lei, treinados para lidar com crimes cibernéticos. E mesmo que esse vídeo fosse real, ainda assim teria sido postado sem o seu consentimento. O que é contra a lei – diz ela, o rosto contraído de preocupação.

Assentindo com uma expressão *séria*, meu pai segura a cabeceira da cama com tanta força que ouço seus nós dos dedos estalarem.

– Eles vão pegá-lo, não se preocupe.

– OK. Amanhã. – Concordo com a cabeça, tentando conter um bocejo, sem conseguir. – Quando podemos ir para casa?

Minha mãe solta uma risada suave, alisando o cabelo.

– Em breve. Estamos apenas esperando o médico passar aqui para te dar alta. E tirar o soro. – Ela toca o curativo que cobre o acesso em minha mão. – Você está tomando medicação na veia e sendo hidratada desde que chegou.

– Eu não tomei nada – digo rapidamente, ainda não preparada para confessar que no meu momento de maior desespero eu misturei uma bebida alcoólica com Sertralina e quase bebi, sem ter certeza de que Callie e os outros tinham contado a eles sobre isso.

– Sabemos que não tomou – diz meu pai, massageando as têmporas. – A primeira coisa que eles fizeram foi um exame para saber se havia alguma coisa no seu sangue além do álcool. Seus amigos disseram que foi apenas muita vodca, mas esse é o procedimento hospitalar.

Agradeço silenciosamente a Joss, Hev e Callie por terem decidido não contar aos meus pais sobre os antidepressivos na garrafa. Isso é algo que preciso resolver sozinha e discutir com o dr. Wallace. Como estou agora, sei que nunca quis que nada acontecesse além de esquecer as repercussões do vídeo e parar de sentir que minha cabeça ia implodir. A gravidade das consequências nem tinha me ocorrido. Assim como eu não reconheci o efeito que a bebida estava exercendo sobre a minha saúde mental também, enquanto meu cérebro medicado lutava para equilibrar o aumento da serotonina da Sertralina com os depressores do álcool. O que eu estava fazendo?

– Como você está se sentindo? – meu pai pergunta quando fico calada por um tempo.

– Cansada – eu digo. – Só estou muito cansada.

Depois de passar pelo apartamento do meu pai para pegar a Mel, que se acomodou no meu colo no banco de trás do carro e não se afastou nem um centímetro de mim desde então, voltamos para a casa em Clifton.

No corredor, meu pai me dá um abraço apertado, a mão se perdendo no meu cabelo bagunçado, os lábios tensos quando ele dá um beijo na minha testa, minha mãe me oferecendo um sorriso fraco por cima do ombro dele. Mel sobe as escadas atrás de mim e se deita nos ladrilhos do banheiro enquanto tomo banho, o focinho entre as patas, as pálpebras caídas lutando contra o sono, como se ela soubesse que estou frágil e preciso ser protegida. O focinho dela está nos meus calcanhares vinte minutos depois, quando, de banho tomado e pijama limpo, as pontas do cabelo ainda úmidas, desço as escadas e tenho a impressão de que voltei para cinco anos atrás.

Minha mãe está sentada à mesa de mármore, o rosto concentrado contra o brilho do notebook. Ela está usando seus óculos de leitura, embrulhada em seu roupão de sherpa, os pés enfiados sob as pernas. Atrás dela, meu pai está parado na frente do fogão, com fones de ouvido, virando, peneirando e mexendo várias panelas no fogo, as mãos alternando as tarefas como um DJ culinário.

Meus passos com meias duplas passam despercebidos contra o assoalho de madeira e, quando vou me sentar ao lado da minha mãe, o arrastar da cadeira desvia a sua atenção do texto que ela está lendo e uma mão voa para o peito.

– Você me assustou, querida! – diz ela e, enquanto segura meu queixo, olhando para mim, eu sei que ela não está só se referindo ao susto que eu lhe dei com a cadeira. – Realmente me assustou – ela sussurra, estendendo a mão sobre a mesa, a palma para cima.

– Eu sei – digo, colocando a mão na dela.

Com a outra mão, ela faz deslizar o delicado E de ouro branco, de um lado para o outro, na corrente fina em volta do pescoço.

– Eu estava lendo a respeito da legislação relacionada aos *deepfakes*. – Ela suspira, pressionando o E sobre o lábio inferior. – E escrevi uma declaração em seu nome, explicando que você fará uma pausa completa nas redes sociais por um tempo. Isso é o que você quer, não é, querida?

– É, sim. – Eu engulo. – Obrigada por escrever. Apenas não coloque um prazo. Não sei quando ou... se vou voltar.

– Tudo bem. – Ela deixa cair o colar na reentrância da clavícula.

– Está tudo bem mesmo? Não preciso mais fazer isso?

– Eu quero que você faça o que a faz se sentir feliz e é evidente que tudo isso – ela gesticula para o notebook como se o estivesse enxotando para longe – não a faz feliz há muito tempo. – Ela me puxa delicadamente pela mão até eu me levantar e me sentar em seu colo. Então ela me embala, secando meus olhos com a manga do roupão, enquanto sou dominada pela leveza de finalmente ouvi-la dizer aquelas palavras, decidindo colocar minha felicidade em primeiro lugar. – Está tudo bem, está tudo bem.

Comemos pão roti e arroz à luz de velas, na sala de estar, com as bandejas no colo, como costumávamos fazer. Mel está deitada sobre os meus pés como uma bolsa de água quente. Nossa conversa é tranquila, cuidadosa e gentil, com a ternura escovando a crueza da nossa ferida familiar.

Pouco antes das dez, entrego meu celular para que minha mãe possa imprimir todo o histórico de mensagens entre mim e Anarchy, preparando-se para ir à polícia amanhã. Depois dou boa-noite aos meus pais e subo para o meu quarto com Mel, que nunca sai do meu lado. Claro, minha mãe aceita sem questionar que ela fique comigo esta noite; não houve nem discussão. Meu corpo se aconchegou à curva da coluna de Mel, eu respiro seu cheiro, tentando confortar minha mente, afastando-a das perguntas sem respostas que me perseguem. Um pouco depois, ouço a porta ranger, vejo as sombras dos meus pais lançadas contra a parede e os escuto concluindo que já dormi.

O colchão afunda quando minha mãe se senta aos pés da cama, e então há aquele tipo de silêncio em que uma palma bate no tecido. Meu pai a conforta enquanto ela chora, sua respiração entrecortada e rápida de emoção.

– Olhe pra ela, Joe. – Eu sinto uma corrente de ar ao redor das minhas panturrilhas quando minha mãe levanta o edredom, seu polegar percorrendo delicadamente minhas cicatrizes. – Como eu pude ignorar o quanto ela estava sofrendo? Um experimento social... – ela murmura. – Outra mentira que aquele imbecil do Spencer contou pra mim.

– Nenhum de nós sabia – diz ele, e vejo sua sombra na parede balançando a cabeça.

Eles ficam em silêncio, seus passos se arrastando para fora do quarto.

– Eu fiz isso? – minha mãe diz, por fim. – Deixei o mundo inteiro entrar na nossa vida e se sentir em casa. Todos os pervertidos, paparazzi e Piers Morgans do mundo.

– Não posso discutir isso com você de novo, não agora. Tudo o que sei é que, quaisquer que fossem suas intenções, você não queria *isso*.

Uma reflexão em silêncio por um tempo, braços cruzados e depois descruzados, um suspiro.

– Ela vai ficar bem, não vai? – minha mãe sussurra.

– Ela vai ficar bem. Mesmo que aquele imbecil do Piers poste alguns *tweets* sobre ela.

– Ele é um jornalista idiota.

Tudo fica em silêncio outra vez, até eu ouvir aquele tipo de risada abafada e cuspida de dois velhos amigos, rindo ainda mais porque sabem que não deveriam rir.

– Mas que droga! – minha mãe ri baixinho, e eu acho que ela está chorando um pouco também.

Algum tempo depois eu caio num sono tranquilo, embalada pelo som da risada dos meus pais.

38

Voltamos da delegacia no meio da manhã de segunda-feira. Eu me acomodo no canto da cama, onde as paredes se encontram atrás de um ninho de almofadas, ouvindo a voz abafada da minha mãe lá embaixo, ligando para cancelar os acordos que não têm validade jurídica e adiando os que têm.

– Desculpe, garota, mas isso não é pra você – eu digo, sentindo o rabo de Mel bater contra a minha perna enquanto abro a barra de chocolate que encontrei mais cedo em cima de uma tigela cheia de amostras de **HERBAVIVE** para equilibrar o açúcar.

Dobro o *post-it* em que estava escrito "Com amor, mamãe" e coloco-o na minha gaveta ao lado.

Depois de beber o conteúdo de um frasco de **HERBAVIVE**, quebro um pedaço gigante da barra, espalhando lascas de chocolate entre as teclas do meu notebook, e respiro fundo. Porque, apesar de tudo, não consigo deixar de pesquisar sobre mim no **Google**. Não é possível desfazer anos de condicionamento por causa de um cancelamento catastrófico.

Houve uma mudança nas redes sociais, passando do ódio absoluto para "uma conversa". Mas, apesar de eu encontrar artigos como "Dez indícios de que o vídeo que você está assistindo é um *deepfake*" e "Por que o mundo deve desculpas a Amêndoa Brown", e de eu estar sendo tratada agora como um exemplo de como tecnologias avançadas como os *deepfakes* podem ser usadas para arruinar reputações, as pessoas ainda estão divididas. Elas estão me apoiando e defendendo a liberdade de expressão, defendendo o direito à privacidade, não importa quem você seja, ou me condenando por autoexploração, ou condenando minha mãe por permitir fotos da sua filha de biquíni na internet, consideradas "iscas para pedófilos", como disse **cliveyboy_01**. Eu passo rapidamente por comentários e postagens antes de quebrar outro quadradinho de chocolate e sair do **twitter**, satisfeita por ver que pelo menos algumas pessoas acreditam em mim e estão me defendendo. Que Anarchy não venceu.

Mas, por ora, para mim chega de internet. Não estou excluindo permanentemente as minhas contas, mas me afastando. Vinte e quatro horas depois, o mundo acha que já é hora de tirar o meu trauma da sua lista de assuntos relevantes da semana, pois já cumpriu sua obrigação de fazer justiça social. Eles não estarão pensando que eu acabei de passar as últimas duas horas numa delegacia de polícia.

Na pequena e abafada sala de interrogatório da delegacia, contei minha história sentada entre meus pais, fornecendo todas as provas na forma de uma pilha de *prints* e concordando em inserir meu telefone como prova também. Foi no momento em que os policiais explicavam as acusações que Anarchy enfrentaria caso fosse descoberto que aceitei o fato de que provavelmente eu nunca vá receber um pedido de desculpas ou descobrir o motivo para tudo isso, mesmo que a polícia rastreie a pessoa por trás de **anRkey_InCel51**.

E eu me lembro novamente de que tenho que ficar bem com isso, que não preciso relacionar esse ato a um nome e sobrenome, a um motivo, para poder me curar.

Estou fechando meu notebook e guardando-o no estojo quando ouço uma batida leve na porta. Minha mãe está encostada no batente, com uma aparência elegante da cintura para cima, cabelo volumoso e arrumado, os olhos marcados com delineador preto e vestindo uma camisa branca de mangas bufantes. Mas abaixo da cintura ela está usando calças de pijama e pantufas, só disposta a arrumar a parte do corpo que fica visível durante a chamada no Zoom.

– Bom dia, querida. Como você está?

Ao som da voz da minha mãe, Mel levanta a cabeça do colchão, o focinho aparecendo debaixo do edredom.

Nós rimos.

– Bem, por incrível que pareça – eu digo –, nem sinto falta do meu celular... Nem um pouquinho.

– Fico feliz. – Minha mãe se ajoelha ao lado da minha cama, acariciando a barriga da Mel e fazendo sua perna se mover em espasmos de felicidade. – Por que eu sinto que vou ver muito mais você agora, hein? – ela diz, rindo enquanto se esquiva de uma lambida no queixo.

– Mãe? Mãe. – Espero para continuar quando ela olha para mim. – Me dê uma boa razão por que ela não pode ficar. E não me dê a desculpa da diarreia outra vez. Fale por que você realmente não queria a Mel por perto.

Minha mãe suspira.

– Porque – diz ela, um pouco na defensiva – era sempre você, Joe e Mel, o trio que aproveitava a vida, enquanto eu ficava de fora. Acho que, por puro *egoísmo*, eu só queria uma chance de ter você só para mim. Eu sei – ela diz, antes que eu possa argumentar que, na verdade, era sempre eu, meu pai e Mel, contra minha mãe e seus seis milhões de seguidores, e não o contrário –, não tenho lidado muito bem com a separação e essa decisão em particular foi muito infantil da minha parte. Me desculpe por não ter sido a *mãe* que eu precisava ser. Droga, eu deveria ter me inscrito naquelas sessões do *Tranquilidade* com você. – Mel lança um olhar entre nós, depois se volta para mim de novo, e nossa risada a faz abanar a cauda alegremente contra o colchão. – Isso eu percebo agora, fazendo uma retrospectiva, querida. De qualquer maneira, vim aqui para dizer que você tem uma visita. Uma visita bem charmosa. – Minha mãe pisca um olho pintado com uma sombra acetinada.

– *Mãe!* – O espaço entre meus quadris se agita como as asas de uma borboleta, porque o único que me visitaria é Joss. – Ele provavelmente já está esperando lá embaixo há séculos!

– OK, OK, eu não sabia se você já estava preparada para ver alguém, então disse que precisava checar primeiro. Devo dizer a ele para voltar outra hora?

– Não! – eu disse, rápido demais, fazendo minha mãe abrir um sorriso de quem já sabia a minha resposta.

– Então vou mandá-lo subir – ela diz, enquanto Mel estica as patas dianteiras até o chão e se arrasta para fora da cama, olhando com expectativa para a minha mãe. – Um rapaz muito bonito... – eu a ouço murmurar enquanto se afasta. – Com fome, Mel? Venha, vamos ver o que eu tenho para te dar...

Na noite anterior, enquanto eu estava deitada na cama acordada, sem um celular para me distrair, fiquei pensando em Joss. Sem mais me importar com as opiniões de estranhos, considerei a única opinião que poderia importar para mim. O telefonema que fizemos quando eu estava me afogando em álcool e entorpecendo minhas emoções, quando deveríamos ter ficado entocados na casa dele o dia todo, sozinhos, voltou para mim em lembranças fragmentadas e confusas. Lembro-me de que ele achou que o vídeo era falso (é claro que achou, afinal ele é o Joss!), mas tive a impressão de que ele, ainda assim, não queria nada comigo, desconfiado e distante como é, sabendo que a qualquer momento podia acordar com uma namorada na página inicial do **Pornhub**. Eu sei que não dei a ele uma chance de se explicar, no estado hipersensível e desorientado em que eu estava, então talvez eu precise fazer isso agora.

– Oi.

Eu levanto a cabeça. Quando a porta se fecha atrás dele, o silêncio ricocheteia com o clique das dobradiças. Joss fica sem jeito aos pés da minha cama. É óbvio que ele não sabe o que fazer com as mãos – ele as enfia dentro dos bolsos, depois tira outra vez, segura a estrutura da cama, alisa o cabelo – ou para onde olhar, *como* olhar para mim.

– Oi. – Nossos olhares se encontram e é como se de repente o quarto estivesse cheio de cada desejo e necessidade não expressos, todos os nossos toques casuais, cada mensagem trocada, voando de um lado para o outro entre nossos celulares. – Você sabe que não sou eu, certo? – eu falo de repente. – No vídeo.

Num instante, ele salta sobre a cama, aterrissando com as pernas cruzadas na extremidade do colchão.

– *Claro* que sei! Tentei te dizer isso, mas só acabei piorando as coisas, não disse o que realmente queria dizer. Sou um idiota, Amêndoa, sinto muito. Não queria magoar você.

– Você não me magoou. Eu estava muito sensível ontem. E simplesmente não estava sóbria ou *bem* o suficiente para te ouvir.

Ele se aproxima um pouco, o espaço entre nós palpável, vibrando como quando a gente tenta aproximar dois ímãs que se repelem. Eu solto um suspiro exasperado quando falamos ao mesmo tempo:

– Eu estava querendo falar com você.

– Talvez a gente precise conversar sobre o que temos entre nós...

Eu balanço a cabeça, meio rindo do jeito romântico e engraçado disso tudo.

– Você primeiro.

Joss pigarreia excessivamente alto. Eu espero, enquanto meu coração se agita como um beija-flor no peito.

– Vou ser sincero. Eu não tinha ideia de quem você era antes de nos conhecermos. – As unhas dele arranham o couro cabeludo. – Mas depois daquela primeira sessão do Tranqs, a Hev me contou tudo sobre você. Ela me mostrou seu *Instagram*, os vlogs, as entrevistas. – Eu me encolho quando ele começa a enumerar os fragmentos de mim espalhados na internet. – E de repente eu me vi diante de toda a história da garota que eu queria conhecer. Eu já sabia coisas sobre você que eu imaginava perguntar em nosso primeiro encontro, que teria sido no Fresio's, na região do porto, porque eu já sabia que é o seu restaurante favorito, por causa de um vlog seu. – Ele revira os olhos. – Eu provavelmente poderia até adivinhar o seu pedido.

Eu levanto a sobrancelha num desafio, ainda me apegando à ideia de nós dois, apesar da dor intensa que sinto com o rumo que a conversa está tomando.

– Adivinhe, então.

– Nhoque de abóbora com brócolis e acompanhamento de batatas fritas.

– Você esqueceu o aioli vegano, mas tudo bem. Posso dizer uma coisa? – Eu engulo o sorriso, tentando descobrir como colocar em palavras a justaposição dos meus dois eus. – A questão é que a minha versão da internet não é nem mesmo... quem eu sou. E metade do tempo eu era paga para fingir que gostava de todas aquelas coisas. Ainda existem partes de mim que você não conhece, que eu guardei para mim, *off-line*. Eu acho que acabei perdendo um pouco dessas partes e sabia que queria estar num lugar onde pudesse compartilhar *tudo* de mim com você. E acho que estou pronta para fazer isso agora. – Eu desvio o olhar para o teto, me forçando a não chorar. – O que você acha? Será que podemos recomeçar?

– Sim. – Joss enterra o rosto nas mãos e ri através dos dedos. – Veja, é por isso que eu odeio o mundo. Estávamos tão ocupados tentando nos conectar por meio dessas coisas – ele joga o celular para o alto e depois dá um golpe nele com a palma da mão, fazendo-o cair no edredom – que estávamos nos comunicando de um jeito totalmente equivocado. Eu nunca mais vou voltar para as redes sociais.

– Não quero que você volte.

– Só mergulhar o dedo naquele lodaçal, quando entrei para te procurar, já me deixou com medo de que eu não fosse o suficiente. Porque eu não uso as marcas certas nem entendo de **TikTok**.

Ele encolhe os ombros de forma autodepreciativa quando coloco um dedo em seus lábios.

– Você não tem ideia de quanto isso faz de você alguém muito mais do que suficiente – eu digo, meu sorriso se derramando como um sol exausto.

Rindo, Joss se inclina e enrosca os dedos em meus cachos, tentando ser todo fofo colocando meu cabelo atrás da orelha. Eu também rio, saio da cama e pulo em seu colo, minhas coxas envolvendo sua cintura. Meus lábios roçam os dele enquanto suas mãos se encontram no meio das minhas costas. Não sei quem beija quem primeiro, mas o beijo começa suave e hesitante, minha mão deslizando pela nuca dele, depois pelo cabelo, ele me segurando contra seu corpo, e a seguir a reação: uma urgência faminta, sua língua entre meus lábios.

Eu interrompo o beijo ofegante e olho ao redor com o medo irracional de estar sendo observada (ou melhor, com um medo *completamente racional*, tendo em vista as últimas 24 horas). Um pouco sem fôlego, eu volto a me jogar na cama.

– Então, para onde vamos em nosso primeiro encontro de verdade? – eu pergunto, trazendo de volta a casualidade tímida, consciente de que minha mãe está no andar de baixo.

– Que tal... comida vietnamita num terraço na cobertura de algum lugar?

– Parece bom. Diferente – eu digo, radiante. – Diferente é bom.

– Então, o que você vai fazer hoje? – diz ele, estendendo o braço para me abraçar. – A Hev está se perguntando se pode vir vê-la hoje à noite, aliás. Ela exigiu que eu perguntasse.

– Legal, vamos pedir pizza ou algo assim, diga a ela para vir umas seis horas. Isto é, se você não tiver que ir trabalhar... – Eu me aninho na curva do braço dele, dobrando as pernas até o peito, em posição fetal, para caber em seu colo.

– Pedi demissão. – Ele diz, me deixando de queixo caído. – Sim, estava me deixando muito infeliz e eu estava perdendo a oportunidade de passar mais tempo com você... e com Hev... e com todas as outras coisas de que realmente gosto na vida. – Ele dá de ombros. – E daí se vou levar um ano a mais para economizar para a faculdade ou se tiver que trabalhar meio período enquanto estudo. Já tenho umas economias agora e estou pensando em fazer algo divertido com pelo menos parte dessa grana. Talvez visitar as pirâmides e ver se descubro como diabos elas foram parar lá.

– Alienígenas. Com certeza – eu digo, me virando para olhar para ele de um jeito conspirador. Com uma risada, ele me beija e eu decido traçar meu próprio futuro pela primeira vez, lançando no universo o que eu quero, em vez de ter meu universo compartimentado num calendário programado, centrado em feriados comerciais. Contra seus lábios, eu digo: – É uma expedição solo que você está pensando em fazer ou gostaria de obter uma segunda opinião sobre essas pirâmides?

– Sério? Você gostaria de ir comigo?

– Sim. Eu estive pensando em viajar e conhecer o mundo e, agora que *posso*, não tenho certeza se quero fazer isso sozinha.

Pela próxima hora, ficamos no **Google** pesquisando os destinos turísticos mais assustadores pelo mundo afora, planejando itinerários hipotéticos para a nossa viagem se tivéssemos dinheiro infinito, rindo e imaginando, meu mundo se iluminando e se ampliando além de uma tela, sabendo que não estarei fugindo dos meus problemas como tinha planejado inicialmente.

Em vez disso, vou estar descobrindo algo novo. Com Joss.

Sinto o celular dele no bolso da calça vibrar contra o meu quadril. Depois de olhar a tela por um segundo, ele diz:

– É pra você.

Callie

Oi, Joss, espero que esteja tudo bem... Como está Amêndoa? Imagino que o celular dela vá ficar desligado por um tempo, mas, se você estiver com ela, poderia, por favor, dizer que eu adoraria vê-la se ela estiver a fim? E pode dizer que sinto falta dela?

Joss

Oi, sou eu... Também sinto muito sua falta. Venha para a casa da minha mãe por volta das seis horas da tarde. Vou receber algumas pessoas que eu realmente gostaria que você conhecesse 😌

Joss

Tecnicamente, você já conheceu. Por isso tem o número deste celular, mas quero dizer conhecer de verdade e não numa situação de crise...

Callie

OK, estarei aí às 18h 😌😌😌

Joss anda pelo meu quarto com uma curiosidade cuidadosa enquanto esperamos os outros chegarem, tirando o pó dos objetos da minha vida interior: o porta-retratos na minha mesa de cabeceira com uma foto minha com 2 anos de idade, sentada no colo da minha avó, enquanto ela trança meu cabelo; a foto polaroide fixada no meu espelho, de Callie e eu, quando éramos dois bebês rechonchudos e cheios de cachinhos, antes de o cabelo loiro-morango com que eu nasci crescer. Ele pergunta sobre meus *hobbies* de infância e livros favoritos, enquanto eu o apresento a mim mesma, aos poucos, como deve ser. Exatamente um minuto depois das seis, um quadril vestindo calças com estampa de tigre aparece requebrando na porta do meu quarto.

– Olá! – cumprimenta Hev, da porta. As pontas do cabelo dela estão recém-tingidas de um violeta-claro e um leve cheiro de água oxigenada ainda paira nos fios quando ela se joga para um abraço. – Nunca mais faça isso comigo, OK? – Ela funga uma vez.

– Nunca – eu digo, balançando a cabeça. – Sinto muito, Hev. Você não deveria ter me visto daquele jeito.

– Não, não, não é isso – diz ela, fazendo um tique-taque com o dedo. – Você não precisa se desculpar, mesmo que tenha me assustado pra caramba. Eu sou sua amiga até o fim e tenho certeza de que não vai ser a última vez que vou segurar seu cabelo para trás num Uber. Estou falando de toda a correria que você me obrigou a fazer quando eu não conseguia falar com você, nem no notebook! Arranje outro celular, *por favor*. Minhas coxas sofreram queimaduras de terceiro grau tentando chegar até você – diz ela, mostrando as calças estilo paraquedista. – A Cidade das Assaduras... população: eu.

Entre risadas, tento me desculpar, mas Heather está decidida a amenizar toda a minha culpa ansiosa com abraços e clichês confortáveis.

Não passa nem um minuto e Callie aparece, entrando no quarto com um par novinho em folha de um tênis New Balance que eu nunca tinha visto antes, ainda insegura nesse reencontro nebuloso e um tanto incerto. Por alguma razão, eu me concentro no tênis, pensando em todos os acontecimentos mundanos e coisas importantes da vida que perdemos a oportunidade de contar uma para a outra durante todo o verão. Eu me pergunto como é o novo emprego dela, quanto do primeiro mês de salário ela gastou no tênis e se o pai dela ficou muito bravo porque, na opinião dele, nenhum tênis deve custar mais de trinta libras.

Eu me encho de ar com uma respiração profunda como um daqueles balões cheios de confete, emoções multicoloridas flutuando dentro de mim. Estou aliviada, assustada, nervosa, extasiada e explodindo de felicidade por ela estar aqui. Encaro a minha mais antiga e, até algumas semanas atrás, única amiga. Aproximando-se de mim com os olhos abertos e brilhantes de lágrimas, ela solta uma risada aliviada.

– Você está rindo? Por que está rindo? – pergunto, embora o riso esteja tremulando na minha voz também, minhas emoções se misturando, levemente histéricas ao pensar na situação que nos reuniu a todos.

Balançando a cabeça, Callie se desmancha em lágrimas, seu lábio inferior tremendo quando ela balbucia:

– Sinto muito que o mundo tenha pensado que você fez sexo anal com um velho. – A voz dela falha. – E sinto muito por tudo mais também.

– Ah, meu Deus.... – Nós caímos nos braços uma da outra, minha bochecha pressionada contra o cabelo dela. Eu fecho os olhos e respiro o aroma que vem dela, ofegante com risos e lágrimas. – Caramba, eu senti tanto a sua falta... Lamento muito também, por *tudo*. Principalmente pelo que fiz você sentir quando viu minhas fotos salvas no celular do Theo...

– *Não*. Nada disso foi culpa sua. Eu deveria ter colocado a culpa toda naquele palhaço. Nem diga o nome dele – ela murmura, a respiração na minha clavícula fazendo cócegas como nas centenas de vezes em que eu já a abracei e senti suas lágrimas molharem minha pele, enquanto dançávamos bêbadas ao som da música de fim de noite em alguma festa. – E tipo, lá no fundo, eu sabia que ele estava fazendo coisas nojentas com suas fotos do *Instagram* e isso não tinha nada a ver com a minha *amiga*... – Callie se afasta, ficando na ponta dos pés para pressionar sua testa contra a minha – que é um total arraso e estava apenas postando fotos porque se sentia bem ou porque fazia parte do trabalho dela. Claro que eu sabia disso. Só não queria admitir que não tinha *nada* a ver com você, porque isso seria admitir... o meu sentimento de que eu era sua segunda opção...

– Você sempre estará em primeiro lugar na minha vida, Callie. Para mim, você sempre vem em primeiro. Sempre – digo, enxugando as lágrimas. – Que se dane o Theo.

Ela concorda.

– Que se dane.

– Não sei de quem vocês estão falando, mas é isso aí, que ele se dane – diz Heather.

Nós três olhamos para Joss com expectativa.

– Sim, claro, que se dane esse cara. – Ele ri. – Prazer em conhecê-la oficialmente, Callie.

– Ah, oi! Espera, eu tenho que perguntar, você é o misterioso homem das sombras que estava de mãos dadas com Amêndoa naquela foto que ela postou de um casal semanas atrás?... – Ela fica em silêncio, com a língua no céu da boca, percebendo que foi pega. – OK, sim, eu estava stalkeando você mesmo quando não estávamos nos falando. Obviamente.

– Eu sou Joss. Essa é...

– Sou a Heather – diz Hev, recusando-se a ser apresentada por qualquer outra pessoa que não ela mesma.

Callie abre um grande sorriso, apertando a mão estendida de Joss.

– Um cara formal. Eu gosto disso.

Dou risada, meu olhar se demorando em cada um deles, sabendo que vão se dar bem instantaneamente, minha mente já planejando as últimas noites mais claras de verão com churrascos, passeios à praia, piqueniques e banhos de mar com os três. Meus amigos, que me ouviram chorar, me viram vomitando, sem maquiagem e sangrando, que conhecem meus defeitos e inseguranças, e ainda amam cada página escrita por mim, não apenas a capa.

Setembro

+ 1.736 seguidores

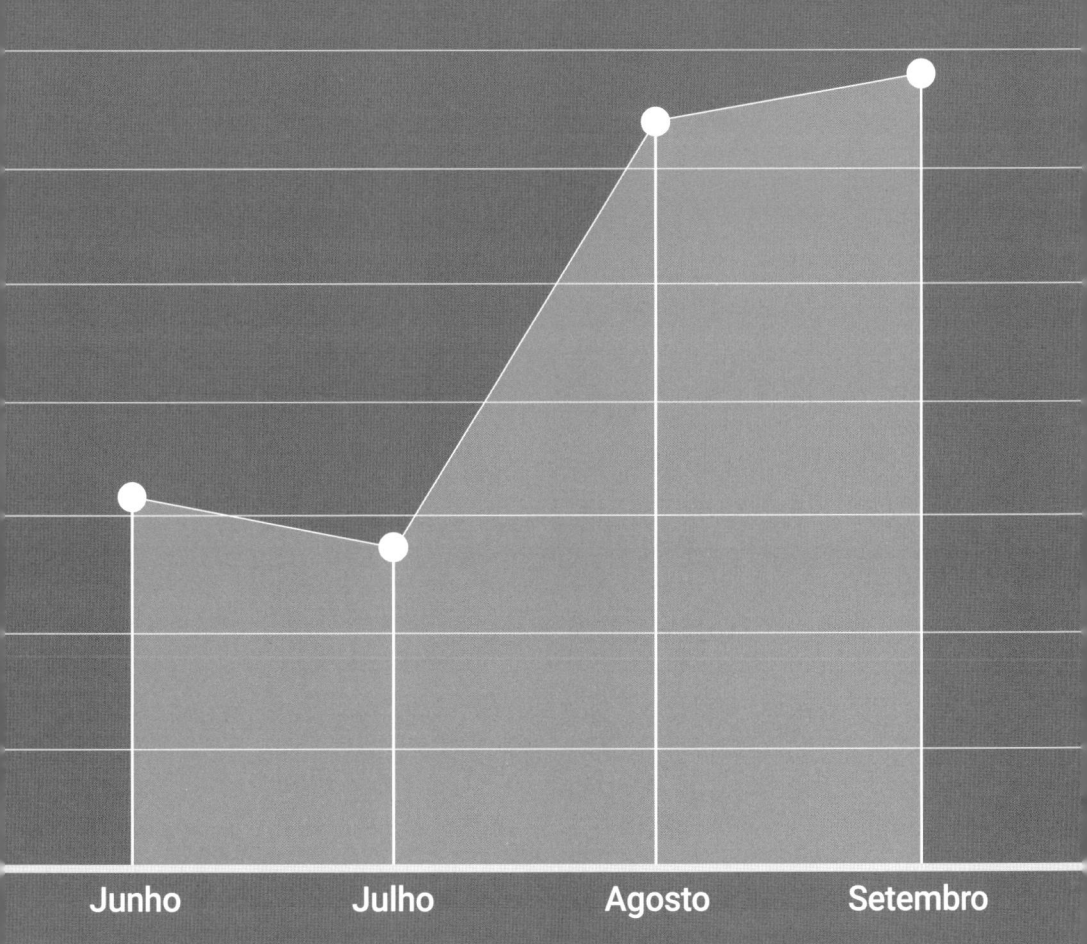

| Junho | Julho | Agosto | Setembro |

39

Eu encaro a placa do Blank Space Studios, o estúdio de gravação com o qual entrei em contato no fim do mês anterior, depois de apresentar a minha ideia de podcast para a Electra pelo Zoom.

Electra finalmente fez seu grande anúncio secreto, num momento decisivo e transformador, uma semana depois que o *deepfake* saiu do ar. Depois da minha saída da internet, não consegui abandonar a minha plataforma e deixar para lá as coisas que ainda tinha que dizer, especialmente quando os artigos e as postagens dos blogs não abordavam os reais problemas internos da indústria dos influenciadores. No sábado, eu já tinha um nome para o podcast, tinha temas de conversa e uma coapresentadora, e então Electra alinhou todas as minhas manifestações ao anunciar que estava começando sua própria produtora, liderada por mulheres: a Electrafied.

Embora nosso contato visual estivesse conectado por satélites e servidores, quando contei a ela sobre o conceito do meu podcast pelo Zoom, percebi que Electra realmente *entendeu* o que eu queria para esse projeto. Ela não iria me explorar como Spencer fez, com excesso de trabalho ou excesso de vendas; Electra já tinha experimentado o outro lado desse contrato e também por isso pedi a ela para que fosse a primeira convidada do podcast.

Eu entro no estúdio, avaliando o que conseguimos com nosso depósito em dinheiro e três meses de aluguel, com a grana que veio *direto* do meu adiantamento da VEGLOW, que estou feliz por estar usando para algo bom e esperançoso. Por fim, eu o recebi, no dia seguinte ao meu aniversário de 18 anos, que foi comemorado com simplicidade, sem fantasias, apenas eu, meus pais, minha avó, Mel, Callie, Hev e Joss, comendo fatias do famoso bolo beija-flor da minha avó, sob o sol e ao ar livre.

Aparentemente, o SERENITY está faturando milhões, embora não estejamos vendo um único centavo disso. Depois que minha mãe respeitou a minha vontade e cancelou o nosso contrato conjunto como embaixadoras da marca VEGLOW, abrimos mão dos nossos direitos sobre os lucros do produto. Ainda assim, minha mãe está indo muito bem com seu novo trabalho e até conseguiu um segmento no programa *This Morning* para dar conselhos ao pais da Geração Z preocupados com a tecnologia.

Com as bochechas inchadas de orgulho, pego o envelope de papel pardo dentro de nossa caixa de correio e balanço a chave do nosso estúdio, um chaveiro anexado com o título provisório do nosso podcast – *Influente* – nele.

A empolgação sobe pela minha espinha, como um zíper sendo puxado para cima rápido, enquanto tiro uma foto da chave pendurada no meu dedo e a envio para o novo chat do meu grupo da família. Minha mãe responde em 0,0036 segundo.

> **Mãe**
> Uau! É hora do espetáculo! Não que você precise, mas estou enviando toda a sorte do mundo pra você! 🩵

> **Pai**
> Agora é oficial @Eva... nossa garotinha cresceu! Estou tão orgulhoso de você, Amêndoa! Agora deixe o mundo ouvir o que você tem a dizer 🥲🥲🥲

Eu aperto o celular contra o peito, muito grata por esse nível de comunicação e abertura entre os meus pais agora. Eles não vão voltar a ficar juntos e, sinceramente, não acho que eu gostaria que voltassem; afinal, estamos nos dando muito melhor como família agora do que jamais nos demos antes da separação. Mas isso é saudável, é progresso.

Impulsionada pelo orgulho dos meus pais, eu guardo a chave no bolso e subo as escadas de dois em dois degraus, animada para ser a primeira a escolher as cadeiras giratórias do estúdio. A sala seis fica no quarto andar, num sótão reformado, por isso estou ofegando um pouco quando chego ao último degrau e entro num corredor iluminado por claraboias no teto e – paro subitamente.

Aquela é... Imogen? Ela está de pé no fim do corredor, a testa pressionada contra a janela que vai do chão ao teto, os dedos tamborilando contra o vidro, o mínimo e o polegar, o polegar e o mínimo.

– Immy? – digo, dando passos hesitantes na direção dela. Faz quase um mês que a vi pela última vez, desde que ela me disse que não queria que a rixa entre mim e a mãe dela interferisse na nossa amizade, até se esquecer de tudo alguns dias depois e postar o vídeo de Anarchy, fazendo-o viralizar com um carregado viés político. Ela não apareceu nas duas últimas sessões do Tranqs e eu estava querendo entrar em contato para descobrir o motivo, mas acho que ainda não tinha me curado o suficiente para isso. E agora ela está aqui.

Immy se vira para mim, puxando todo o cabelo para um ombro e torcendo-o com as duas mãos, várias e várias vezes, como se estivesse torcendo um pano de prato.

– Oi – diz ela, lutando para sustentar o contato visual comigo.

Seu cabelo ainda é brilhante como o da Barbie, seu iluminador, cintilante, e as unhas ostentam o mesmo esmalte verde-menta, sem nenhuma lasca. No entanto, apesar da maquiagem impecável, o corretivo não pode esconder o cansaço sob seus olhos das noites sem dormir.

– O que você está fazendo aqui?

– Não sei, na verdade – diz ela, puxando as mangas do cardigã rosa-chiclete sobre os punhos. – Não parecia algo que eu pudesse fazer por mensagem de texto, mas agora que vim e... ao ver você, sinto que não deveria ter vindo. Você parece tão feliz... Ela enxuga uma lágrima com a manga do cardigã. – Eu me sinto horrível pelas coisas que eu disse no **twitter**, Amêndoa. Eu não vou te dar uma desculpa porque não há como eu me desculpar, mas eu sinto muito. Fui egoísta, superficial e constrangedora, na verdade, tudo por algumas curtidas extras. Tentei apagar os *tweets*, mas já era tarde demais. As pessoas já estavam compartilhando os *prints*, como se ver alguém com mais seguidores validando a opinião delas as fizesse se sentir justificadas por odiar você.

– Por quê? – Respiro pelo nariz, me concentrando em pressionar as almofadas dos dedos e esperando que a pressão diminua o desejo de coçar, como o dr. Wallace sugeriu. É uma das nossas novas estratégias de enfrentamento que estou experimentando. – Sabe, eu acho que sei o motivo, mas queria entender, porque pensei que fôssemos amigas. Você poderia ter me ligado.

– Nós somos... ou éramos. Sei que você provavelmente não me suporta agora. – Pegando um fiozinho solto do cardigã, ela despeja as palavras rapidamente, querendo dar uma explicação. – Mas a minha mãe ficava no meu ouvido dizendo que a **Fast-Off** estava me dispensando como cliente e todos os possíveis patrocinadores dela estavam desistindo. Ela estava tão arrasada, chorando o tempo todo, que pensei que íamos perder a casa ou algo assim. Então, quando vi que a reação ao vídeo estava se transformando numa campanha de ódio contra você, é vergonhoso ter que dizer, mas vi isso como uma maneira de diminuir um pouco a negatividade em relação à minha mãe. – Lágrimas silenciosas escorrem dos olhos de Imogen enquanto eu me junto a ela na janela. – Eu só quero minha mãe de volta, sabe? Tentei dizer a ela que ficaríamos bem, que não precisávamos de contratos de publicidade e tudo mais, mas é como se nada mais a deixasse feliz.

– Ei, está tudo bem – eu digo, qualquer ressentimento que eu tivesse se dissipando quando coloco meu braço em volta do ombro dela. Porque eu sei que ela não está falando apenas sobre o drama da internet. Eu sei melhor do que ninguém como é perder a própria mãe para a gratificação instantânea do *Instagram*, sentindo que seu amor não pode competir com as curtidas de mil estranhos. – Está tudo bem entre nós, eu entendo. Sinto muito pela minha parte em tudo isso também, e pela sua mãe. Eu sei como é horrível se sentir assim, pode ter certeza.

Não sei quanto tempo ficamos ali em pé, banhadas pelo sol, observando a nossa cidade, seus tijolos brilhando dourados na última tarde de verão. Segundo a meteorologia, o tempo iria mudar a partir do dia seguinte. Através das janelas, eu vejo o outro lado da rua, onde há uma república estudantil, estúdios de yoga, lojas que vendem kombucha, barzinhos e viveiros de plantas disfarçados de antigas casas vitorianas, observando um breve vislumbre da vida das pessoas que entram e saem, pessoas que têm seu próprio mundo interior e momentos que talvez tenham sido deliberadamente escolhidos e colocados na internet em suas próprias contas de mídia social para outras pessoas espreitarem.

Estou prestes a perguntar a Imogen o que ela pretende fazer da vida daqui para a frente quando o barulho da pesada porta da frente batendo ecoa pelas escadas e o som de passos vai ficando cada vez mais alto. No terceiro andar, ouço os passos pesados de Joss, Heather praticando o nome do nosso podcast com diferentes entonações de voz, imitando o *X-Factor*, e Callie rindo, pedindo para ela repetir. Minha equipe. Quando eles me veem com Imogen, hesitam, sua animação evaporando no topo da escada.

– Está tudo bem? – Joss pergunta, chegando até mim em três passos.

Ele passa o braço em volta do meu pescoço, umedecendo minha têmpora com um beijo de lábios duros.

– Tudo bem! Está tudo bem. Estávamos apenas conversando – eu digo, pegando a mão dele.

Hev se aproxima em seguida, parecendo envergonhada.

– Tenho uma confissão – ela diz, tirando os óculos em forma de coração e encaixando-os cabelo. – Eu contei à Imogen onde estaríamos hoje. Eu sei, eu sei, mas ela disse que queria se desculpar e eu pensei: se as coisas derem errado e a Amêndoa não quiser ouvir o que ela tem a dizer, estaremos ali do lado, não que eu achasse que você não ia querer ouvir o que ela tem a dizer. Além disso, estou pensando, Imogen... próxima convidada?

Eu aponto o dedo para Hev com um sorriso irônico. Porque Hev sabia que a rixa não resolvida entre mim e Immy não me saía da cabeça, então ela nos reuniu para resolvermos isso, sabendo intuitivamente que era o que ambas queríamos.

Quanto a Immy ser a nossa próxima convidada, não conseguiria pensar em ninguém melhor. Com base no que ela acabou de me dizer, está claro que Immy já se desencantou da *La La Land* das mentiras e do Photoshop e está repensando sua vida como influenciadora. Talvez estar no podcast possa realmente ajudá-la a processar tudo isso.

Imogen enxuga os olhos com delicadeza, sem borrar a maquiagem.

– Próxima convidada? O que exatamente vocês estão fazendo? – Enquanto Heather conta a Imogen sobre a premissa do podcast, e Joss se ocupa de empilhar os estojos com os notebooks, os equipamentos sobressalentes e os lanches junto à porta, Callie passa o braço por trás de mim.

– Aliás, seu pai disse ao meu que você vai falar no "rádio".

– Ah, é? – Pego uma mecha do cabelo de Callie que está desalinhada e coloco-a no lugar. – Você não vai acreditar se eu disser quantas vezes expliquei a ele o que é um podcast.

– Ele está muito orgulhoso de você, sabe disso.

Nós nos abraçamos carinhosamente, apreciando a vista, o braço dela em volta da minha cintura, minha cabeça se inclinando para tocar a dela.

– Adoro viver aqui – murmuro, apenas para ter algo para dizer.

– Eu também. E não quero ir embora. Agora que encontrei um apartamento compartilhado em *Lewisham*, com todos aqueles quilômetros de distância, toda essa coisa de universidade parece um pouco real demais. Hoje eu moro a um ônibus de distância de você. Como vou passar a morar a uma distância de uma rodovia inteira?!

Dou risada, fechando os olhos para sentir o calor do sol surgindo por trás de uma nuvem.

– Temos o **FaceTime**. A internet não é totalmente tóxica – digo. – Além disso, eu sei que você não vai conseguir ficar longe dos chips de banana do Jemima's por mais de duas semanas no máximo. E eu sempre vou visitar você, garota.

– Promete? – ela pergunta, um pouco chorosa.

– Prometo – digo, entrelaçando o dedo mínimo dela no meu. – Certo, como ainda estamos aqui de qualquer maneira, vamos ver nosso novo *estúdio*, equipe!

Tiro a chave do bolso de trás e prendo a respiração enquanto Callie, Joss, Hev e Imogen se aproximam, tão ansiosos quanto eu para ver o estúdio por dentro.

– Ooh, estou tão orgulhosa! – diz Hev, me abraçando por trás.

Eu abro a porta de um estúdio espaçoso, com o sol entrando por uma clarabóia. No meio da sala há uma mesa no formato de borrão de tinta, cheia de curvas, e em volta quatro cadeiras giratórias com estofamento de cores diferentes. Saindo do centro da mesa, há algo parecido com um braço robótico, com microfones tão grossos quanto telescópios se projetando em direção a cada uma das cadeiras.

– Que demais! – diz Joss, entrando atrás de uma parede de vidro, onde fica a mesa de mixagem. Eu sorrio para ele do outro lado do vidro e olho para os botões dos interruptores, mostradores e controles deslizantes.

– Estou tão animada! – eu digo, me juntando a ele e resistindo à vontade de pressionar cada botão à vista. – Obrigada por entrar nisso comigo.

Depois de vinte minutos girando nas cadeiras e ajustando nossos notebooks na frente dos microfones, Joss, Callie e Imogen se acomodam na cabine de som enquanto Hev e eu gravamos o anúncio promocional do primeiro episódio enquanto esperamos nossa convidada se conectar.

Electra, dez minutos adiantada, liga um pouco antes das 6h, horário de Los Angeles, esbanjando profissionalismo num terno verde-maçã e o cabelo preso num coque elegante. Depois de uma rápida atualização e resumo dos tópicos da entrevista, eu giro o notebook para apresentá-la a todos no estúdio.

– Olá! – ela exclama.

– Electra, esta é minha amiga e coapresentadora Heather, que você conheceu pelos e-mails. – Hev acena com as duas mãos para a câmera. – E nós já temos uma plateia hoje: essa é minha melhor amiga Callie; e essa é Imogen Shawcross, que talvez apareça no programa semana que vem e, por último, nosso engenheiro de som Joss, que também é... meu namorado. – A palavra parece segura, sólida, uma raiz que mantém minha cabeça longe das estrelas escuras. Eu sorrio para ele, seu cabelo preso pela metade, com uma faixa de cabelo que eu sei que ele provavelmente pegou emprestado nas minhas coisas. Sorrindo, ele aperta os olhos contra o sol.

Electra dá um tapa nas bochechas com as duas mãos.

– Oh, meu Deus, o quê? Por que ninguém me disse? Vocês já assumiram publicamente?

– Hum, no sentido de andarmos de mãos dadas em público? Sim, mas eu parei de compartilhar todos os aspectos da minha vida na internet. Só quero me concentrar no podcast.

– Boa. Ótima ideia! – diz Electra, batendo palmas para enfatizar. – Falando nisso...

Pego minhas anotações, esperando que Joss faça a contagem antes de eu ler em voz alta a introdução que decidi escrever apenas desta vez. Eu acho que é mais uma declaração, na verdade, que aborda não apenas tudo o que aconteceu com o *deepfake*, mas tudo o que sempre aconteceu comigo e a milhares de outras garotas que se sentiam inadequadas.

Em primeiro lugar, senti que devia um pedido de desculpas aos meus seguidores. Nunca dei um nome a eles; eles não eram minhas "Castanhinhas" nem meus Brownies, e definitivamente não se tornaram minhas "Amêndoas Açucaradas", que minha mãe e Spencer queriam me obrigar a adotar nos primeiros dias. Então eu apenas começo com "Oi, gente" e digo a eles que sinto muito. Por muitas coisas.

Eu me desculpo por ter mentido a eles sobre minha aparência, começando pelos filtros que afinavam a minha silhueta e me deixavam parecida com uma boneca, até as meias-calças grossas e pretas que eu usava para esconder as feridas que eu estava causando em mim mesma, e como eu era infeliz. Também me desculpei pelos sorrisos falsos e por guardar toda a minha dor dentro de mim até que ela se transformasse no ressentimento que acabei tendo por eles. Digo aos meus seguidores que sinto muito por não ter dado o devido valor a eles, por não fazer mais esforço para responder às suas mensagens ou compartilhar os projetos em que eu estava trabalhando para conquistar um público mais amplo. Por não ter agradecido a todas as pessoas que me retrataram em obras de arte incrivelmente talentosas ou me escreveram cartas longas e cheias de alma.

Principalmente, que sinto muito por não ter usado minha plataforma para nada que não fosse fingir.

Antes de apresentar Heather como minha coapresentadora, eu me apresento, enfatizando que, durante todo esse tempo, eu queria que eles me conhecessem pelo que eu sou, ou que simplesmente não me conhecessem, e que agora, com o podcast, eu esperava poder mudar isso.

– Então, você já sentiu inveja, Electra? – Hev pergunta.

Embora não seja minha vez de falar, eu rapidamente mando uma mensagem de texto para Joss sob a mesa.

> **Amêndoa**
> Há quanto tempo estamos gravando??
>
> **Joss**
> Quase quarenta minutos. Você está indo muito bem!

Do outro lado do vidro à prova de som, ao lado de Callie e Imogen, ambas totalmente fascinadas com Electra, Joss sorri para mim, mãos segurando os fones de ouvido porque acho que ele viu fotos de produtores posando assim em videoclipes ou algo assim. Eu reprimo uma risada e volto a prestar atenção total à conversa.

– Claro que sim. Eu tinha inveja de Amêndoa, Cece, Bella, todas elas. Até amigas que eu tinha havia anos se tornaram concorrentes. – Cotovelos apoiados na mesa à sua frente, observamos a tela enquanto Electra fala com as mãos entrelaçadas sob o queixo. – Mesmo quando cheguei a dez milhões, sentia que eu ainda não estava compreendendo bem a coisa, ou como se elas soubessem algo que não eu não sabia, porque todas pareciam muito felizes fazendo isso – ela diz. – Mas acho importante que todas nós comecemos a admitir que a gente se sente assim, porque, convenhamos, ter inveja da internet é como ter inveja do sistema solar. É uma metáfora bizarra, mas ainda somos estrelas bonitas, brilhantes e poderosas.

– Não, é verdade, é uma boa metáfora – digo entre risos. – Eu acho que a inveja vem do fato de todas sermos produtos de uma sociedade que dá muito valor à aparência, e então criamos um espaço virtual que perpetua padrões de beleza inatingíveis, que não conseguimos acompanhar. Nenhuma de nós.

Hev concorda com a cabeça, realmente sentindo isso.

– Mmhmm.

– Vejam o meu exemplo. Quando desenvolvi o transtorno de escoriação, eu não conseguia mais manter os padrões de beleza que eu tinha em postagens mais antigas. Então eu mentia. Fingia que *já* tinha conseguido atingir esses padrões e não suportava a ideia de que as pessoas descobrissem que eu era... menos do que parecia nas fotos.

– Você sabe que você é mais do que isso, certo? – Hev intervém.

– Sim, eu sei disso agora – digo –, graças a você e a todas as outras pessoas do grupo de apoio de que eu estava participando secretamente no verão, porque sentia que tinha que mantê-lo em segredo. Ele se chama *Tranquilidade para Adolescentes* e é para todos que se sentem prontos para buscar ajuda. Vou deixar o *link* nas notas deste episódio. Eles têm um monte de recursos gratuitos no site também, como telefones para ligar em momentos de crise e formulários de autoencaminhamento que podem ser muito úteis.

Acenos de cabeça e *murmúrios* de aprovação de todos.

– Sabe, se eu não te conhecesse e ainda estivesse apenas observando de longe, naquele relacionamento realmente bizarro de seguidor e pessoa-que--tem-seguidores... se apenas visse o que você estava postando, eu teria pensado que você estava passando um verão incrível. A internet não é real – diz Heather, no microfone.

– Existem lugares que são, como o que eu espero que este podcast seja – Electra ri. – Mas não, na maior parte, é uma irrealidade total e temos que parar de nos comparar uns com os outros.

– Exatamente – eu digo. – Porque aquela imagem que você acabou de rolar na tela é apenas um pequeno vislumbre de uma vida inteira, que contém medos, esperanças, mágoas e toda uma história que não precisa ser compartilhada com todo mundo. Eu acho que, se existe algo que eu queira passar às pessoas neste primeiro episódio, é que elas lembrem que existe uma pessoa com uma vida real do outro lado desta mensagem que acabaram de enviar. Mesmo que seus chefes façam parecer que essa pessoa é algum tipo de protótipo impecável e perfeito de um ser humano ou algo assim, posso garantir que ela ainda é uma garota que se olha no espelho alguns dias e chora também.

Abro a porta da frente do Blank Space, seguida por Joss, Hev, Callie e Immy, e somos instantaneamente sufocados por um cobertor de luz solar. Eu estendo os braços nus para cima, me sentindo como um celular com a bateria totalmente carregada, mas ainda conectado à tomada. Immy nos agradece, perguntando se ela pode pensar em nossa oferta de participar do programa da semana seguinte, com os dedos dos pés virados para dentro, ainda nervosa ao pensar em ir contra o modelo de negócios de dez anos que Celeste planejou para ela.

– Vocês foram incríveis – diz ela. – Sério.

Do outro lado da rua, o ronco de um motor ocioso se transforma num rugido e eu olho para ver um carro conversível com Celeste atrás do volante, escondida debaixo de um chapéu de palha de abas largas e óculos de sol.

Immy se encolhe quando ouve a buzina tocando duas vezes. Eu olho para ela do outro lado da rua, não sentindo nada além de tristeza por essa mulher cujos traumas evidentes se manifestaram nas palavras agressivas e feias do seu passado, espalhadas pela internet para todos verem. Insegurança, inveja, ódio de si mesma refletido nos outros. Até mesmo na própria filha.

– Me ligue sempre que as coisas estiverem ruins na sua casa. Ou você pode simplesmente me ligar quando quiser... As coisas não precisam estar ruins para conversamos – digo a Imogen.

Nós nos juntamos em torno dela para um abraço coletivo, esperando que o sentimento de pertencer a um grupo a acompanhe até em casa e acenando quando ela entra no carro de Celeste.

– O que todo mundo vai fazer agora? – Hev pergunta esticando o pescoço para trás e deixando o sol se derramar sobre ela.

– Com certeza não vamos para casa ainda – diz Joss. – O dia está bonito e precisamos comemorar.

– Eu concordo – diz Callie, tirando a jaqueta dos ombros.

– Vamos, eu conheço o melhor lugar. – Eu corto o círculo, puxando Joss pela mão enquanto lideramos nossos amigos em direção ao Brandon Hill, o cenário do nosso primeiro encontro de verdade, onde pedimos comida vietnamita para viagem e comemos sobre uma manta de piquenique, afastando nossos cães, que tentavam roubar garfadas de *bún chay* antes que conseguíssemos colocá-las na boca.

– Você está tentando me matar? – diz Callie ofegante, segurando as coxas. – Garota, isso é um treino insano para as pernas.

– Concordo plenamente – diz Hev, tirando a blusa e andando o resto do caminho até Brandon Hill vestindo um *top* holográfico.

– Eu sei que não é fácil, mas vai valer a pena no final – eu ofego. – Joss, me carrega nas costas?

– Você quer me matar? – ele diz, logo à nossa frente.

– Apenas confiem em mim – eu digo, chegando ao topo da colina, onde Joss segura o portão aberto para entrarmos.

Escolho um lugar na colina que não esteja coberto de mato, olhando em volta para os grupos de moradores de Bristol usando chapéu, calças esportivas e macacão, espalhados pela relva como flores do campo.

OK, vamos lá!

Com o rosto voltado para o sol, eu tiro minha calça bailarina, arranco o curativo rapidamente antes que eu possa mudar de ideia e coloco as mãos nos quadris enquanto fico na frente dos meus amigos vestindo um *short* de ciclista minúsculo. Eu limpo a garganta, observando enquanto Joss abaixa os óculos de sol no nariz, seu olhar se demorando em mim.

– O que vocês acham?

Hev assobia como Thomas, o Trem, fazendo alguns estudantes virarem a cabeça, mas só por um instante. Porque ninguém se importa. Eles não se importam comigo ou com as minhas cicatrizes; estão muito ocupados aproveitando o sol.

– Você está se curando. – Joss se inclina para a frente e beija a parte áspera do meu joelho, os dedos traçando minhas cicatrizes desbotadas.

– Eu sei! Minha mãe tem ajudado com todas as suas loções e poções. Quero dizer, ela é a CEO do autocuidado há mais de uma década, então faz sentido que seja boa nisso.

– Você parece muito mais feliz, garota. Estou orgulhosa. – Callie semicerra os olhos para mim.

– Estou me sentindo muito orgulhosa também. – Eu imito o gesto de vomitar porque isso parece algo tirado de uma produção da NETFLIX para adolescentes. – Mas não, estou falando sério. Podemos tirar uma foto? Quero me lembrar de hoje.

Eu ativo o cronômetro, coloco meu celular contra o tronco de uma árvore, em seguida volto para junto dos outros, deitados de bruços, com tufos de grama fazendo cócegas no queixo.

– Ei, antes do primeiro episódio de *Influente* ser lançado, você precisa atualizar seu *Instagram* – diz Callie. – Você ainda tem aquele sanguessuga, Spencer, como seu empresário.

– Faço isso mais tarde – falo rápido enquanto o *flash* indica que a contagem do temporizador automático está quase no fim. – Rápido, sorriam!

Sorrimos quando o obturador dispara.

– Vai, apenas delete aquele manipulador babaca da sua existência. Me dá o celular aqui, eu faço isso por você – diz Hev, estendendo a mão.

– De jeito nenhum, eu quero ter essa satisfação. Vou fazer isso num minuto.

Nós quatro nos viramos de costas, deixando o sol bronzear nossos rostos, e, enquanto seguro as mãos dos meus amigos, penso em como sou sortuda por ter encontrado meu caminho até aqui, neste momento, com estas pessoas. E isso já é suficiente.

– Eu só quero estar aqui agora.

Agradecimentos

Agradeço à minha agente, Jessica Hare, que viu algo em mim e na minha escrita que eu nunca tinha me permitido acreditar que pudesse ser verdade. Sou muito grata por sua bondade, atitude imperturbável e apoio inabalável.

Obrigada à minha incrível e poderosa editora, Alice Swan, cujas leituras perspicazes, perplexidade compartilhada com a cultura do influenciador e capacidade de perceber o potencial de cada personagem moldaram essas páginas na história que eu realmente queria contar. E obrigada a Ama Badu por suas opiniões sinceras e cuidadosas, e por amar Amêndoa tanto quanto eu. A todos os outros da Faber que transformaram meu manuscrito num livro real (e por "transformaram", quero dizer, trabalharam duro) e *obrigada* especialmente a Natasha Brown, Leah Thaxton e Emma Eldridge.

Mar Bertran, obrigada por dar vida a Amêndoa com sua linda ilustração e por deixar seus cachos perfeitos.

A todos que conheci no curso de Redação para Jovens da Bath Spa e com quem tive o prazer de criar, desenvolver e tentar escrever um romance, diante de uma pandemia global, obrigada por abrigar a minha escrita enquanto encontrava a minha voz. Agradecimentos especiais à minha mentora,

Lucy Christopher, a Steve Voake e CJ Skuse, e a David Almond por, sem saber, abrirem a porta da minha mente para que Amêndoa Brown entrasse, durante uma palestra, um dia. E a Ryan Lynch, obrigada por se tornar mais do que apenas um amigo, por sua honestidade e encorajamento sem fim e por espelhar minha energia de Capricórnio.

Minhas meninas, obrigada. Para minhas almas gêmeas da escola, Adele, Georgia, Jenna e Ria, obrigada por estarem comigo naquela época e estarem comigo agora, sempre (geralmente com vinho, um arquivo de videoclipes dos anos 2000 e pizza congelada). Além disso, para Molly, minha líder de torcida mais doce e cheia de luz, meus amores – Alice, Zoey, Gemma e todas as minhas amigas de Bunn.

Mãe, obrigada por ser uma presença constante e confidente e por incutir em mim o amor pela leitura quando criança. Pai, por seu orgulho inabalável em tudo o que faço. Paulo, pelo amor generoso que tem por todos nós. E Nicki, por sempre emprestar um ouvido, uma mão e seu enorme coração. Para Shea, Ellis, Esme e Svea, sou a irmã mais velha viva mais sortuda por poder ver todos vocês entrarem na idade adulta; obrigada por todas as risadas e pelo amor. E para o resto da minha família extensa, os Manning, Hegarty e Sage, eu poderia escrever uma biblioteca inteira sobre o quanto amo todos vocês, mas infelizmente não tenho espaço na prateleira.

Para Barney, obrigada por me dar o mundo. Para o tipo de contentamento que eu nunca soube que era possível. Por conhecer minhas dúvidas antes mesmo de eu expressá-las em voz alta e silenciá-las com uma coragem feroz. Eu te amo. E ao nosso filho... Mal posso esperar para conhecê-lo.